杨海明

1942年生，苏州人。1960—1964年就读于江苏师范学院中文系，1978—1981年在南京师范学院中文系师从著名词学家唐圭璋先生攻读硕士学位。后执教于苏州大学，1993年被国务院学位办批准为博士生导师。曾任中国韵文学会常务理事、中国宋代文学学会副会长，现任中国词学研究会名誉会长。主要从事唐宋词研究。著有《唐宋词风格论》《唐宋词史》《唐宋词美学》《唐宋词与人生》等。一些著作在海内外产生过较大影响，《唐宋词史》曾获全国高等学校首届『人文社会科学研究优秀成果奖』二等奖和首届『夏承焘词学奖』一等奖；两部专著被翻译成韩文，四部专著在台湾地区再版。2016年获中国韵文学会、中国词学研究会颁发的『中华词学研究终身成就奖』。

杨海明词学文集

第一卷　唐宋词风格论
第二卷　唐宋词史
第三卷　唐宋词美学
第四卷　唐宋词与人生
第五卷　唐宋词论稿
第六卷　唐宋词论稿续编
第七卷　唐宋词纵横谈
第八卷　宋词趣谈
第九卷　张炎词研究
第十卷　宋词三百首新注

杨海明词学文集

·第九卷·

张炎词研究

杨海明 著

江苏大学出版社
JIANGSU UNIVERSITY PRESS
镇江

图书在版编目(CIP)数据

张炎词研究 / 杨海明著. — 镇江：江苏大学出版社，2020.7
(杨海明词学文集 ；第九卷)
ISBN 978-7-5684-1309-1

Ⅰ.①张… Ⅱ.①杨… Ⅲ.①宋词 — 诗词研究 Ⅳ.①I207.23

中国版本图书馆 CIP 数据核字(2020)第 097772 号

张炎词研究（杨海明词学文集 · 第九卷）
Zhang Yan Ci Yanjiu（Yang Haiming Cixue Wenji · Di-jiu Juan）

著　　者/杨海明
责任编辑/张　冠　米小鸽　郭　杰
出版发行/江苏大学出版社
地　　址/江苏省镇江市梦溪园巷 30 号(邮编：212003)
电　　话/0511-84446464(传真)
网　　址/http：//press. ujs. edu. cn
排　　版/镇江文苑制版印刷有限责任公司
印　　刷/江苏凤凰数码印务有限公司
开　　本/718 mm×1 000 mm　1/16
印　　张/12.5
字　　数/240 千字
版　　次/2020 年 7 月第 1 版　2020 年 7 月第 1 次印刷
书　　号/ISBN 978-7-5684-1309-1
定　　价/82.00 元

《杨海明词学文集》再版前言

本书初版于2010年。此次再版，尊重历史，一仍旧貌，只是遵照出版社的意见，将原先的8册(12卷)改为10卷发排，次序也做了一些变动，内容则并无改动；另外又请我的老学生们对全书文字重新审读过一遍，改正了一些错漏。由于自初版至今已抵10年，而我早就从学术界“撤退”出来，变成了一个出入于市井里巷、流连于园林名胜的闲散老人，因此现今无心无力对旧著做些修改，这点敬希读者谅鉴。

本书无论是初版还是再版，都得到了江苏大学出版社总编芮月英女士的大力支持和热心相助，在此郑重致谢！我的老学生们，对于它的初版和再版，也都付出了辛勤的劳动。他们是：曹志平、曹辛华、陈国安、闵定庆、钱锡生、孙虹、宋秋敏、王晓骊、薛玉坤、张幼良(排名不分先后，按音序编排)，而总其成的则是钱锡生和陈国安。他们(以及其他一些老学生们)一贯以来对我无微不至的关心和帮助令我十分感动和深感温馨。趁此机会，也向他们表示深挚的谢意！

杨海明

2020年3月　书于苏州嘉园寓所

《杨海明词学文集》初版总序

自1978年秋师从唐圭璋先生攻治词学至今，忽忽已过30年矣。回首当年，自己本是一位普通的中学语文老师，不意在攻读唐师的硕士研究生、随后又转入高校（苏州大学）工作之后，竟涂鸦出了一大堆评说唐宋词的文字，并在词学研究领域产生了一定的影响，以至我的博士生们现今要为我策划出版这套词学文集，不禁感慨良多。我深知自己既缺乏像夏承焘、唐圭璋等老辈学人那样深厚宽博的学养，也跟不上新时期所涌现出的青年学者那种与时俱进、敢于创新的迅猛步伐，充其量只是一个衔接两代的过渡性人物，因此要出文集，不免有些汗颜。但转而一想，对我来说，这套文集所收的旧文好歹记录着自己在词学研究领域里跋涉过的一连串足迹，把它们整理出来总算做了一番"盘点清理"和"立此存照"的工作，未尝没有一点意义；而对不少读者，尤其是很多青年学子来说，像《唐宋词风格论》《唐宋词论稿》《唐宋词纵横谈》《唐宋词美学》等旧书，由于后来未曾再版过，故在书店难以寻获，因此这次"打包"再版，也可满足他们的迫切需求。基于以上两点考虑，我同意了门生们的建议，由他们分工协作对旧稿做了一定的校订，终于推出了这套词学文集。宋人陈与义曾有词云："二十余年如一梦，此身虽在堪惊。闲登小阁看新晴。古今多少事，渔唱起三更。"（《临江仙》）对我而言，若是改动其中一个字，变成"三十余年如一梦……"，便很能表达此时看到这套文集的内心感受：往事早如云烟，此身也已垂暮，这套文集所收的旧文其优劣、良莠就让读者和后人去评说吧，而我本人则要闲登小阁去享受那为时有限的余生了。

本文集共八册、十二卷。下面,分别对各册内容作具体说明。

第一册由卷一、卷二组成。

卷一《唐宋词风格论》:此卷原由上海社会科学院出版社 1986 年出版。后来发现,台湾木铎出版社 1987 年盗印过它,易名为《唐宋词的风格学》,且隐去了作者的姓名。韩国新雅社 1994 年将其译成韩文出版,翻译者为李钟振教授。

卷二《张炎词研究》:此卷原由齐鲁书社 1989 年出版。

第二册收录卷三《唐宋词史》。此卷原由江苏古籍出版社 1987 年出版,后由天津古籍出版社 1998 年再版。后者对前者略作修订,主要是改正了一些错字和删除了某些不必要加的引号,内容基本不变。此次再版,依照后一版本。台湾丽文文化事业公司 1996 年出版了它的繁体字版。韩国新雅社 1995 年将它译成韩文出版,翻译者为宋龙准、柳种睦先生。

第三册收录卷四《唐宋词论稿》。此卷原由浙江古籍出版社 1988 年出版,其中选录了我 1981 年至 1986 年发表的论文 32 篇。

第四册收录卷五《唐宋词论稿(续编)》。此卷为这次所新编的论文集,共收录论文 35 篇,其时间跨度较大(1984 年—2008 年),主要是从《唐宋词论稿》出版以后所陆续发表的论文中选辑而成。其内容大致分成六类:一是对唐宋词的魅力来源,尤其是其人生意蕴作出探寻;二是对唐宋词的心理内涵作些剖析,兼论"角色转换"对这些意蕴生成的重要作用;三是词论研究,以及我对于词学研究的若干思索;四是从传承和变异的角度来对唐宋词进行文化考察;五是读唐宋词的一些心得,它们所涉及的问题较多;六是其他方面的一些文章,其中既有两篇论宋人散文的文章,还有三篇论析夏承焘先生治学历程和回忆唐圭璋、段熙仲先生往事的文章,收录这后三篇主要想借此表达对先贤的缅怀之情。上述 35 篇文章,以前散见于各种报刊之上,此次结集出版,可省读者查检之劳,姑取名为《唐宋词论稿(续编)》。

第五册收录卷六《唐宋词美学》。此卷原由江苏教育出版社 1998 年出版。

第六册由卷七、卷八、卷九、卷一〇组成。

卷七《唐宋词纵横谈》:此卷原由苏州大学出版社 1994 年出版。台湾丽文文化事业公司 1995 年出版了它的繁体字版,易名为《唐宋词主题探索》。

卷八《宋词趣谈》:此卷原由台湾业强出版社 1997 年出版。它的学术性不强,但趣味性和可读性尚可,因大陆读者不易读到,故在此再版,可供非专业的读者阅读消遣。

卷九《李璟·李煜》:此卷原由春风文艺出版社1999年出版,为其"插图本中国文学小丛书"中的一种。

卷一〇《东吴绛帐屐痕——序跋选录》:此卷收录了我为学生们的学术著作写的序跋。

第七册收录卷一一《唐宋词与人生》。此卷原由河北人民出版社2002年出版。

第八册由卷一二、附录组成:

卷一二《宋词三百首新注》:此卷原由天津人民出版社1993年出版。合作者刘文华女士乃是我的妻子,不幸已于近时病逝。几十年来,她在生活和工作上助我良多。今日再版此卷,也作为对她的一种悼念。台湾丽文文化事业公司1995年据此重排,出版了它的繁体字版,易名为《宋词三百首鉴赏》。

《附录》四种:一是崔海正教授所写的《论唐宋词专家杨海明——当代词学家系列研究之一》。二是曹辛华博士所写的《杨海明与唐宋词研究的深化》。这两篇文章的撰写,其作者事前事后都未与我本人做过沟通,完全是他们个人意见的表述。照我看来,其中颇多溢美之词而缺少中肯的批评,实在愧不敢当。但它们却能从一定程度上揭示我的某些研究"特色",可供我自己反省并供读者参考。除此之外,很多师友(如曹济平先生、潘树广先生,以及刘扬忠、肖瑞峰、王兆鹏、刘尊明等先生)和学生(如邓红梅、赵梅、闵定庆、钱锡生、王晓骊等博士,以及浙江大学的张锦同学)也曾为我的一些论著写过书评,但因篇幅的关系,这里就不再收录,谨向他们表示衷心的感谢和诚挚的歉意!三是王晓骊博士所记录的《背靠遗产　面向当代——杨海明教授词学访谈录》,它概述了我从事词学研究的历程,以及研究唐宋词的若干心得体会,也可提供给读者阅读。四是张幼良博士所撰《瞬间三十年——杨海明先生学术年表》。

正如开头所说,我在这30年左右的时间内竟不意涂鸦出了一大堆评说唐宋词的文字,其间的甘苦辛甜,自然一言难尽;而文章的优劣良莠,也心知肚明。总的来说,由于我的写作往往率性而发,主要凭兴趣和"感悟",而不耐作缜密细致的思考,因此文章中的疏漏和缺陷(甚至错误)自然难免,还望读者多多指教!另外,由于我往往是先写成一篇篇单篇论文,以后又把这些论文中的观点和材料融汇在后来的专著中间;而在撰写单篇论文时,因每篇文章都要自成一个独立的

“单元”,故而有一些观点和例证有可能会在全书中多次出现,或许会令人产生啰唆重复之感。这里谨表歉意。再者,由于这些文章写于不同时期,早期的文章并不像现今那样讲求“学术规范”,故而现在读来肯定不够“规范”,不够严谨。这点也请读者鉴谅!追昔抚今,如果说这套文集所收的一些旧文,在“文革”结束不久、新时期刚刚开始的阶段或许曾有某些“闪光点”使人眼目为之一亮的话,那么时至今日恐就早已平淡无奇,甚至黯然失色了。所以我十分清醒地将自己定位为新旧时期转型阶段的一位“过渡型”的研究者,而词学研究的崭新局面和崭新气象则期待着后来者们去努力开启和努力创造——这也是我作为一名曾经的词学研究者所殷切期望的。

最后,要对引导我走上研究道路并给我以提携指导的唐圭璋师、孙望师、段熙仲师、吴调公师表示深切的悼念与感谢;对大力促成本文集出版并付出辛勤劳动的我的博士生们(曹辛华、曹志平、孙虹、薛玉坤等)表示深深的谢意,拙著引文均由他们重新查核,并详为注出;特别应该提出的是,陈国安博士在本文集的出版过程中付出了艰辛的劳动,其热情与认真令我十分感动,特在此也表示郑重的感谢;对大力资助本文集出版的江苏海门市教育局副局长许新海博士表示衷心的感谢;对支持本文集出版并花费很多心血的江苏大学出版社总编辑芮月英女史和图书编辑部主任顾正彤女史表示深深的敬谢之心。

杨海明

2010 年 10 月

《张炎词研究》序言

海明同志从予攻读硕士研究生时，予即授以玉田生《山中白云词》作为毕业论文之题目。海明专心致志，爬梳遗籍，详为考证，无间寒暑，终于辨明玉田生家世及北游等问题之真相，填补张炎研究之空白；继而又作竹山、碧山之考证，于晚宋词人之研究亦多创获。今又在毕业论题之基础上，充实材料，深入发掘，作《张炎词研究》一书示予。予见书中结合史实与词篇相印证，显微阐幽，尤能发前人之所未发，故乐为之序。

唐圭璋

1985 年 1 月

《张炎词研究》前言

在唐宋词苑里，人们可以浏览到各式各样的词篇。它们各以其特殊的色香和形态，共同构成了这一林林总总、芬菲铿丽的文学园圃。大致来讲，晚唐五代的小令，好比是含苞初蕾的“花骨朵”，启示着词国“早春”天气的来到（撇除了比之更早的民间词、中唐文人词）；到了大量写作香艳旖旎的慢词“大家”柳永登场，则标志着宋词的“黄金时代”（大好春光）已经降临；及至苏轼、周邦彦时代，似乎可算是从春天过渡到了“夏木阴阴啭黄鹂”的夏季，词苑呈现出一派茂密繁森的景象。宋南渡以后，词又经历了一个从“初秋”到“深秋”的转变过程——它既是“成熟”“丰收”了，却又同时显露出几分“衰飒”“老成”的气氛；在这方面，以辛弃疾为代表的“爱国词派”的作品和以姜夔为典型的“雅词派”的作品就颇能说明问题。到了宋末（并延伸至元初），社会“大气候”发生突变，词坛上的“小气候”自也不能不随之而产生变异。此时，宋词的“颓运”或者“冬季”也就来临。而就在这个横跨两个朝代（指南宋与元朝）的“冬季”里，宋代词苑还以它最后的“余力”，绽放出一丛丛既不乏“标致”、又显得“可怜”的零乱花朵来。本书所要论述的张炎词，正是诞生于这一“世纪末”的词苑之一丛——“残花”。它“扎根”于南宋的“雅词”土壤里，开头一些日子也还熏沐着南宋“承平”时代的“温煦”阳光；但不久，“北风”（指北方民族的军事入侵）呼啸，寒气凛冽，它就不得不忍受着另一种政治气候的笼罩、袭击而发生相应的“变态”。对此，清人江昱（宾谷）的论词绝句说得相当中肯：

落魄王孙可奈何，暮年心事泣山河。商量未是人间调，一片凄凉不

忍歌。①

它所论述的《山中白云词》,即是张炎的词集。张炎,在宋亡前曾是一个典型的“王孙公子”,宋亡后则“落魄”成了一个“遗民”词人。他的300多首词作,基本就是对于覆亡了的南宋故国所唱出的一支凄凉哀歌。

为着叙述的方便,先让我们简略介绍一下张炎的生平。他生于宋理宗淳祐八年(1248),字叔夏,号玉田,晚又自号“乐笑翁”。这位宋末的著名词人,出生在一个大官僚之家。其六世祖张俊,乃是南宋初期的大将,因屡建军功,被高宗封为清河郡王(死后追封“循王”)。他的曾祖父张镃,又是南宋中期的一位著名人物,曾参加过“倒韩(侂胄)”的活动,在诗词方面也很有造诣。祖父张濡,宋末镇守独松关,官居浙西安抚司参议官。父亲张枢,为宣词令、阁门簿书,深通音律,善作词曲。到宋亡前的张炎本人为止,这一个大家族中的子弟,都还过着十分豪侈而又“清雅”的生活。从一些文献和张炎自己的词作看,携伎狎游,湖山清赏,结社填词,讴曲作画,这些,便是这位“玉田公子”在宋亡前的基本生活内容。

但是好景并不长久。在张炎29岁时(1276),蒙古兵攻入南宋首都临安(杭州),顿使张炎的地位和处境发生了巨大的变化:从大处而言,由于南宋小朝廷的基本覆亡(其时只有陆秀夫等在福州拥赵昰为帝,赵昰死又拥赵昺为帝,还在厓山坚持抵抗),张炎就成了一位亡国的“遗民”;从小处而言,张炎的祖父由于在之前误杀元朝使者而遭到了蒙古兵的残酷报复(处以“磔刑”),弄得资财被抄没,家破人亡。张炎从此便开始了他“落魄王孙”的生涯。

在他43岁(1290)那年,张炎曾被迫应召远赴元都(大都,即今之北京)写金字《大藏经》。这是对他入元之后政治态度的一次考验。在这场考验面前,张炎基本上站住了自己不愿与新朝合作的脚跟。他弃官不做,于次年春天之后即匆匆南归。这次“北游”,虽然时间很短,却是张炎一生中的一件大事,是他生命乐曲中一节比较悲亢愤激的篇章。而从北方归来之后,张炎又重新开始了他的落拓江湖、漂流四方的生活。他以诗(词)画“会友”,投奔朋友,以“授徒”为生,维持生计;最穷时甚至潦倒到在鄞地(今浙江宁波)摆设卜肆;最后,大约在元英宗至治元年(1321)以前,默默死去,享年70余岁。

张炎一生的简单经历,我们可以把它归纳成三个阶段:南宋基本覆亡(因南

① 江昱:《题〈山中白云词疏证稿〉诗》,张炎《山中白云词》,吴则虞校辑,中华书局,1983年,第210页。

宋正式灭亡在1279年)前的29年,是他的前期生活阶段;从国破家亡到被召北行,是他的中期生活阶段;从大都南归到逝世,是他的后期生活阶段。循着这三段生活的轨迹,我们就可以进而来研究他的创作(主要是词)情况了。

张炎作于前期的词,属于典型的“雅词”。我们知道,历来论词者都有一种“以婉约为正宗”的说法。借用这种说法,我们又可以进而把这种“正宗”的词风细析成几个阶段:晚唐五代和北宋二晏等人的词,基本属于婉约词的小令阶段;柳永大量创制慢词长调,又多少给婉约词带来了所谓的“俗”的风味;而周邦彦的词,则以它富艳精工的特色,开启了后代所谓“格律派”的新格局。南宋以来,周邦彦的词风继续发扬。由于南宋特殊的政治、经济、意识形态等条件的影响,一般正统的词人又对周词的风格进行了“修正”和“提高”,从而使婉约词的发展更朝着“典雅”的方向发展,这就使南宋的婉约词演变成了所谓的“雅词”。这种“雅词”,就其题材内容而言,并未见到有超出前代婉约词很远的地方(有之,则主要在于多写了一点“雅人高士”的隐逸情致),而在思想格调方面则要求词能克服柳永词里那种沾染着市民作风的“俗”味,使它更加符合“正统”的道德规范;在艺术形式方面而言,则力求着醇美典雅的艺术风范,这就是:要求审音合律、句琢字炼、文辞雅美、风格精致。南宋末年出现的一批词选,如《花庵绝妙词选》《阳春白雪》《绝妙好词》,其名称就充分体现了“雅词”在艺术方面的孜孜追求。

其实,在南宋特别是宋末的阶段里,民族矛盾一直是整个社会的主要矛盾。反映着这个矛盾并称得上是“时代强音”的词在词坛上是一直存在着的;然而它们却决不是“雅词”,而是以辛弃疾为代表的爱国词派的作品。但是,在“雅词派”词人看来,辛派爱国词却不是词的“正宗”,够不上“雅词”的资格,因此是受到排斥的。所以,虽然有少量“雅词”的作品也曾写到过一点嗟时伤乱之感(如姜夔的《扬州慢》等),但到底还是比较肤浅和有限的;而占据着主流地位的“雅词”则是距离现实较远的。这一点,正反映出了这辈“雅词”词人在阶级地位和世界观方面的局限。

张炎,这位宋亡前的“玉田公子”,就正是这样一位力主“雅词”理论和写作着“雅词”的词人。尽管在他的《山中白云词》中不能寻出很多确切的材料来说明他作于宋亡前的词是如何的雅丽,但我们却可从同时人对他的一些评论中想见张炎这一时期的词风。如舒岳祥说他“诗有姜尧章深婉之风,词有周清真雅丽之思,画有赵子固潇洒之意”①。从他以姜夔、周邦彦、赵孟頫三人的风格来比

① 舒岳祥:《赠玉田序》,张炎《山中白云词》,吴则虞校辑,中华书局,1983年,第165页。

拟张炎的艺术风致，就不难见出张炎作品整体上偏于婉雅的艺术趣味和艺术风格。再如，郑思肖则说："吾识张循王孙玉田先辈，喜其三十年汗漫南北数千里，一片空狂怀抱，日日化雨为醉，自仰扳姜尧章、史邦卿、卢蒲江、吴梦窗诸名胜，互相鼓吹春声于繁华世界，飘飘征情，节节弄拍，嘲明月以谑乐，卖落花而陪笑。能令后三十年西湖锦绣山水犹生清响，不容半点新愁飞到游人眉睫之上……"①这也清楚地说明了张炎继承着姜夔、史达祖、卢祖皋、吴文英等人的"雅词"词风。在这方面，他那首被人誉为"绝唱千古"的《南浦·春水》词就是一个"样品"。它用精细工巧的语言，描摹了西湖春水溶泄、韶景如画的美妙图景，堪称他入元之前的"雅词"的代表作品。

但是，张炎词之所以值得我们重视，却并不在此。张炎词的思想和艺术之所以达到了一定的成就，乃在于他入元以后的作品之中。

鲁迅先生说过："有谁从小康之家而堕入困顿的么，我以为在这途中，大概可以看到世人的真面目。"（《呐喊·自序》）张炎生活的变化则还不止于从"小康之家"堕入困顿——他简直是经历了从"王孙公子"堕为"文丐"的悲惨遭遇，所以生活的这种巨变就势必影响到了他的词风。他原先持有着的漂亮、雅致的"雅词"风格，就不由得要发生某种程度的"蜕变"。

正如江昱在前面说过的那样："落魄王孙可奈何，暮年心事泣山河。"张炎词的基调在宋亡后顿时就变了。它从原先"谑乐""陪笑"的欢快自得，一下子变成了"哭泣""凄凉"的哀调——对于故国覆亡的"黍离之悲"和对于自身落拓的"我已无家"的身世之感，便变成了他词的基本主题之一。请读下面这些词句：

> 天空水云变色，任愔愔，山鬼愁听。（《声声慢·送琴友季静轩还杭》）
>
> 万里冰霜，一夜换却西风。（《声声慢·都下与沈尧道同赋》）

他的词中，就这样浓重地抹上了一层"改朝换代"的悲凉色彩和时代氛围。而在这种黯淡伤感的词篇中，却仍跃然可觉地跳动着一颗眷恋故国的挚心：

> 万里孤云，清游渐远，故人何处？寒窗梦里，犹记经行旧时路。连昌约略无多柳，第一是、难听夜雨。谩惊回凄悄，相看烛影，拥衾谁语？
>
> 张绪，归何暮？半零落依依，断桥鸥鹭。天涯倦旅，此时心事良苦。只愁重洒西州泪，问杜曲、人家在否？恐翠袖，正天寒，犹倚梅花那树。（《月下笛》）

① 郑思肖：《玉田词题辞》，张炎《山中白云词》，吴则虞校辑，中华书局，1983年，第164页。

词人感怀着南宋故国的宫室（“连昌宫”在此处是以唐喻宋的写法）已经荒芜一空，追念着的昔日旧人已经风流云散，“心事良苦”、悲从中来，不由得“愁思黯然，因动黍离之感”（小序）①，写下了这样深情悲怆的词篇来。

再如，他那首著名的《高阳台·西湖春感》词，表面看是“伤春”，实质却是“伤乱”。词中哀哀地诉说着作者对于亡国的无限悲痛。“莫开帘，怕见飞花，怕听啼鹃”，正是此种哀痛之委婉又而深挚的特殊方式的表露。

如果我们仍旧拿“雅”字来评论张炎的这些词的话，那么，他作于宋亡后的这些词就近乎《诗经》中的“变风”“变雅”式作品了。这也就是说，在社会环境和个人身世所发生的巨大变易的推动之下，张炎原先的“雅词”词风也相应地发生了某种程度的改变，它朝着反映社会矛盾的方向推进了一大步。

这种转变的突出表现，即是他在北行途中所作的一些词篇。张炎虽则先辈是甘肃人，但从张俊以后，便世代居住杭州了，到张炎本人，已是一个“十足”的杭州人。他自幼熏沐着西子湖畔的软风香尘，消受着“销金锅”里的富贵温柔，因此造就了自己软弱的个性和柔婉的词风。但是，在被迫北上的途中，他有机会亲眼目睹汉族人民遭受的痛苦，在满目疮痍的情况下却又饱看了北国雄伟而又苍凉的河山，这就大开了眼界，增加了阅历。特别当他在深秋季节夜渡古黄河时，他的笔端不禁出现了与以前词风迥然不同的风貌：

> 迎面落叶萧萧，水流沙共远，都无行迹。衰草凄迷秋更绿，惟有闲鸥独立。浪挟天浮，山邀云去，银浦横空碧。扣舷歌断，海蟾飞上孤白。（《壶中天》）

这种悲慨如杜诗、豪放似辛词的词风，就是以前的“玉田公子”之“雅词”中所见不到的。它反映着这样一个事实：尽管张炎他们并不欣赏辛弃疾式的“豪气词”风格，但当他们自己的遭遇发生变易时，也就会情不自禁地向辛派豪健词风靠拢过去。这又表明，张炎的思想感情中，也自有与爱国词人们相通的地方；不过，后者的爱国情绪表现得显露、愤激，而张炎则表现得较为隐晦、低沉而已。因此，仍然可以说，张炎词中所表露的家国和身世之感，乃是爱国感情在特定的社会条件下的一种特殊形态的表现，它仍然是值得后人重视的。

说到“特定的社会条件”，我们自然明白那是指元代残酷的异族统治。别的不说，光从元代统治者对于文人的高压政策就可见其残酷之一斑了。《元史·刑法志》明文载着：“诸妄撰词曲，诬人以犯上恶言者，处死。”“诸乱制词曲为讥

① 张炎：《山中白云词》，吴则虞校辑，中华书局，1983年，第26页。

议者，流。”①动辄杀头，动辄充军，这就可知元初文网之严密。又，仅从周密《癸辛杂识》一书中，我们即很易见到元初“文字狱”的一些记载：如《别集》上载：刘辰翁作月诗六言云：“霓裳声里一撷。如今是第几轮？赤壁、黄楼都在，古今多少愁人？”诗成，“为人所讦，几殆”②。中又如《续集》上载：梁栋与莫仑有小隙，密告莫作诗有“讥讪语”，结果莫氏被逮入狱，未几病死；十年之后，梁栋本人却又被别人告以曾作“浮云暗不见青天”诗句而下狱病死③。这里所透露的，还只是当时“文祸”的一小部分，但足已使我们体会到那个时代政治气候之肃杀可怖了。张炎词既然产生于这样的环境中，其不得不采取较为隐晦曲折的词笔，也就很可理解了。即如上面所举的这首“北游词”，其中的“迎面落叶萧萧”三句，别本另作“云外散发吟商，任天荒地老，露盘犹泣”。“天荒地老”“露盘犹泣”（用李贺《金铜仙人辞汉歌》诗意），就明言是亡国之感；而改定之后，却变成了现在的面貌（此“别本”很可能是草稿或原稿），这就可知张炎写词不得不有所顾忌——但也正因如此，我们便更感张炎词中所寓藏的“黍离之悲”的难能可贵！结合着一己的身世，写出了深沉的眷恋故国之情，这就是我们看重张炎词的首要原因。

从大都南归时，张炎已经44岁。在此后约30年的光景中，一方面，他的亡国痛感仍至死不泯灭；另一方面，他思想中那种欲以“隐逸”“超旷”来求得“解脱”的消极情绪却也滋长和发展了起来。复国既已无望，北行的这一场政治风浪又使他惊悸犹存，于是他格外企望着能在“隐士”生涯中摆脱现实的烦恼与痛苦：

> 龟峰深处隐，岩壑静，万尘空。任一路白云，山童休扫，却似崆峒。只恐烂柯人到，怕光阴、不与世间同。旋采生枝带叶，微煎石鼎团龙。
>
> 从容，吟啸百年翁。行乐少扶筇，向镜水传心，柴桑袖手，门掩清风。如何晋人去后，好林泉、都在夕阳中？禅外更无今古，醉归明月千松。（《木兰花慢·为越僧樵隐赋樵山》）

虽然躲在深山古庙中，也仍不失是对元朝的一种“不合作”举动；但词中所发出的那种“清风”“吟啸”之声和煮茶、焚香之味，毕竟和现实生活隔膜甚远，究其思想内核而言，乃是一种消极遁世的人生态度，实在不足称道。但我们又不能不看

① 宋濂，等：《元史》卷一四〇，中华书局，1976年，第2051页。
② 周密：《癸辛杂说·别集》卷上，中华书局，1988年，第253－254页。
③ 周密：《癸辛杂识·续集》卷上，中华书局，1988年，第139页。

到，这类讴歌隐逸生活和“出世”思想的作品，在整个张炎的词中（他的词集取名为《山中白云》，也正是此意），却占有了不小的比重；因此它也同是张炎词的基本主题之一。富贵风流的“玉田公子”，不忘故国的“落魄王孙”，再加上隐逸超旷的“乐笑翁”，这就构成了张炎“为人”的全貌，同时也构成了他词中所塑造的词人的“自我形象”的大致轮廓。张炎词的创作轨迹及其思想内容就大体如上。

张炎不但是一位词作家，而且又是一位词论家。他在晚年所作的《词源》一书，总结了他一生作词的经验。总观《词源》，其总的出发点在于作词须要“深加锻炼”四字。张炎自己的创作实践，就基本贯彻了这种精神。他的那些比较出色的词篇，就依仗着此种“锻炼”之功，达到了一定的艺术高度。这就是我们看重张词的又一个原因。

我们知道，唐宋词坛上，一直存在着视词为“小道”“薄技”的看法。但发展到南宋后期，却有了“尊体”之势。陆文奎为《词源》作跋时说道：“‘词’与‘辞’字通用，《释文》云：‘意内而言外也。’意生言，言生声，声生律，律生调，故曲生焉。”①尽管他对“词”（歌词）的解释属于穿凿附会式的曲解，但他的本意却已在于抬高词的“地位”（张炎自己也说过，词如能“屏去浮艳，乐而不淫，是亦汉、魏乐府之遗意”）。但是如何才能“尊体”，使它能够上接《诗》《骚》？照“雅词”派词论家看来，关键即在于一个“雅”字。

所谓“雅”，一方面要求“屏去浮艳”，克服“软媚”，也就是在词的思想内容方面达到“雅正”的要求；另一方面，更要求句琢字炼，以求得精美醇雅的艺术形式。而要达到后一种艺术要求，就非“深加锻炼”不可。

张炎的词，就深深地体现出了那种经过“锻炼”之后的“人工”型艺术美感。它不同于五代和北宋的婉约词人所常具有的天然风韵与自然风姿，而更集中地表现出南宋“结社”词人所具有的雕琢之美、“人巧”之美来。

试观他入元前所作的《南浦·春水》词中的这些句子：

> 鱼没浪痕圆，流红去，翻笑东风难扫。
> 荒桥断浦，柳阴撑出扁舟小。
> 和云流出空山，甚年年净洗，花香不了？

看似“神化之句”，其实都是经过精心锤炼之后才能诞生出来的“警句”（陆辅之《词旨》就专门列有“乐笑翁警句”一节）。

① 陆文奎：《玉田词题辞》，张炎《山中白云词》，吴则虞校辑，中华书局，1983 年，第 165 页。

入元之后诸作，尽管风格发生变化，但他“深加锻炼”这个特色却是一直保持着的。从其表现黍离之痛的词作来看，他大致采用了两种方式：一是“托物言志”，在咏物词中夹寓进自己的真情实感，所谓“意内言外”者也；二是“今昔对比”，在“对比”中抒写出自己感怀故国的深情挚意。而不管采用哪种方式，它们却都经过了精心的构思、巧妙的安排。前者如《解连环·孤雁》：

> 楚江空晚，怅离群万里，恍然惊散。自顾影、欲下寒塘，正沙净草枯，水平天远。写不成书，只寄得、相思一点。料因循误了，残毡拥雪，故人心眼。　谁怜旅愁荏苒？谩长门夜悄，锦筝弹怨。想伴侣、犹宿芦花，也曾念春前，去程应转。暮雨相呼，怕蓦地、玉关重见。未羞他、双燕归来，画帘半卷。

这首词极力刻画一个“孤”字，入木三分（作者竟然由此而获得了“张孤雁”之美称），其工巧的程度甚至超过了唐宋诗中所有咏“孤雁”的篇章。拿我们今天的眼光看，它既是写“雁”，却又同是写“人”，亦雁亦人，不即不离，堪称一首精心经营之作，其间的“锻炼”功夫自不待多说。

后者如《庆春宫》词：

> 波荡兰觞，邻分杏酪，昼辉冉冉烘晴。罥索飞仙，戏船移景，薄游也自忺人。短桥虚市，听隔柳、谁家卖饧。月题争系，油壁相连，笑语逢迎。　池亭小队秦筝。就地围香，临水湔裙。冶态飘云，醉妆扶玉，未应闲了芳情。旅怀无限，忍不住、低低问春。梨花落尽，一点新愁，曾到西泠。

这是作者到达大都之后，目睹该地寒食节的盛况而作。全词用主要的篇幅渲染形容了游女如云、车水马龙的节日景象，但结尾几句却笔锋一折，从眼前所见的别人家的欢乐，转入对于故国（即词序中所谓“京、洛旧事”）的深沉怀念：“旅怀无限，忍不住、低低问春。梨花落尽，一点新愁，曾到西泠。”前面越是写别人的欢乐，后面越显出自己的孤凄；前面越写出元都的热闹，后面则越显出对于故都的深恋。以他人之乐，反衬自身之哀；由节日之欢，逗出家国之愁。初看起来，似是信笔写来；细味之后，才知是巧作安排之章。这是它结构方面的妙处。而在语言方面，它用了“波荡兰觞，邻分杏酪”“罥索飞仙，戏船移景”“月题争系，油壁相连”“就地围香，临水湔裙”“冶态飘云，醉妆扶玉”等一系列精练工整的对句

(《词旨》又专列“乐笑翁奇对”一节①),描摹出大都的节日盛况,亦可以得见作者锤炼字句的深湛功力。

张炎那类描写艳情的词篇,也深经作者的努力于“雅化”和“锻炼”而显得语言醇净、风格婉雅。比如他的《南乡子·忆春》词:“歌扇锦连枝,问着东风已不知。怪底楼前多种柳,相思,那叶浑如旧样眉。　　醉里眼都迷,遮莫东墙带笑窥。行到寻常游冶处,慵归,只道看花似向时。”此词名为“忆春”,实为“忆人”(别本即题作“忆春”)。如果让其他一些词人来写,或许就会写得软媚侧艳不堪。但张炎却采取了“皮毛落尽,精神独存”的“雅笔”,把那类过分缠绵娈婉的字面统统删除干净,而只用了“睹柳、看花、忆人”(白居易诗“芙蓉如面柳如眉”)的“联想法”,含蓄蕴藉地抒发出一腔怀念旧恋的情思来。这样的“雅词”笔法,郭麐谓之“姜、张诸子,一洗华靡,独标清绮”②,这种对于语言的“筛选”,其实也属一种“锻炼”之功。

再拿他另一类抒写隐逸情趣的词来看,他的“深加锻炼”的结果就造成了一种“清空”的艺术风格。张炎本人深喜这种风格,他说:“词要清空,不要质实。清空则古雅峭拔,质实则凝涩晦昧。姜白石词如野云孤飞,去留无迹。吴梦窗词如七宝楼台,眩人眼目,碎拆下来,不成片段。此清空质实之说。”③当然,“清空”的词风一方面与作者的个性有关,另一方面又同作品的刻意“锻炼”分不开。张炎曾说王沂孙“能文工词,琢语峭拔,有白石意度”(《琐窗寒》小序》),就知此种“白石意度”(亦即“清空”风格)是与“琢语”大有关联的。又说:“此数词皆清空中有意趣,无笔力者未易到”,“若能尽用虚字(按:原文如此,恐传写有误),句语自活,必不质实,观者无掩卷之诮”④。这也可知“清空”而不“质实”的风格是与“笔力”“用字”等方面的问题密切联系着的。张炎自己的词,正是通过谋篇布局、锤字炼句等方面的努力,达到了一种清峭空灵的境界。如:

> 扁舟忽过芦花浦,闲情便随鸥去。水国吹箫,虹桥问月,西子如今何许?危阑谩抚。正独立苍茫,半空飞露。倒影虚明,洞庭波映广寒府。　　鱼龙吹浪自舞。渺然凌万顷,如听风雨。夜气浮山,晴晖荡日,一色无寻秋处。惊凫自语。尚记得当时,故人来否?胜景平分,此

① 陆辅之:《词旨》,唐圭璋编《词话丛编》,中华书局,1986年,第299页。

② 郭麐:《灵芬馆词话》,唐圭璋编《词话丛编》,中华书局,1986年,第299页。

③ 张炎著、夏承焘校注,沈义父著、蔡嵩云笺释:《词源注　乐府指迷笺释》,人民文学出版社,1963年,第16页。

④ 同③,第15页。

心游太古。(《台城路·为湖天赋》)

此词极有白石风味。开头两句,用了“忽过”“便随”二词搭配,便给人以一种飘忽空宕之感。“水国吹箫,虹桥问月”两个短短的对句,写得既优美旖旎,又潇洒俊脱。而接下便逗出了“西子如今何许”的问句,语势自然而又贯注。“危阑谩抚。正独立苍茫……”数句紧接上文,使“今何许”的无穷感慨尽化在一片苍茫的景色中,这种“于虚处见精神”的“清空”写法令人联想到了白石的《点绛唇·丁未冬过吴松作》(词云:“燕雁无心,太湖西畔随云去。数峰清苦,商略黄昏雨。第四桥边,拟共天随住。今何许?凭栏怀古,残柳参差舞。”下片后三句就用的此种写法)。下阕更是舒展其写景的高才,极以其“野云孤飞”式的笔力,为我们勾画出了一幅“秋水共长天一色”的浩渺秋景,达到了“情景交炼”的清虚境界。仇远评张词谓:“铅汞交炼而丹成,情景交炼而词成。”① 事实正是这样,张炎的很多佳作都是经过了作者炼意、炼篇、炼章、炼句,以及“敲打”字面才“炼”就的。他自己教人作词,有“莲子结时花自落”的“秘诀”②。其实,此话的真实意思主要并不在于“自然而然”,却是指示着“锤炼之极,归于自然”(如同“绚烂之极,乃造平淡”一样)的经验之谈。雕琢并不一概可厌,关键是要经过雕琢而仍能达到“自然”;张炎的不少作品就正达到了这种境界,所以为高。

不过,这只是问题的一个方面。问题的另一方面却是:张炎词中,确也存在着“真情不足、雕琢有余”的缺点。王国维说:“‘池塘春草谢家春,万古千秋五字新。传语闭门陈正字,可怜无补费精神。’此遗山(元好问)《论诗绝句》也。梦窗、玉田辈,当不乐闻此语。”③ 这就是说,张炎和吴文英的词风虽有“疏”“密”之分,但就刻意雕琢这一点而言,却还是同样有着“可怜无补费精神”的毛病的。比如他模仿姜夔《暗香》《疏影》而作的《红情》词:

> 无边香色。记涉江自采,锦机云密。剪剪红衣,学舞波心旧曾识。一见依然似语,流水远、几回空忆。看亭亭,倒影窥妆,玉润露痕湿。
> 闲立,翠屏侧。爱向人弄芳,背酣斜日。料应太液,三十六宫土花碧。清兴凌风更爽,正无数满汀如昔。泛片叶、烟浪里,卧横紫笛。(《红情》)

① 仇远:《玉田词题辞》,吴则虞校辑《山中白云词》,中华书局,1983 年,第 164 页。
② 陆辅之:《词旨》,唐圭璋编《词话丛编》,中华书局,1986 年,第 303 页。
③ 况周颐著、王幼安校订,王国维著、徐调孚注:《蕙风词话　人间词话》,人民文学出版社,1982 年,第 235 页。

此词乃咏荷花。从它的“太液(池)”“三十六宫土花碧”等句来看,隐约有一些家国之感在内(王安石《题西太一宫壁诗》:“三十六陂烟水,白头想见江南”);但细细读来,却又不过是“咏物”而已。此种“似是而非”(周济《介存斋论词杂著》说张炎词“往往有似是而非处,不可不知”①)之处,即是“意不足、辞来凑”的雕饰所引起的。大抵来说,“词至南宋,奥窔尽辟,亦其气运使然”②;张炎生处宋末,自然也不免沾染了这种“真情稍衰、技巧有余”的通病。

张炎词在艺术上的成就和缺陷就大致如上。

下面,再来谈一下有关本书的写作情况。

首先,写作本书所遇到的最大困难,便是资料的短缺。宋末元初,本是一个动乱的时期,而张炎,在宋亡前基本只是一个“公子哥儿”,入元之后又落魄穷途,因此有关于他的一些文献记载,实在远远不能满足我们的研究需要,所以又增添了不少研究的困难。本书虽然做了很大的努力,对张炎的家世、生平事迹及一部分词作做了一番探索考订,但仍远不能解决全部问题。而且即便是本书已经做出初步论断的一些问题,恐怕也还有可以进一步商榷探讨的地方。为此,我们还期待着能在进一步发掘文献资料的基础上,把对张炎的研究继续推进、深入。基于这种“发掘文献”“保存资料”的目的,本书特意花了两章的篇幅,比较详尽地考订了张炎的家世及其生平事迹,这一方面是为下文的研究张炎词作“铺平道路”“拨开迷雾”,另一方面也是为以后的研究者提供一个尽可能完备些(事实可能还做不到这点)的“材料基础”。这个用意,想来应该能被读者所理解而不会厌弃其“冗繁”吧。

其次,张炎本身的词作,也还存在着研究的难度。这是因为:第一,张炎除有一首七绝之外,基本就只有词作传世(且现存的《山中白云词》又非“完璧”),因此很难用其诗文与其词作相互印证阐发。第二,张炎的词,大都只是抒写主观的感受,而较少直接反映社会时事,故就不易考出许多确凿可靠的“本事”来当作研究的“基础”。第三,现见张炎之词,主要创作于入元之后,由于政治环境的“特殊性”,有许多真情实感往往是“遮盖”起来的,这又增加了我们研究的困难。第四,词至晚宋,“始及其变”,词风普遍地变得繁缛晦涩。像吴文英、王沂孙等人的某些词篇,简直使人有猜“词谜”之感。张炎虽则比他们好得多,但也有不少作品还是相当难以确解的。凡此种种,都给我们的研究工作设置了障碍。所以我们在进行论述时,有时不得不采取一种“迂回”的、“自远及近”的方法。这

① 周济:《介存斋论词杂著》,唐圭璋编《词话丛编》,中华书局,1986年,第1635页。
② 谢章铤:《赌棋山庄词话》,唐圭璋编《词话丛编》,中华书局,1986年,第3470页。

实在也是一件“无可奈何”的事。但话又要说回来,这样做,有时却又不失为一种“具体事物具体对待”的方法。古人早就说过:“赋水不当仅言水,而言水之前后左右。”(姚铉语)从那“左右前后”包围拢来,这“水”的形状性能,或许就更能看得清楚透彻一些。所以我们在论张炎词时,有时还论及宋人(主要是南宋人)的生活情趣、艺术趣味、词学风尚、审美意识等问题,有时还把张炎词与其他同时代人的词做些联系、比较,这虽则可能“离题”稍远一些,但却也还“有补于事”。何况,张炎词本身就可看作“宋词”的最后“结晶”之一,或者说是“宋词”的特殊形态的一种“延伸”,因而上述这种做法,也还有它的某种必要性。研究一种文学现象,扩展其研究背景,追溯它的“源头”,注意它跟前代文学的继承性与“同中有异”的差异性,这本身或许也可算得上是一种“综合分析法”吧。

另外,研究某个专题作家的人,往往很易造成对于这个作家的某种程度的偏爱或溢美。这种现象在古典文学研究中也屡屡可见。本书则力图避免这个毛病,而想尽量客观、公正地对张炎作品做出比较恰当的评价,但是由于著者的思想水平、认识能力和学术水准有限,恐还难以达到此点。因而,对于书中的各方面缺点乃至错误,亟盼专家和广大读者给予指正。

最后,应该对我的导师唐圭璋先生,以及孙望、段熙仲先生表示衷心的感谢!没有他们严格的指导和亲切的教诲,本书是不会诞生的。

1984 年 11 月初稿
1987 年 10 月修改

目　录

第一章　张炎的家世

一、张炎家世考

张炎的家世,曾经是一个扑朔迷离的问题。其关键,乃在于他的曾祖和祖父这两人身上。

根据宋元之际一些人的记载,可知张炎是南宋"中兴名将"之一——张俊(死后追封"循王")的后代:

郑思肖《玉田词题辞》(以下简称郑《跋》)称:"吾识张循王孙玉田先辈……"①

舒岳祥《赠玉田序》(以下简称舒《序》)称:"宋南渡勋王之裔子玉田张君……"②

而袁桷则明确地把张炎指为"循王五世孙"③。

由于袁桷基本上与张炎同时(比张炎小 19 岁),与张炎又有过交往,所以这个"五世孙"的说法很被后来一些人所接受。如《四库全书总目提要》,如胡薇元《岁寒居词话》,如谢朝征《白香词谱笺》,甚至连精于宋代史事的厉鹗都主此说④。

但是,这个说法却是不确的。问题首先出在张俊—张炎的"中间环节"之一张镃身上。

张镃,字功甫,号约斋,堂名"玉照",是南宋中期的著名文人。他上与张俊是什么关系,下与张炎又是什么关系?很久以来,在学术界,说法颇不一致。

先说张镃与张炎的关系。夏承焘先生在 1959 年写的《词源注·前言》中称

① 郑思肖:《玉田词题辞》,张炎《山中白云词》,吴则虞校辑,中华书局,1983 年,第 164 页。

② 舒岳祥:《赠玉田序》,张炎《山中白云词》,吴则虞校辑,中华书局,1983 年,第 165 页。

③ 袁桷:《赠玉田序》,张炎《山中白云词》,吴则虞校辑,中华书局,1983 年,第 164 页。

④ 厉鹗:《山中白云词题辞》,张炎《山中白云词》,吴则虞校辑,中华书局,1983 年,第 168 – 169 页。

张镃为张炎的“高祖辈”①，而在1979年出版的《月轮山词论集》中又称张镃为张炎的“祖辈”——这后一说法想来又是根据袁桷之说而来的。袁桷《送张玉田归杭疏》有云：“古梅千槛，空怀玉照之风流。”②“诗书娱晚岁，还名祖父之青毡。”③就是把张镃指认为张炎的“祖父”。

再说张镃和张俊之间的关系。明人李日华《紫桃轩杂缀》卷三称：“张镃字功甫，循王之孙。”所以龙榆生先生《词曲概论》即主“镃乃俊之孙”之说，而夏承焘先生笺姜夔《齐天乐》亦同此说（而其实，这些说法都是有误的）。

根据上述情况，对于张炎家世的考证就有必要分成两步走。第一步是考证张镃与张俊之间的关系，第二步是考证张镃与张炎之间的关系。笔者曾在《文学遗产》（1981年第2期）发表过《张炎家世考》，后来又承段熙仲先生指示，查阅了陆游《渭南文集》，使这个问题更加简洁、明了化了。兹先考证张镃与张俊的关系：

据《宋史·张俊传》载，张俊有子五人：子琦、子厚、子颜、子正、子仁，以及从子子盖（吴则虞《山中白云词》校辑本所附吴著《玉田世系表》，误把“子”字去掉而成了张琦、张厚、张颜、张正、张仁，殊不知他们正以“子”行辈，故误）。

据周密《武林旧事》卷九《高宗幸张府节次略》记载，张俊于绍兴二十一年（1151）接驾时“本家节族推恩”、有官爵的姓名如下：

> 张俊子：子颜、子正
> 张俊孙：宗元
> 张俊侄：子盖、子仪、子安、子文
> 张俊侄孙：宗旦、宗亮、宗说、宗益、宗颖。④

可知张俊子辈以“子”字排行，孙辈以“宗”字排行。

“宗”字辈以下则按金、水、木、火、土的“五行相生”的次序来排辈（牟巘《陵阳集》卷一六《题西秦张氏世谱后》云：“王（俊）位极人臣，分茅胙土。施及其后，四子⑤名冠以‘子’，诸孙名冠以‘宗’。‘宗’之下，则取五行相生为次。王

① 张炎著、夏承焘校注，沈义父著、蔡嵩云笺释：《词源注　乐府指迷笺释》，人民文学出版社，1963年，第5页。

② “玉照”为张镃之堂名。袁桷《赠张玉田诗》原注：“张镃号约斋，堂名玉照。”

③ “青毡”，指旧家故物。语出《世说新语》王子敬事。

④ 周密：《武林旧事》，西湖书社，1981年，第150－151页。

⑤ 此处曰“四子”与《宋史·张俊传》之“五子”似为矛盾，实则一致，见下文。

弟之子孙亦如之。”①牟巘是张俊五世孙张楧②的岳父，他亲见过张楧所作的这一《西秦张氏世谱》，话极可信），那就可知张镃乃张俊的曾孙辈而非“孙”辈。

具体而言，张镃与张俊之间的关系可列为下：

张俊—张子厚—张宗元—张镃

证据即在陆游《渭南文集》卷一六《德勋庙碑》。此文乃陆游为张镃修家庙而作。文曰：“太师、循、忠烈王张公（俊）……公之曾孙镃，三世传嫡长，始筑庙于居第之东。庙成，以高宗御书‘德勋’二大字为庙之名。自忠烈以下为三室：忠烈之配曰秦国夫人魏氏、汉国夫人章氏；第二室曰少傅公，讳子厚，配曰汉国夫人萧氏；第三室曰少师公，讳宗元，配曰楚国夫人刘氏。”③又同书卷三六《承议张君墓志铭》（为张镃之弟张鉷所作）记载张鉷的家世亦与上文全同。由此可知张俊—张子厚—张宗元—张镃之间的世系。而据陆文中“三世传嫡长”一语，也顺便可知子厚为张俊正妻所生之长子。《宋史・张俊传》谓俊有五子，而首为“子琦”；牟巘《题西秦张氏世谱后》则言俊有“四子”，这个矛盾在这里就可以得到解决——这个“子琦”或为庶出，或为夭亡，所以张俊的“嫡传”乃为子厚一脉。

下面再来考证张镃与张炎的关系。

张炎的父亲名张枢（字斗南，号寄闲，又号云窗），关于这一点也是无异议的。张炎《词源》云：“先人晓畅音律，有《寄闲集》，旁缀音谱，刊行于世。”④邓牧《张叔夏词集序》（以下简称邓《序》）云：“盖其父寄闲先生善词名世，君又得之家庭所传者”⑤，可证。问题是：张炎的祖父究竟是谁？如按袁桷的说法是张镃的话，那么“金”字辈与“木”字辈之间又明明还空着个“水”字辈的位置在那里！这个矛盾是袁桷所无法弥合的。观之陆游《承议张君墓志铭》所记张鉷—张渥，以及牟巘《题西秦张氏世谱后》所记张济—张楧的世系来看，在镃（金）—？（水）—枢（木）—炎（火）之间必还有一个“水”字辈的人物存在。这个人，就应该是张镃之子、张枢之父而为张炎之祖父。

推测张炎祖父之名的，首见于胡适《词选》，他说张炎之祖父乃“张含”。刘

① 牟巘：《陵阳集》卷一六，《四库全书》第1188册，上海古籍出版社，1987年，第143页。

② 牟巘：《陵阳集》卷七，《四库全书》第1188册，上海古籍出版社，1987年，第58页。

③ 陆游：《渭南文集》卷一六，《陆游全集》上册，中国书店，1986年，第93页。

④ 参见张炎《词源》卷下“音谱”条，唐圭璋编《词话丛编》，中华书局，1986年，第256页。

⑤ 邓牧：《山中白云词序》，张炎《山中白云词》，吴则虞校辑，中华书局，1983年，第165页。

大杰先生《中国文学发展史》乃至《姜夔、张炎词选》(广东人民出版社,1984 年版),都沿袭了这一说法,故而实有必要做一考辨,以免再次以讹传讹。

笔者在作《张炎家世考》时,曾广泛收录各家之说,但除胡、刘二氏外,均未见有关于张炎祖父为谁的记载;而颇感怀疑的是:胡氏此说有何根据、究系从何而来?他虽明显是错误的(因“含”字不属“水”部),但即使是错误的,想必也该有若干依据吧?因此就循此线索“追踪”了下去。

一查之下,果然找到了胡氏说法的出处。原来他所根据的乃是丁丙在榆园丛刻(许增刻)本《山中白云词》后面的一段跋语。丁丙说:

> 宋奚淏①《秋崖津言》载“张濡《湖上别墅》一诗云:‘弱柳舒眉学远山,四山斜髻绿云鬟。平湖如鉴一回照,西子明妆浓淡间。’濡字子含,别墅在北新路第二桥,颜曰‘松窗’。中构水亭,四面柽柳数百株,围绕若玦环,下临菡萏一二十顷,三伏销暑,不减禁中翠寒堂也。父功甫,即与史卫王谋诛韩侂胄者。杨诚斋赏其诗,所谓‘新拜南湖为上将’也。子含濡染家学,别出机杼,独自成家。子枢,字斗南,工长短句,李筼房每称之”云云。则叔夏为功甫曾孙,斑斑可考矣。②

在丁丙所引的《秋崖津言》一书中,即明确地记载着:张濡(字子含)为张镃(功甫)之子,而为张枢(字斗南)之父。然而,胡适却粗心地把“子含濡染家学”理解成了“(张濡之)子含濡染家学”。这样,张濡就误变为“张含”了。刘大杰先生又以误传误,沿袭其说,结果就使张炎误有了这样一位名唤“张含”的祖父。

不过,丁丙所见到过的这部《秋崖津言》,现在却已不可复见了。笔者曾为此而查访过国内若干图书馆(包括收藏丁氏《八千卷楼藏书》的南京和浙江图书馆),都未发现此书。为此,可能会产生几个疑问:丁丙所见此书,是否确是宋人手笔?丁氏是否会伪造假书以混世目?而况再退一步讲,即使此书确是宋人所记,其言是否可信?为此,还有必要做一番细致的考证。

(一)先看奚淏其人的生活年代。奚淏,字倬然,号秋崖。周密《齐东野语》卷一二记他曾为贾似道作过寿词,可知他为宋理宗、度宗时人。而张炎《词源》

① 丁丙原文作“淏”,赵万里《校辑宋金元人词》等亦作“淏”。《绝妙好词》及《全宋词》则作“淏”。唐师圭璋告予:淏,古文。“汉”也。《诗·大雅》:“倬彼去汉。”奚淏字倬然,可证应为“淏”;而作“淏”字者,实误。

② 丁丙:《〈山中白云词〉跋》,张炎《山中白云词》,吴则虞校辑,中华书局,1983 年,第 176 页。

也曾提到过:“近代杨守斋精于琴,故深知音律,有《圈法周美成词》。与之游者:周草窗、施梅川、徐雪江、奚秋崖、李商隐,每一聚首,必分题赋曲。”①而周密《绝妙好词》于卷四也收有奚淢词二首(位置正在张枢前一卷),可知他确与周密、张枢同时。他所记载的张枢、张濡之事,有其时间上的可信性。而书以“秋崖”为名,也与其自号一致。

(二)《秋崖津言》载张濡有别墅在北新路第二桥。检之周密《武林旧事》卷五《湖山胜概》于西湖三堤路(苏公堤自南新路直至北新路口,小新堤自麹院至马蝗桥)的第四桥(即北新路“第三桥”)果有“松窗”一条,下注“张濡别墅”。可知奚淢此言非虚②。而所云“三伏销暑,不减禁中翠寒堂”,则《武林旧事》卷三《禁中纳凉》也确实写到过“闻洪景卢学士尝赐对于翠寒堂,三伏中体粟战栗,不可久立。上问故,笑遣中贵人以北绫半臂赐之,则境界可想见矣”③的情景,可与奚氏此言相印证。

(三)《宋史》卷四七恭帝德祐元年(1275)三月:“命浙西安抚司参议官张濡戍独松关。辛卯,张濡部曲害大元行人严忠范于独松关,执廉希贤至临安,重创死。”④从年龄上推算,张炎其年为28岁,若张濡确为其祖父,则年龄应在六七十岁,于情理不相违戾(宋代70岁始“致仕”)。

(四)元道士孟宗宝所编《洞霄诗集》卷四,在《游大涤》的同一题目下,同时系有张濡和张枢的两首七绝。这样的排列方法,一则见得是同游而作,二也得见两人关系密切,若解释为父子同游,释然可通。又检张镃《南湖集》,其中也有《再游洞霄》七律、七绝各一,可知张镃亦喜游洞霄。此恐是当时之风尚,张家亦复如此。

(五)最有说服力的证据是牟巘在《题西秦张氏世谱后》中所云。张俊后裔甚多,牟氏在谈到张俊后代的遭遇时言:“有登进士第者,上舍释褐者,有与殛韩而复以忤时贬者,任守阕而竟以杀使死者。”⑤这前两句不足为奇,而后两句则明明讲的就是张镃和张濡的事。

据叶绍翁《四朝闻见录》丙集“虎符”条载:

① 张炎著、夏承焘校注,沈义父著、蔡嵩云笺释:《词源注 乐府指迷笺释》,人民文学出版社,1963年,第31页。
②《秋崖津言》作“第二桥”,与《武林旧事》所记“第三桥”相差一字,可能是笔误所致。
③ 周密:《武林旧事》,西湖书社,1981年,第42页。
④ 脱脱,等:《宋史》卷四七,中华书局,1985年,第921页。
⑤ 牟巘:《陵阳集》卷一六,《四库全书》,上海古籍出版社,1987年,第143页。

镃始预史(弥远)议诛韩(侂胄)。史以韩为大臣,且近戚,未有以处。张(镃)谓史曰:"杀之足矣。"史退而谓钱(象祖)、卫(泾)曰:"镃,真将种也。"心固忌之。至是,钱赍伐自言。史昌言于朝曰:"臣子当为之事,何为言功?"遂讽言者贬镃于霅。……镃后以旨放还,因史变法,又欲谋史,故贬置象台。①

《齐东野语》卷二〇"张功甫豪侈"条也有类似的记载:

功甫于诛韩有力,赏不满意。又欲以故智去史,事泄,谪象台而殂。②

据此两条,则"与殛韩而复以忤时贬者"指张镃自明。至于"任守阕而竟以杀使死者"一条指张濡,我们也可以找到证据。

《元史 · 廉希贤传》:

至元十二年(1275)春,授希贤礼部尚书,佩金虎符。与工部侍郎严忠范、秘书丞柴紫芝持国书使宋。三月丙戌,至广德军独松关。守关者不知为使,袭而杀之。张濡以为己功,受赏,知广德军。明年宋亡,获张濡杀之,诏遣使护希贤丧归。后复籍濡家资以付其家。③

元刘一清《钱塘遗事》卷八:

九月,大兵至独松关。(张濡部曲)杀廉希贤。后丙子(1276)二月,廉希贤之子杀张濡,磔之。④(按:独松关在临安西北,今浙江安吉县南。)

关于这段史事,在元末陶宗仪的《南村辍耕录》卷一中更有详细的记载:

明年乙亥(1275)春,诸郡望风降败。丞相伯颜遣员外郎石天麟诣阙奏闻,世皇喜,顾侍臣曰:"朕兵已到江南,宋之君臣必知畏恐。兹若遣使议和,邀索岁币,想无不从者。"遂敕伯颜按兵。乃命礼部尚书廉希贤、侍郎严忠范、计议官宋德秀、秘书丞柴紫芝等,赍奉国书使宋。次建康,希贤等借兵卫送。伯颜曰:"方今两军相阨,互有设险,宜令行人

① 叶绍翁:《四朝闻见录》,中华书局,1989年,第91页。
② 周密:《齐东野语》卷二〇,中华书局,1983年,第374页。
③ 宋濂,等:《元史》卷一二六,中华书局,1976年,第3097页。
④ 刘一清:《钱塘遗事》卷八,上海古籍出版社,1985年,第180页。

先往道意。若便拥兵前进,吾恐别生罅隙,则和议之事必难成矣。"希贤等坚请,乃简阅锐卒伍百畀之。至独松关,戍关者宋浙西安抚司参议官张濡也,以为北兵叩关,率众掩击,杀忠范,执希贤。希贤亦病创死。世皇闻之大怒,趣进攻。嗟夫!宋之亡也,非有桀纣之恶。特以始之以拘留使者(按:指元使者郝经)肇天兵之兴,终之以误杀使者激世皇之怒耳。①

从这段记载中可知,张濡杀元使这一件事在当时可谓影响极大(陶宗仪甚至认为"籍使独松关之使不死,宋之存亡未可知"),所以牟巘在文中既含糊其辞(为避惹文字之祸),却又很明确地提到过它。

从以上五条佐证中,我们就可以得出结论:丁丙所见的《秋崖津言》一书所载张濡乃张镃之子而为张枢之父,是确凿可信的。

这样,我们就可把张炎的家世明白地列为:

(张)俊—子厚—宗元—镃—濡—枢—炎

或许有人会说:花费了这么多精力和篇幅去考证这一家世问题,是否值得?是否有些"为考证而考证"的味道?我们的回答是:这番考证,非但有用,而且必要。因为,说得不客气一点,前人(包括"张炎研究"的"权威"江昱)在弄清这一问题之前对张炎所做的研究,实还有些"隔雾看花"的毛病。只有弄清了这一史实,"张炎研究"才能有比较坚实的材料基础。

首先,从张炎这番显赫的"循王后裔"的家世中,我们便可以明了他的"世胄"身份,并可想见他在宋亡前所过的豪侈生活。

其次,从他曾祖张镃、父亲张枢的文学修养及所交往的文人词客中,我们可以研究张炎的词学渊源。

最后,更为重要的是,从这段考证中,我们发现了张炎家庭所遭受的一场极为惨痛的巨变:祖父被元人磔杀,全家资财被抄没,这该是张炎所受到的一次多么沉重的打击!这对研究他的生平、思想和作品,具有十分重要的意义。谈到这里,我们就可以回到开头所讲的"扑朔迷离"的问题上来了——正因为张炎的祖父被元人所杀,所以他在那株连可及九族的异族统治下,自然是尽量讳避他的"祖父问题"的。袁桷之所以会把他称为张镃之孙,或许是因为确实不了解"底细"而误称,或许也是有意识地"含糊其辞"甚至"将错就错"的;而张炎本人未出来加以纠正,这也说明了他的"心虚"。因此,袁桷就进而误称他为循王之"五世

① 陶宗仪:《南村辍耕录》,中华书局,1959 年,第 15 页。

孙”了。相比之下,周密在《浩然斋雅谈》卷下称张枢为“循王五世孙”,则周氏对张炎的家底就清楚多了。另外,吴则虞先生校辑《山中白云词》,其在《玉田世系表》中云:“镃之父无考,以五行相生义推之,其字当从土。”① 亦明显地是说错了。事实应是:张镃父为“宗元”(那一代尚未以五行排辈);而他所说的“土”字辈,倒也确实是有的,但他们应是属于张炎(“火”)一辈的后代了。《剡源集》(戴表元著)卷一〇《张氏玩月诗序》记载,张槱之子为张炬、张爁,其侄张焴(皆为“火”字辈)有子为张奎②,这个“奎”字就属“土”字辈了。由此亦可反证张氏在“宗”字辈以下,确是按“金—水—木—火—土”排行的。

搞清张炎的家世后,就让我们先从其前辈谈起。

二、张　俊

张俊,字伯英,凤翔府成纪(今甘肃天水)人,生于1068年,卒于1154年。关于他的生平事迹,《宋史》卷三六九有传记载。

张俊是张炎的六世祖。我们在这里就选择对张炎有间接影响的地方来谈他的一些情况。

一是地位高。《宋史》本传说:“南渡后,俊握兵最早,屡立战功,与韩世忠、刘锜、岳飞并为名将,世称‘张韩刘岳’。然濠、寿之役,俊与锜有隙,独以杨沂中为腹心,故有濠、梁之劫。岳飞冤狱,韩世忠救之,俊独助(秦)桧成其事,心术之殊也,远哉!帝于诸将中眷俊特厚……二十四年(1154)六月薨,年六十九。辍视朝三日,敛以一品服,帝临奠哭之恸。追封循王。”③ 从这段记载中看出,由于张俊的保驾有功和赞成宋高宗赵构的投降主义政策,他受到了高宗的特别眷爱。在他死前的三年,高宗曾特地“驾幸”其清河郡王王府,封其侄儿子盖为安德军节度使,其他子弟迁秩者共13人。他死后,赵构还御书“德勋”二字作为其家庙的题匾。从这些事看,张俊一族,在南宋王朝是有很高的社会地位的。所以袁桷《赠张玉田诗》云:“将军金甲明如日,勒马桥边清警跸。淮扬彻卫羽书沉,置酒行宫功第一。蝉冠熊轼填高门,英英玉照称闻孙(原注:张镃号约斋,堂名‘玉照’)。百年文物意未尽,玉田公子尤超群……”④ 他在诗中把张炎今日的落拓

① 张炎:《山中白云词》,吴则虞校辑,中华书局,1983年,第155页。
② 戴表元:《剡源集》卷一〇,道光宜稼堂本,道光二十年,第11页。
③ 脱脱,等:《张俊传》,《宋史》卷三六九,中华书局,1977年,第11476页。
④ 袁桷:《赠张玉田诗》,张炎《山中白云词》,吴则虞校辑,中华书局,1983年,第163页。

可悲（“时来鄞设卜肆”）与张俊当年的显赫之势做了鲜明的对比，并不是没有深意的。可以这样说：张俊的整个家族（从他起至“火”字辈共七代人），都是“世食宋禄”的贵族世家，而张炎在宋亡前，就俨然是一个“承平故家贵游少年”（戴表元《送张叔夏西游序》①，以下简称戴《序》）。

二是有财。张俊是南宋有名的大贵族、大财主。民间曾流传着“张郡王在钱眼内坐”这样的笑话，就可知他的善于“敛财治生”了。在他解甲归田后犹“岁收租米六十万斛”，这个数字之巨也着实惊人。如果我们对这些传闻还不太信的话，那么不妨看一张循王在家里接驾的“明细表”（载周密《武林旧事》卷九），其豪华程度简直到了吓人的地步，如“进奉盘合（匣）”中有：

金器一千两　　珠子十二号共六万九千五百九颗　　珠子念珠一串一百九颗

“进奉犒设”中光赐“禁卫一行祗应人等”就有：

钱二万贯文　　炊饼二万个　　熟猪肉三千斤　　爊爆三十合　　酒二千瓶②

这样的排场，堪与《红楼梦》中的荣、宁两府之阔绰相比。所以，“君子之泽，五世而斩”，直到张炎的父亲张枢，还享受着先人遗给他们的“恩泽”而过着奢侈的享乐生活。

三是张俊的府第。据吴自牧《梦粱录》卷一〇《家庙》条载：“忠烈张循王府，在清河坊，赐庙祀。”③后来由于子孙繁衍，清河坊王府近市湫溢，因而分居在杭州城内几处。有居“新市”者（张镃《南湖集》有诗题云：“叔祖待制，移居新市，华阁初成。适逢诞日，尊幼毕集……”），有居“南湖”者（张镃即居南湖，且以“南湖”名集。据《嘉靖仁和志》：张镃之南湖，称白洋池者是也）。而清河坊旧第，则后来由张模一房居住着。据《陵阳集》卷七《乔木亭铭》云：“予倩张模，字仲实，循王五世孙。追雅前烈，宝其旧物，近又复迁乔木之亭”④，以及《剡源集》卷一《乔木亭记》所云：“主人对余而叹曰：嗟乎！吾乔木乎？是亭者，几不为吾有，吾

① 戴表元：《送张叔夏西游序》，张炎《山中白云词》，吴则虞校辑，中华书局，1983 年，第 162 页。

② 周密：《武林旧事》，西湖书社，1981 年，第 149 页。

③ 吴自牧：《梦粱录》，孟元老，等《东京梦华录（外四种）》，古典文学出版社，1957 年，第 212 页。

④ 牟巘：《陵阳集》卷七，《四库全书》第 1188 册，上海古籍出版社，1987 年，第 58 页。

幸而复得之。”①则知张楧所居旧第，有过“失而复得”的遭遇。而牟巘在他所作的《乔木亭铭》中更含蓄而沉痛地说过：“……仅逃斤斧，容惨神辱。维时闻孙，有恻心目。赎之以归，天实从欲。”②可知张楧一房所居住的清河坊旧府第，在入元以后也差一点难逃“斤斧”之灾，到后来才设法“赎之以归”的。至于张镃一房所居住的南湖府第（张枢《壶中天》词自注“月夕登绘幅堂”③，而“绘幅堂”正在南湖。周密《武林旧事》卷一〇所载张镃《赏心乐事》就有“群仙绘幅楼前观玫瑰”及“南湖观杂花”④。可知张镃—张濡—张枢—张炎所居乃在南湖府第），则被元人抄没之后未见归还（张炎未曾如张楧那样入仕元朝，所以无力或无钱赎还）。这样我们就更能理解张炎集中关于“故园”的词作了（这些词是：《凄凉犯 · 过邻家见故园有感》《忆旧游 · 过故园有感》《长亭怨 · 旧居有感》《台城路 · 迁居》）。

四是张俊的葬地。张俊死后葬于无锡青山，而无锡这一带的良田后来正归属于张镃、张鉴兄弟（周密《齐东野语》卷一二《姜尧章自叙》有“平甫（张鉴）……又欲割锡山之膏腴以养其山林无用之身”⑤可证）。在宋亡之后，张俊的墓也遭到了元人的发掘和盗劫（康熙《常州府志》卷九“陵墓”条载：无锡县循郡王张俊墓，高宗御书碑额曰：“安民保泰翌戴元勋之碑。后杨琏真伽发之。”）。以前我们只知道元朝“江南释教总统”杨琏真伽曾发掘宋帝诸陵墓，因而激起了宋代义士和遗民的深恸，周密、张炎、仇远等人为之曾作《乐府补题》悼之。现在我们又知道，张炎自己的祖墓也遭到过同样的命运。这一点，对于加深理解张炎的有关词作，也是有所帮助的。

三、张　镃

张镃，字功甫，号约斋，生于1153年，卒于1211年以后。他是南宋中期的著名文人，有《南湖集》（诗）、《玉照堂词》传世。

关于他，有几点情况值得我们注意。

一是生活的豪侈。这一点，在周密《武林旧事》《齐东野语》中都有详细记

① 戴表元：《剡源集》卷一，光绪宜稼堂本，道光二十年，第16页。
② 牟巘：《陵阳集》卷七，《四库全书》第1188册，上海古籍出版社，1987年，第58页。
③ 唐圭璋编：《全宋词》，中华书局，1979年，第3839页。
④ 周密：《武林旧事》，西湖书社，1981年，第160页。
⑤ 周密：《齐东野语》，张茂鹏点校，中华书局，1986年，第212页。

载。《武林旧事》卷一〇中载有张镃自己所写的《约斋桂隐百课》一文，里面详细记录了他的府第住宅情况："纲举而言之，东寺为报上严先之地，西宅为安身携幼之所，南湖则管领风月，北园则娱燕宾亲；亦庵，晨居植福，以资净业也；约斋，昼处观书，以助老学也；至于畅怀林泉，登赏吟啸，则又有众妙峰山，包罗幽旷，介于前六者之间。"①举其"管领风月"的南湖来看，就有阆春堂（牡丹芍药）、烟波观、天镜亭、御风桥（十间）、鸥渚亭、把菊亭、汎月阙、星槎（船名）等八处风景，而"娱燕宾亲"的北园中，光"群仙绘幅楼"一处就"前后十一间，下临丹桂五六十株"，其生活之豪华奢侈可想而知。所以《齐东野语》卷二〇还特意专列"张功甫豪侈"一条，说他"园池、声妓、服玩之丽，甲天下"②。如若我们再读周密在此语下面所记载的"牡丹会"故事的话，那就更会相信此言未为夸张了：

> 王简斋侍郎尝赴其牡丹会云："众宾既集，坐一虚堂，寂无所有。俄问左右云：'香已发未？'答云：'已发。'命卷帘，则异香自内出，郁然满坐。群妓以酒肴丝竹，次第而至。别有名姬十辈皆衣白，凡首饰衣领皆牡丹，首带照殿红一枝，执板奏歌侑觞，歌罢乐作乃退。复垂帘谈论自如，良久，香起，卷帘如前。别十姬，易服与花而出。大抵簪白花则衣紫，紫花则衣鹅黄，黄花则衣红。如是十杯，衣与花凡十易。所讴者皆前辈牡丹名词。酒竟，歌者、乐者，无虑数百十人，列行送客。烛光香雾，歌吹杂作，客皆恍然如仙游也。"③

二是除了追求物质生活的享受外，他又十分讲求精神生活的"雅"。张镃在《赏心乐事》（载《武林旧事》卷一〇）中曾详细记载了他一年 12 个月的游赏生活，比如：正月"湖山寻梅""揽月桥看新柳""安闲堂扫雪"；二月"餐霞轩看樱桃花""杏花庄赏杏花"；三月"曲水修禊""清明踏青郊行"；四月"芳草亭斗草""玉照堂尝青梅"；五月"清夏堂观鱼""水北书院采苹"；六月"西湖泛舟""芙蓉池赏荷花"；七月"玉照堂赏玉簪""霞川观云"；八月"湖山寻桂""浙江亭观潮"；九月"登高把萸""把菊亭采菊"；十月"杏花庄挑荠""诗禅堂试香"；十一月"孤山探梅""花院赏水仙"；十二月"南湖赏雪""玉照堂赏梅"……他在该文序言中还

① 周密：《武林旧事》，西湖书社，1981 年，第 163 页。

② 周密：《齐东野语》，张茂鹏点校，中华书局，1983 年，第 374 页。

③ 戴表元《剡源集》卷一〇《牡丹谯席诗序》亦有相似记载："当是时，遇佳风日，花时月夕，功甫必开玉照堂，置酒乐客。其客庐陵杨廷秀、山阴陆务观、浮梁姜尧章之徒以十数，至辄欢饮浩歌，穷昼夜忘去。明日，醉中唱酬诗或乐府词，絫絫传都下，都下人门抄户诵，以为盛时……"

说:“余扫轨林间,不知衰老,节物迁变,花鸟泉石,领会无余。每适意时,相羊小园,殆觉风景与人为一。闲引客携觞,或幅巾曳杖,啸歌往来,淡然忘归。”①这种既富贵又“高雅”的生活情趣,对于他的后辈人影响极深,这在后文将再论及。

三是他的广为结交诗人词客。戴《序》中说:“叔夏之先世高、曾祖父(即张镃),皆钟鸣鼎食。江湖高才客姜夔尧章,孙季蕃花翁之徒,往往出入馆谷其门,千金之装,列驷之聘,谈笑得之,不以为异。”②这话是符合事实的。考之姜夔词集中,就有《莺声绕红楼》(十亩梅花作雪飞)、《鹧鸪天》(曾共君侯历聘来)、《阮郎归》(红云低压碧玻璃)、《齐天乐》(庾郎先自吟愁赋)、《庆宫春》(双桨莼波)、《喜迁莺慢》(玉珂朱组)等作品是与张镃、张鉴(平甫)有关的,这就可知张镃兄弟与当时这辈词家的密切关系。比如姜夔那首有名的《齐天乐》咏促织词就是在张家酒筵上所作,词序云:“丙辰岁,与张功甫会饮张达可之堂。闻屋壁间蟋蟀有声,功甫约予同赋,以授歌者。功甫先成,辞甚美;予徘徊茉莉花间,仰见秋月,顿起幽思,寻亦得此。”③由此即见他们交谊之深(至于张镃和陆游等诗人的交往,我们这里就不去说它了),从张镃和姜夔的密切交往中,我们就可明晓,张炎之所以特好姜词,乃是有其家庭渊源方面的原因的。

四是张镃的词风和词论。首先可注意的是,张镃深通音律。据明人李日华《紫桃轩杂缀》卷三说:“张功甫豪侈而有清尚,尝来吾郡海盐,作园亭自恣,令歌儿衍曲,务为新声,所谓‘海盐腔’也。”南戏中的“海盐腔”,其源即远出于他。其次,他的词“辞甚美”(姜夔语),是属于“雅词”一类的。兹举他那首《满庭芳·促织儿》为例:

> 月洗高梧,露溥幽草,宝钗楼外秋深。土花沿翠,萤火坠墙阴。静听寒声断续,微韵转、凄咽悲沉。争求侣,殷勤劝织,促破晓机心。
> 儿时,曾记得,呼灯灌穴,敛步随音。任满身花影,犹自追寻。携向华堂戏斗,亭台小、笼巧妆金。今休说,从渠床下,凉夜伴孤吟。

周密尝评此词“咏物之入神者”④,即知此词之妙处。观之张炎自己也特擅写作咏物词,曾以“春水”“孤雁”的咏物词驰名于词坛。这点,自又不能不推溯到他曾祖的词风上去。

① 周密:《武林旧事》,西湖书社,1981 年,第 159 页。

② 戴表元:《送张叔夏西游序》,张炎《山中白云词》,吴则虞校辑,中华书局,1983 年,第 126 页。

③ 夏承焘笺校:《姜白石词编年笺校》,上海古籍出版社,1981 年,第 58 页。

④ 张思岩宗橚辑:《词林纪事》,成都古籍书店,1982 年,第 342 页。

张镃曾有《梅溪词序》。在这篇评论史达祖词的文字里，他表达了自己的词学主张："生之作，辞情俱到，织绡泉底，去尘眼中，妥帖轻圆，特其余事。至于夺苕艳于春景，起悲音于商素，有瑰奇、警迈、清新、闲婉之长，而无訑荡污淫之失，端可以分镳清真、平睨方回，而纷纷三变行辈，几不足比数。山谷以行谊文章，宗匠一代，至序小晏词，激昂婉转，以伸吐其怀抱，而'杨花谢桥'之句，伊川犹称可之。生满襟风月，鸾吟凤啸，锵洋乎口吻之际者，皆自漱涤书传中来。"这里所表明的那种主张"雅正""婉美"的看法，正被后来的张炎《词源》所全部继承着。

张镃除了上述四方面的情况之外，当然还有其他的许多活动。特别他在政治方面，曾直接参与了"倒韩（侂胄）"活动，并且企图再次发动"倒史（弥远）"，结果却因此而遭贬身死。但由于这些活动与张炎的关系不大，所以这里都略而不谈了。

四、张　濡

关于张濡，我们知道的不多。

一是知道他在宋末曾驻守独松关，后来因部下误杀元使廉希贤、严忠范而惹下了一场大祸。第二年元兵攻占临安，逮捕了张濡并把他残忍地"磔杀"以报前仇，并且抄没了全部家产以偿廉希贤之子（已见前述）。

二是张濡虽是武将，但亦因"濡染家学"而喜爱文学。方回《读张功甫南湖集序》曾说过这样的话："言官程宋尝论功甫谓：'将家子强吟小诗'，此乃刻薄无忌惮之言，不足与较。"张镃已是"将家子强吟小诗"，想不到其子张濡也染此风。奚𣵀《秋崖津言》曾载其《湖上别墅》诗一首，孟宗宝《洞霄诗集》亦载其《游大涤》诗一首，可见此公确亦能诗。

张濡在宋元易代之际被杀、抄家的这一段遭遇，是宋代许许多多故家贵族之遭遇的一个缩影，也是造成张炎前后期生活发生巨大转折的一个关键。以前我们对这一段历史不甚了解，所以对于张炎的一些词作就有某种隔膜之感。而揭开了这个张濡被杀和家产被抄没之谜，许多问题就可以迎刃而解了。

五、张　枢

关于张枢，我们知道的也较少。

据周密《浩然斋雅谈》卷下记载，张枢字斗南，号寄闲，又号云窗，"笔墨萧爽，人物蕴藉，尝度《倚声集》百阕，音韵谐美，真承平佳公子也"，又卷中记他尝为宣词令、阁门簿书，详知朝仪典故。张炎自己在《词源》中也说他有《寄闲集》，旁缀音谱，刊行于世。除此以外，我们还从另一些材料中可以归纳出如下几点情况：

一是他同其祖父张镃一样，也仍过着诗酒吟赏的豪奢生活。请看他的词友周密的下列记载：

> 寄闲结吟台出花柳半空间，远迎双塔，下瞰六桥，标之曰："湖山绘幅。"霞翁（按：指杨缵）领客落成之。初筵，翁俾余赋词，主宾皆赏音。酒方行，寄闲出家姬侑尊，所歌则余所赋也。调闲婉而辞甚习，若素能之者。坐客惊诧敏妙，为之尽醉。越日过之，则已大书刻之危栋间矣。（《瑞鹤仙》小序）

张枢所造的"吟台"（专供词友集会唱吟所用）何等豪华！特别令人惊诧的是周密的词刚刚才赋毕，家姬就能按弦而歌，这种艺术修养若非平昔教练有素是决做不到的；而次日又把歌词刻于危栋雕梁之上，则其家之豪华和好客亦可知矣。再如：

> 寄闲饮客春窗，促坐款密，酒酣意洽，命清吭（按：指歌伎），歌新制。余因为之沾醉，且调新弄以谢之。（《一枝春》小序）

从这里亦可看出张枢的家里简直成了一个"文艺沙龙"。由他发起的"吟社"，是当日西湖词坛的一个中心。李彭老《壶中天》、陈允平《木兰花慢》词，以及周密的《露华》《采绿吟》《清平乐》《水龙吟》诸词，就都提到了张枢家的这个"吟台"或"吟社"，也越发可以证明这点。

二是张枢深通音律，是一个典型的格律派词人。《词源》记他"每作一词，使歌者按之，稍有不协，随即改正"。尝赋《瑞鹤仙》词一阕，按之词谱，声字皆协，唯中有一"扑"字（原句为"粉蝶儿，扑定花心不去"）稍不协，遂改为"守"字乃协。又作《惜花春》（早起）词，有句原云"琐窗深"，嫌"深"字不协；遂改为"幽"字，又不协；后改为"明"字，歌之始协。① 其实，原意是"琐窗深"（暗也），后因协律之故，改为"琐窗明"，已与本意相反。张枢为了协律，宁愿牺牲词意而迁受音律，可知他的守律之严格与拘泥。

张炎幼时，"昔在先人侍侧"，曾聆受过他父亲及父辈词友的作词教导，"尝知绪余，故生平好为词章，用功逾四十年"。他之所以专攻词章一道，显然是受

① 张炎：《山中白云词》，吴则虞校辑，中华书局，1983 年，第 140 页。

到了张枢的直接影响。

张枢的“下场”大概是很悲惨的。入元以后，他的行踪就销声匿迹了。无论是在张炎的作品中，还是其好友周密的著述，以及在其他元初人的文字中，都不见记载。不过，我们可从张炎为他族弟伯时《抚松寄傲诗集》所作的一首《踏莎行》词中隐约地看出他的父亲死得“不太正常”。词云：“水落槎枯，田荒玉碎。”“田荒玉碎”暗指自己（玉田）遭遇之可怜（他另有词云“玉老田荒”亦同此意），而“水落槎枯”，则暗言张濡（水）、张枢（木）的命运悲惨——张濡既已被磔杀，张枢恐怕也难逃此劫了。张炎的祖、父辈有着这一段触目惊心的惨遇，这是以前研究张炎词的人所未能探明的。我们弄清了这一问题，就等于拥有了一把解开张炎作品的钥匙。

六、张族其他子弟

从宋末元初人的一些记载看，张循王后裔，到其五世（即“木”字辈）时，还是十分兴旺的。而入元之后，却湮微播徙、飘散四方了。袁桷《清容居士集》卷四七《书张仲实家谱后》云：

> 方承平时，张氏族号最盛。散处都邑，其房院称号，各以数目为别。岁时蒸，尝男女长幼悉列庙下，而复择宗子以主祀传……

戴表元《剡源集》卷一《乔木亭记》更详细地记载了这一族的家族兴亡史：

> 乔木亭，在清河张君燕居之东。张君望清河，籍西秦，其先世忠烈王，尝以功开国于循而邸于杭。子孙五世，而所居邸之坊，至今称“清河”焉。余儿童游杭，见清河之张方盛，往来轩从，驺盖填拥，岁时会合，鸣钟鼍鼓，笙丝磬筑相宴乐。飞楼叠榭，东西跨构，累累然无闲壤。岂惟清河，虽他贵族，盖莫不然！如此不数十年，重来杭，睹宫室衣冠，皆非旧物，他族亦皆湮微播徙殆尽。而惟清河之张犹存。

戴氏在这里说“惟清河之张犹存”，其实仅仅指的是张族中张模这一房犹存——考之《剡源集》卷一〇《张园玩月诗序》可知，张模一家在元成宗大德二年戊戌岁（1298）犹在重新赎回的清河坊故居合宴于君子轩，参加者除圃主张模外，还有其族人张焴（如晦）、张烈（景忠），以及张模之子张炬、张爁，张焴之子张奎等；至于张族中其他各房，则大都已漂流四方、存亡不知了。同书卷一三《送张叔夏西游序》就说张炎在中年时即已“丧其行资”“牢落偃蹇”。戴氏在列举张炎之曾祖张镃辈礼贤姜夔、孙季蕃等词客的往事后，又极感慨于“迨其（张炎）途穷境变，则亦以望于他人，而不知正复尧章、花翁尚存，今谁知之，而谁暇能念之者？嗟乎！士固复有家世才华如叔夏，而穷甚于此者乎？”

所以，在考察张俊后裔在入元之后的情况时，除了张炎之外，只有张楧一人了。张楧，字仲实，是元初一位甚有影响的文人。方回《桐江集》卷四有《跋张仲实诗》一文，中云：“予丁未（1247）入杭，访南湖（张镃）之孙及其老宾客老张居卿先生于梅桥，居卿先生教余作诗，相期甚远。今三十八年，前修零落，始识南湖从侄孙仲实，年甫二十五，示余《采菊吟》，卷凡三十。”①又王沂《张君仲实行述》载其卒于泰定二年（1325），享年66岁，可知其生于1260年。他名义上是张炎的族叔，实比张炎小12岁。

张楧是元初文坛上一位交游甚广的人。戴表元《剡源集》卷一《乔木亭记》、卷二《学古斋记》、卷八《张仲实文编序》和《张仲实诗序》、卷一〇《杨氏池堂讌集诗序》、卷一三《送张仲实序》，牟巘《陵阳集》卷七《乔木亭铭》、卷一二《张氏学古斋唱和诗序》、卷一六《题西秦张氏世谱后》，王沂《伊滨集》卷二四《张君仲实行述》，赵孟頫《松雪斋文集》卷四《送张仲实还杭州》，刘因《静修先生文集》卷五《同仲实南湖赏莲醉中走笔》，袁易《静春堂词》中《声声慢·寿张仲实》，等等，都提及了这位诗文家。而据王沂《张仲实行述》，知他的曾祖为张宗尹，祖父为张镛，父为张淦②。在宋亡前，一时文人如陈公存、文及翁、邓光荐、刘辰翁“皆降谐年德相与交好，誉望四出”，而入元之后，戴表元、鲜于枢、陈康祖、戴祖禹、邓文原等“当世秀人伟士”都与之交往，其文名堪与赵孟頫“嶷然角之”。后因徐公琰荐，曾任江阴学正、宜兴州学教授、平江府儒学教授、广德县主簿、两浙都转运盐司使知事，年66卒。

但奇怪的是，张炎在他的词集中，却无一语提到过这位“族叔”。有人曾推测张炎漫游江阴、宜兴，是依附于张楧来谋求生活之计③，但是为何他在作于此两地的词中，仅有与陆垕、陆文圭等陆氏族人的唱酬，而无与张楧的交往？不可否认，张炎其时生计无着，不免要“干谒”一些地方官吏，如在江阴即有“会复初李尹”（《满江红》）的词，另在溧阳所会的仇远其时也任县学教授，但为何却偏不见他与张楧的唱酬？而在他最后一次飘流到杭州（1315），其时年已近70，却寓之于“钱塘县之学舍”，而不去寄宿张楧的清河旧居。他作于此时的《台城路·

① 方回：《桐江集》卷四，《续修四库全书》第1322册，上海古籍出版社，1995年，第433页。

② “淦”，即“泉”。此与牟巘所言的张济有出入，待考。

③ 邱鸣皋：《关于张炎的考察》，《文学遗产》，1984年第1期。

归杭》云:“路改家迷,花空荫落,谁识重来刘阮?……闭门休叹故苑,杖藜游冶处,萧艾都遍。”①可见张炎自己的旧居,至死未能归还,而他与张楧一家,却也一直未能来往如亲戚。这是一个颇感疑惑的问题——是张楧“势利”而不认这位祖父被元人磔杀的族侄,还是张炎对张楧有些什么看法而不愿去投奔他?文献阙如,所以不敢遽下断语。

张炎本人有无亲生兄弟?亦不可知。陈起所编《江湖后集》卷七九有张炜诗存,注曰:“炜字子昭,有《芝田小诗》。”而据厉鹗《宋诗纪事》卷七七有张伟(按:必为张炜之误,因张族至此无以“人”字行辈者)诗附于张枢之后,下注“号芝田”。根据张炜附于张枢之后和号芝田(与“玉田”仅差一字),推测下来,张炜很有可能是张炎的同父弟兄。未知是否。

以上所述,乃是张炎的家世情况。至于张炎受到的家庭影响(特别是词学渊源方面的影响),我们将在下一章结合他本人的情况再谈。

① 陆文奎:《词源跋》,张炎《山中白云词》,吴则虞校辑,中华书局,1983年,第165页。

第二章 张炎的生平事迹

一、前期生活(1248—1275)

张炎的一生,可以划分为三个阶段:从出生到临安失陷前(1248—1275),是他的前期生活阶段;从临安失陷到北游南归(1276—1291),是他的中期生活阶段;从北游南归到逝世(1292—?),是他的后期生活阶段。下面,先让我们来看一下他前期的生活。

张炎的前期生活,基本是过着一种"承平贵公子"的生活。

张炎生于宋理宗淳祐八年(1248)。他在宋亡前夕的理宗、度宗两朝,度过了自己的幼年和青年时代。理宗、度宗两朝,是怎样的一种政治面貌呢?周密《武林旧事序》曾有过夸张的比喻:"乾道、淳熙间,三朝授受,两宫奉亲,古昔所无。一时声名文物之盛,号'小元祐'。丰亨豫大,至宝祐、景定,则几于政、宣矣。"①他把理宗朝的表面繁华比作北宋末期的徽宗时代(政和、宣和年间),是确有道理的。我们只要把孟元老的《东京梦华录》和周氏的《武林旧事》相比较,看一下徽宗时的汴京和理宗时的临安那种靡丽纷华、声色歌舞的面貌有多相似,就会完全同意周氏的看法。而正在这种腐朽淫逸的上层社会的享乐生活基础之上,出现了一大批实际是过着寄生生活的贵族文人家庭。张炎,正是这类家庭中的一员"贵公子"。

张炎父亲所过的奢侈而"高雅"的生活,已见前述。张炎生活在这样的家庭环境中,自然会继承着乃翁甚至是远祖的这种"家风"。请看同时代人笔下的青年张炎的形象:

> 玉田张叔夏与予初相逢钱塘西湖上,翩翩然飘阿锡之衣,乘纤离之马。于时风神散朗,自以为承平故家贵游少年不翅也。②

① 周密:《武林旧事》,西湖书社,1981 年。

② 戴表元:《送张叔夏西游序》,张炎《山中白云词》,吴则虞校辑,中华书局,1983 年,第 162 页。

吾识张循王孙玉田先辈，喜其三十年汗漫南北数千里，一片空狂怀抱，日日化雨为醉。自仰扳姜尧章、史邦卿、卢蒲江、吴梦窗诸名胜，互相鼓吹春声于繁华世界，飘飘征情，节节弄拍，嘲明月以谑乐，卖落花而陪笑。能令后三十年西湖锦绣山水，犹生清响，不容半点新愁飞到游人眉睫之上……①

前一条讲他的"湖山清赏"，后一条讲他的"诗（词）酒流连"。这两条记载，就大致地勾勒出他的"公子哥儿"兼"词人墨客"的面目来了。

既然是"公子哥儿""贵游少年"，那就不免有其"风流韵事"。且看张炎词中对于这种艳情生活的追忆，就可窥知其一斑了。如：

独立西风，犹忆旧家时节。随款步、花密藏春，听私语、柳疏嫌月。（《绮罗香·席间代人赋情》）

莺柳烟堤，记未吟青子，曾比红儿。（《国香·沈梅娇》）②

欢游曾步翠窈。乱红迷紫曲，芳意今少。舞扇招香，歌桡唤玉，犹忆钱塘苏小。（《台城路·汪菊坡》）

这些词中，就"透露"了张炎与歌伎们的交往和欢情。

再说他的"词人墨客"生涯。

陆文奎《词源跋》云："西秦玉田张君著《词源》上下卷，推五音之数，演六六之谱，按月纪节，赋情咏物，自称得声律之学于守斋杨公、南溪徐公。淳祐、景定间王邸侯馆，歌舞升平，君王处乐郊不知老之将至……"③证之当时的实际情况，也确实如此。吴自牧《梦粱录》卷一九"社会"条记载："文士有西湖诗社，此乃行都搢绅之士及四方流寓儒人，寄兴适情赋咏，脍炙人口，流传四方，非其他社集之比。"④张炎父亲张枢所发起的"吟社"想必也是这一类诗（词）社中的一个。张炎自称"昔在先人侍侧，闻杨守斋、毛敏仲、徐南溪诸公，商榷音律，尝知绪余"；又称"近代杨守斋精于琴，故深知音律，有《圈法周美成词》，与之游者，周草

① 郑思肖：《玉田词题辞》，张炎《山中白云词》，吴则虞校辑，中华书局，1983 年，第 164 页。

② 小序甚长，此处只拈出主要人名以为标识，以省篇幅。下面遇到这种情况均同此例。

③ 陆文奎：《玉田词题辞》，张炎《山中白云词》，吴则虞校辑，中华书局，1983 年，第 165 – 166 页。

④ 吴自牧：《梦粱录》卷一九，孟元老，等《东京梦华录（外四种）》，古典文学出版社，1957 年，第 299 页。

窗、施梅川、徐雪江、奚秋崖、李商隐,每一聚首,必分题赋曲”①。以张枢、杨缵(守斋)为中心的“吟社”,“每一聚首,必分题赋曲”,即是一个词人定期或不定期聚会、唱和的词社;张炎既然侍亲左右,自然也会亲聆父辈词人的词论,亲睹父辈词人的雅事。这里,我们应该特为提出杨缵其人来做一点儿补充论述:

杨缵,字继翁,又号守斋、紫霞翁,严陵(今浙江桐庐)人,居钱塘,是宁宗杨后兄次山之孙。他是理宗朝杭州城里一位著名的古琴家。周密《齐东野语》卷一八“琴繁声为郑卫”条载:“往时,余客紫霞翁之门。翁知音妙天下,而琴尤精诣。自制曲数百解,皆平淡清越,灏然太古之遗音也。复考正古曲百余,而异时官谱诸曲,多黜削无余,曰:‘此皆繁音,所谓郑、卫之音也。’”②在《浩然斋雅谈》《癸辛杂识》二书中,周密还记录了杨氏精通琴律、虽一字之误必随证其非的高超本领。

与此同时,杨缵又是一位严于守律的词论家兼词人。《绝妙好词》卷三收他词作三篇,中有一篇即题为《自度腔》(《被花恼》)。周密又在《苹洲渔笛谱》中记载着他“知音”的故事。如《木兰花慢》小序云:“西湖十景尚矣。张成子尝赋《应天长》十阕,夸余曰:‘是古今词家未能道者。’余时年少气锐,谓此人间景,余与子皆人间人;子能道,余顾不能道耶? 冥搜六日而词成。成子惊赏敏妙,许放出一头地。异日霞翁见之曰:‘语丽矣,如律未协何?’遂相与订正,阅数月而后定。是知词不难作,而难于改;语不难工,而难于协。翁往矣,赏音寂然。姑述其概,以寄余怀云。”又《采绿吟》序云:“甲子夏,霞翁会吟社诸友(按:想来张枢父子都参与其会)逃暑于西湖之环碧(按:指杨和王郡王府)。琴尊笔研,短葛练巾,放舟于荷深柳密间。舞影歌尘,远谢耳目。酒酣,采莲叶,探题赋词。余得《塞垣春》,翁为翻谱数字,短箫按之,音极谐婉,因易今名云。”从这两则改辞协律的记载中,我们可知杨缵的词学理论主要有两点:语欲工丽而尤须协律。再从他作《圈法周美成词》(已佚)来看,他所继承的词风正是周邦彦那一路知音合律、辞工语丽的格律派词风。这就难怪张枢和他是何等相得投机了,他们的词学主张是何等一致!

另外,从周密等人的记载中看,杨缵又是一位十分高雅的名士。《齐东野语》卷一八云:“翁往矣! 回思着唐衣,坐紫霞楼,调手制闲素琴,作新制《琼林》《玉树》二曲,供客以玻璃瓶插花,饮客以玉缸春酒(原注:翁家酿名),笑语竟夕

① 张炎著、夏承焘校注,沈义父著、蔡嵩云笺释:《词源注 乐府指迷笺释》,人民文学出版社,1963 年,第 9 页。

② 周密:《齐东野语》卷一八,中华书局,1983 年,第 339 页。

不休,犹昨日事……”①从中即可想知这位“紫霞翁”的风雅高致。周氏《齐天乐》小序还记载了杨缵的一节赏梅的“雅话”:“紫霞翁开宴梅边,谓客曰:梅之初绽,则轻红未消;已放,则一白呈露。古今夸赏,不出香白,顾未及此,欠事也。”从这种审美观来看,杨缵可谓是一位真正讲求“高雅”的“名士”。

“物以类聚,人以群分”。杨缵的生活情趣、艺术嗜好,既典型地代表了他周围那一群词友的共同习尚,自又不能不深刻地影响到在他那个文艺“圈子”中的其他人。比如周密,就曾多次身受他在作词方面的指教,因而屡屡在词、文中表现出对他的敬仰之情。除了前面已举过的材料之外,我们还可以举出他悼念杨缵的《徵招》和《酹江月》词来。前者有云:“肠断,紫霞深,知音远、寂寂怨琴凄调。”后者有云:“忍记倚桂分题,簪花筹酒,处处成陈迹。”又如王沂孙题周密词卷的《踏莎行》有云:“白石飞仙,紫霞凄调,断歌人听知音少。”也明显地表达了对杨氏的宗仰。而张炎,虽则在词作中未见与杨氏的交往(严格的讲,是“承教”),但在《词源》一书中却多次提到过他,特别是全文记录了他的《作词五要》,并赞誉他为“持律甚严,一字不苟作”,这就可知张炎年幼时曾经濡染过父亲张枢和这位父辈词友杨缵的深刻影响。张炎所过的那种既富贵风流又高雅清逸的生活,以及他那种讲求合律、雅正、清空、婉丽的词学观点和词学嗜好,正是在这样类似“文艺沙龙”的环境中自幼培养出来的。

对于张炎前期生活的种种细节,由于缺乏更多的材料,所以无法具体地一一指出。这点,正如前言所说,也是件“无可奈何”的事。但这并不妨碍我们对他这一段生活得出总体上的认识。这是因为,张炎作为一个普通的贵族子弟,他在政治上并没有什么突出的表现和建树(他甚至连功名都没有一点儿②),因此,了解了他的家庭环境和他所经常接触的父辈词人的情况,也就可以间接地了解他了。这正同我们欲了解一条鱼而不可得时,解剖同一环境中的其他鱼类也可大致地了解这条鱼一样。

除了上述这些情况之外,我们还可以得知,张炎和其远祖张镃一样,是信奉佛教的,或者可以说,是与佛教有着一定“缘分”的。张镃曾经捐舍宅地为寺(见史浩《广寿慧云禅寺记》),而张炎也曾施财造“无尽灯”一座,并舍田以充膏油之资。《天目山中峰和尚广录》中的《大觉寺无尽灯记》有云:“大圆觉场开莲华峰,有旃檀林、龙象围、绕梅野。居士张公叔夏施财造无尽灯一座,复舍腴田若干亩,

① 周密:《齐东野语》,中华书局,1983 年,第 339 页。

② 友人谢桃坊函告:《志雅堂杂抄》卷下曾有“馆人张叔夏”之载,疑指张炎曾司主馆舍,接迎宾客之事。附记于此。

用充膏油,持以供养。工师出巧,珠转玉回,浮幢王刹,殆不是过,位置十面,面各一镜,镜各一佛,中燃一灯,交光相摄。居士印之而兴无尽之施,匠氏因之而献无尽之巧……居士求余作记,故引是说以告之。"①这也从一个侧面说明了张炎的"阔绰"生活和他的崇佛思想。

二、中期生活(1276—1291)

宋恭宗德祐二年(1276),元人攻陷南宋首都临安。南宋的历史基本告一段落,而张炎的生活顿时也发生了巨大的变化,他从一个"承平贵公子",一下子变成了亡国破家的宋朝"遗民"。在他的29岁到44岁这一阶段生活中,充满着痛苦和耻辱,充满着惊涛骇浪;若要与他宋亡前所过的生活来比,真有了180度的转弯。这里,我们不妨比照《续资治通鉴》所载的史实,把他个人的生活遭遇放在一个比较宽广的社会背景下来论述。

德祐二年(1276)三月,元兵入临安。就在大兵刚入城不久,元丞相巴延(伯颜)就急忙干了一件事,那就是为廉希贤等人报仇,派兵斩杀了张濡(而据《钱塘遗事》记载,又是用残酷的"车裂"法"磔杀"之),并籍没了他的全部家财,以慰劳廉家。这对张炎来讲,不啻是五雷轰顶的一件大祸。

我们知道,元人的刑罚是十分野蛮残暴的。对于敢于反抗他们的宋朝官兵、宋朝百姓乃至他们内部的异己者,他们往往都采用一些惨无人道的酷刑惩罚之。如同年五月,他们磔杀了战败不屈的赵孟垒;同年十二月,他们对不肯投降的黄文政断舌、劓鼻、刖之,同月,他们攻占邕城,"悉坑其民";次年十月,攻破兴化,把守将陈瓒"车裂之,屠其民,血流有声"。元世祖至元十九年(1282),元室内部发生事变,失败者王著、高和尚"皆醢之";而事隔不久,这次事变的"胜利者"阿哈玛特死后又被剖棺戮尸、纵犬啖其肉;世祖至元二十二年(1285)正月,西川赵和尚、真定刘驴儿等企图反抗元朝者皆被"磔裂以徇";同年(1285)十一月,元世祖又杀卢世荣,"刲其肉以食鹰獭"……此类记载,在元人灭亡南宋后的十余年间真是比比皆是、触目惊心。

对于被杀者的家属,他们也不轻易放过。其中,男性往往株连被杀,女性则大多沦为女奴。比如,上述阿哈玛特被戮尸时,"子侄皆伏诛",而"勾考捕系,连

① 王昶:《山中白云词逸事》,张炎《山中白云词》,吴则虞校辑,中华书局,1983年,第159页。

及无辜,京师骚动"①。世祖至元二十四年(1287)五月,吴德因"非议时政"被捕杀,"没其妻子入官"。至于犯人的家财,则更是被籍没入官,如阿哈玛特被杀,"籍其家";杨琏真伽下狱,"籍其妻孥田亩",没入其妻并遣诣京师;僧格伏诛,其党之财产皆籍没入官……

凡此种种均足表明,元初的统治是十分残暴的。即使对于自己内部的异己者,他们都采用毫不留情的手段镇压之,何况对于曾经杀死过他们"国使"的张濡一家!所以张家遭到这一次灾难,其后果是不难想象的。对此,张炎有词忆及:"十年前事,愁千折……恨西风、不庇寒蝉,便扫尽、一林残叶。"(《长亭怨·旧居有感》)他在十年之后回忆旧事,竟还感到这次事变的余悸!而从其"西风扫尽残叶"之意看来,则这次抄家,大有"秋风扫落叶"之势,几乎是"扫地出门"、不留一人一物的——至于张炎本人,或许是事先逃遁或侥幸外出才幸免于祸的。

所以,从元人入临安始,张炎的头顶上就笼罩上了一片灾难的乌云,他随时都有被株连杀身的危险。从客观上说,张炎的个人命运,实是与南宋王朝的命运连在一起的。

元世祖至元十五年(1278),张炎路过庆乐园,作了凭吊韩侂胄的《高阳台》词。庆乐园原是韩侂胄的南园,当年是一个十分繁华的去处,现在却变得荆榛遍地,一片荒凉。韩侂胄是南宋中期的权臣,曾发动过历史上有名的"开禧北伐",后因兵败被杀。到南宋后期,由于理学力量的高涨,韩侂胄(他是反理学的"先锋")在一般文人心目中已成为了一个"误国殃民"的人物。然而,张炎此时却用无限同情的笔调低徊哀伤地悼念他:"鬓貂飞入平原草,最可怜、浑是秋阴。夜沉沉,不信归魂,不到花深。"这中间是存有一定的深意的。词近结尾时,就点明了这种"悼古实乃伤今"之境:"故园已是愁如许,抚残碑、却又伤今。"张炎在这里,借悼念韩侂胄之机,实际又是在悼念他自己的家族——从张俊到张濡的这一段张家兴衰史,不正与韩侂胄有某些相似之处吗?

元世祖至元十五年(1278)十二月,元僧杨琏真伽为了盗取宝物,盗掘南宋帝陵。他派人掘坟倒棺,铲尸刨骨,甚至为了沥取水银而把理宗的尸体倒悬于树。这种无耻的暴行自然激起了南宋爱国志士们的扼腕痛愤。在当时那种异族统治的恐怖政局下,有唐珏、林景熙、王英孙等义士,冒着生命危险,机智地把散落在坟堆间的宋帝(后)残骨收拾埋藏,树以冬青为记。第二年,唐珏、周密等人

① 宋濂,等:《元史》,中华书局,1976年,第3167页。

在绍兴集会,分题赋词①,用隐晦曲折的词笔抒写他们对宋陵被盗的深恸。张炎也参加了这次集会,赋写了《水龙吟·白莲》;与此同时,他还写了《忆旧游·登蓬莱阁》,其主题都是对于故国的无限深悼。这证明,张炎于宋亡之后,实际上还参加了反抗异族暴行的文学活动。

在这几年之中,张炎的行踪大抵不出杭州和绍兴一带。他和周密、王沂孙等人交往唱酬,直到世祖至元二十七年(1290)被迫北行。

对他于至元二十七年到至元二十八年(1290—1291)的这次北行,历来有两种说法。一种认为他是为求官而去,如戴表元《送张叔夏西游序》云:

> (张)垂及强仕,丧其行资,则既牢落偃蹇,尝以艺北游,不遇失意,亟亟南归。②

另一种则认为他此行并非为求官,如舒岳祥《赠玉田序》:

> 玉田张君,自社稷变置,凌烟废堕,落魄纵饮。北游燕蓟,上公车、登承明有日矣。一日,思江南菰米莼丝,慨然襆被而归。③

明明是"上公车、登承明有日"(亦即做官在望),张炎却匆匆"慨然"而归,这就说明,他的北行绝非为求个一官半职而去,乃是有不得明言的苦衷在焉。

那么,张炎此次北行元都(今北京),究竟是怎么一回事呢?此事关系到他对元朝的政治态度,是他一生进退出处的一个重要关节,实有必要多说几句。

先看此行的直接目的。《元史·世祖本纪》:至元二十七年,"缮写金字《藏经》,凡靡金三千二百四十四两"④。元朝政府为什么不惜重金,大兴此写经之役呢?原来,它有两个意图:一是为徽仁皇后(元世祖的皇后、元成宗的皇太后)扬名(元人好佛教,以写佛经而扬"善名");二是趁此机会选拔一些人才为自己服务。因此,从广义上讲它也是元朝统治者笼络与利诱汉族士人活动的一个组成部分;不过,这种笼络与利诱活动,又是伴随着威逼与压迫的手段的。所以,我们应该把张炎此行放在一个更为宽广的政治视野中来考察。

前已谈到,元朝统治者对于汉族知识分子本是抱着敌视态度加以镇压的,特

① 其词结为《乐府补题》一集,共收 14 家 37 首词作,分咏龙涎香、白莲、莼、蝉、蟹五物。详参夏承焘《乐府补题考》。

② 戴表元:《送张叔夏西游序》,张炎《山中白云词》,吴则虞校辑,中华书局,1983 年,第 162 页。

③ 舒岳祥:《赠玉田序》,张炎《山中白云词》,吴则虞校辑,中华书局,1983 年,第 115 页。

④ 宋濂,等:《元史》,中华书局,1976 年,第 338 页。

别是对于宋室王族和南宋贵族，更是严加监视（它曾下令徙赵氏族人至京师，徙“江南豪右”于内县），这是它的一贯政策。但是，随着立国建国的需要，它又深感到了利用汉族士人为自己服务的必要。因此，在采用压迫手段的同时，它也开始对汉人实行利诱的政策。这种政策大致有三个方面：

一是开设学校和科举。元世祖至元十三年（1276），不忽木上疏“建学”，世祖览之大喜。至元三十年（1293），王恽上疏陈政，内就有“设科举以收人材”一条，世祖“嘉纳”并授王以翰林学士之职。到元仁宗延祐二年（1315），即正式会试进士。

二是征召。世祖至元十五年（1278），征召宋朝故相马廷鸾、章鉴赴阙，不至。至元十七年（1280），遣中使历江南名山，访求高士。至元十九年（1282），以不忽木之荐，征召容州处士刘因至都，擢右赞善大夫（后刘以母老辞归）。至元二十年（1283），刑部尚书崔彧上疏，其四云“宜博访南北耆儒”①以充翰苑，世祖议行之。至元二十三年（1286），诏程文海拜侍御史，行御史台事，往江南博采知名之士；文海荐赵孟适、叶李二人，又复荐赵孟頫、余恁等20余人，其中叶李、赵孟頫后来就成了元朝政府中的重要人物。至元二十五年（1288），征葛洪山隐士刘彦深。元成宗大德九年（1305），诏求“山林间有德行文学识治道者”②，征召萧斞赴阙。

三是访求江南艺人。世祖至元十六年（1279），命崔彧至江南，访求“艺术之人”。至元二十一年（1284），朝列大夫鄂尔根萨里劝世祖“治天下必用儒术，宜招致山泽道艺之士以备任使”，帝嘉纳之，遣使求贤，置集贤馆以待之；“士之应诏者，尽命馆谷之，凡饮食、供帐、车服之盛，皆喜过望。其弗称旨者，亦请加赉而遣之”③。（这里附带讲一句，元人对于江南技艺之人是十分感兴趣的。《续资治通鉴》世祖至元三十年载：“时北人酷爱江南技艺之人，呼曰‘巧儿’，其价甚贵。”④）

在张炎那个时代，除开一些民族气节特别强烈者（他们或出家为僧、道，或潜居深山幽谷）外，大多数有些名望的汉族知识分子都不易逃脱上述三种遭遇。如王应麟、屠约、戴表元、白珽、王沂孙、仇远等，都先后被迫担任过“山长”“学正”“教授”“学谕”等元朝的地方学官（《元史·选举志》记：“至元二十八年，复诏求隐晦之士，俾有司具以名闻。”又记：“令江南诸路学及各县学内设立小学，

① 宋濂，等：《元史》卷一七三，中华书局，1976年，第4039页。
② 宋濂，等：《元史》卷八一，中华书局，1976年，第2034页。
③ 宋濂，等：《元史》卷一三〇，中华书局，1976年，第3175页。
④ 毕沅：《续资治通鉴》，中华书局，1957年，第5213页。

选老成之士教之。"①所以上面这些士人就不免被荐受任了。这也就是元朝"建学"的结果);如赵孟頫、陈允平等都曾被"征召"赴阙;再如和张炎同时赴元都写经的班惟志,就因"技艺"(书法)而入"写经局",后来又迁官至集贤待制、江浙儒学提举(见下)。

张炎本人则如何呢?他虽未曾出任过学官之职,也未被人推荐而应召,然而,他却未能逃脱元朝"访求江南艺人"的选征。我们知道,张炎于宋亡之后四处流荡(甚至可以说是四处避祸),加之宋亡前他在政治活动方面无甚影响,所以自然不大会被人荐举去任地方官吏或赴阙任职。可是,他的书画才能(亦即"技艺")却是远近闻名的。舒岳祥《赠玉田序》曾称他"诗有姜尧章深婉之风,词有周清真雅丽之思,画有赵子固潇洒之意"②——这里虽未谈到他的书法,但"书"与"画"却往往是紧密连在一起的。我们不妨看一下他的一些词题或小序,便可知他是能书善画的了。如:

> 钱舜举幅纸画牡丹、梨花。牡丹名"洗妆红"。为赋一曲,并题二花。(《华胥引》小序)
> 题"晓竹图"。(《小重山》题)
> 题姜子野"雪溪图"。(《法曲献仙音》题)
> 写墨水仙二纸寄曾心传,并题其上。(《浣溪沙》小序)
> 题"倦耕图"。(《清平乐》题)
> 题"许由掷瓢手卷"。(《浪淘沙》题)
> 余画墨水仙,并题其上。(《浪淘沙》小序)
> 作墨水仙寄张伯雨。(《浪淘沙》小序)
> 甲寅秋寓吴,作墨水仙,为处梅吟边清玩。时余年六十有七,看花雾中,不过戏纵笔墨,观者出门一笑可也。(《临江仙》小序)

由此可知,张炎善绘画,特别善画水仙;而在他自作或他人所作的画卷上,又往往同时题上诗词,这就可证,他确是一位书画并擅的"技艺"之材,同时人马臻《霞外诗集句》有《题张玉田画水仙》之诗:"赏月吟风不要论,曳裾何处觅王门?谁人得似张公子,粉蝶如知合断魂。"可知张炎所画水仙之妙。这样,在元世祖至元二十七年(1290)大兴的这次写经之役中,张炎就难以逃脱征选了。

之所以说这次写经规模很大,可以从两点看出。一是耗费黄金达3000余

① 宋濂,等:《元史》卷八一,中华书局,1976年,第2032页。
② 舒岳祥:《赠玉田序》,张炎《山中白云词》,吴则虞校辑,中华书局,1983年,第165页。

两。由于是用的“泥经”之法，就可知所抄的篇幅册数之巨了。二是征召材士人数之多，这虽未见有确切统计，但从上述耗金之数也就不难想见了。在现存的文献中，我们还可以看到下面这些人参加过写经活动：

赵孟頫。《元史》本传说：“有旨书金字《藏经》，既成，除集贤直学士。”①他当时的政治地位已相当高，而书画才能又是首屈一指的，所以很可能是这次写经之役的实际“领头人”。为此，“正史”还特为此事书上了一笔。

班惟志。陶宗仪《书史会要》卷七云：“初，徽仁裕圣皇后以泥金写《大藏经》。邓文肃举惟志入经局，补州教授，累官至今任（集贤待制、江浙儒学提举）。”②

曾遇。《书史会要》补遗云：“前至元末被选入京，书泥金字《藏经》。”③后官至安吉主簿。此人字心传，与张炎结伙同行。张炎《壶中天》序云：“夜渡古黄河，与沈尧道、曾子敬同赋。”其中的曾子敬即此人（据江昱考证）。而从《书史会要》所云“被选入京”，就可知此行未必出于自愿，乃出于官府的征选。

沈尧道，即沈钦。他也是张炎同行之伴，见上引《壶中天》小序。而沈氏《甘州》小序也云：“心传索词屡矣，久以缮金字之冗，未暇填缀。”④可知书经活动之繁忙。

刘沆。他也有和张炎的《甘州》词，《自序》作于“燕山”。

吴菊泉。张炎《长亭怨》序云：“岁庚寅，会吴菊泉于燕蓟。”而据郭畀《客杭日记》，知他亦为赴都写经者。

陆居仁。据《大观录》卷一五《温日观墨葡萄画卷》所载他的诗“黄金台北帝王州，我亦曾为汗漫游。不入风池鹓鹭序，依稀天地一沙鸥”（附于曾心传、刘沆、张炎等赴大都时所写《甘州》词后），可知他也曾去过大都。

陈仁寿，字景礼，尝应写金字经（见《至正直记》卷四）。

从上述材料看来，有两点是可以成立的：一是此行主要是一次文化活动，而不是政治活动，其主要的、直接的目的乃是去写《大藏经》；至于元人企图通过写经来物色一些文化技艺人才，以及某些参加者本人冀图做官，那已是次要的、间接的事。二是这次活动带有几分强迫性、“行政命令性”。如陶宗仪所说的“被

① 宋濂，等：《元史》，中华书局，1976 年，第 4021 页。

② 陶宗仪：《书史会要》，文渊阁《四库全书》第 814 册，上海古籍出版社，1987 年，第 319 页。

③ 同②，第 808 页。

④ 唐圭璋编：《全宋词》，中华书局，1986 年，第 4342 页。

选”，如曾心传自己所说的“至元庚寅以写经之役自杭起驿入京”①，等等，我们从这些字里行间就不难看出有种“王命在身，不得不行”的味道在内。联想到谢枋得三次“却聘”，最后被元兵武装押送至京（后绝食殉宋）的严酷史实，我们对张炎赴都之被迫性就可认识得更清了。

张炎是一个对于元人兼有国仇与家恨的人，宋亡后的词作（特别是此次北行途中及赴大都后所作的词作）中又充满着不与新朝合作之意（对于这点，我们将在分析他词作时再谈）。因此，基本可以断言，他的赴都写经绝非为了求官而去，而是一种无法逃脱、无可奈何的举动。所以，他在次年春天之后，一有机会便匆匆南归了。

从同时代人的记载中看，通过这次写经，张炎等人本来似有机会得官（尽管职位很低，大约是入“写经局”而已）。如曾遇云：“书经讫事，将得官，而轰荐福之雷。”②而前引的舒《序》也说：“上公车、登承明有日矣。”然而，此时元朝最高统治集团中，却发生了一次重大的事变，那就是专权了多年的僧格于至元二十八年（1291）正月底被罢免其右丞相之职，二月又籍其家，五月下狱按问，七月伏诛。随着僧格的垮台，他这一党的党羽纷纷被株连。这件事像一场旋风一样席卷着当时的政治舞台，弄得人心惶惶、人人自危。因此，原先怀有求官冀图的人此时自然只能无望，而原先不想求官的人则好趁机脱身了。《续资治通鉴》在同年五月的“僧格下狱按问”一条之后就载有刘因“以疾辞”和世祖准其辞去集贤学士之职的请求一事，这就可知张炎很可能也是趁这个乱哄哄的局势抽身南归。所以舒《序》说他是“一日，思江南菰米莼丝，慨然襆被而归”③的，这是符合他的思想实际的。证之以他在八年之后送吴菊泉再赴大都的《长亭怨》词：“同去，钓珊瑚海树（用杜甫“钓竿欲拂珊瑚树”之意，亦即同去归隐之意），底事又成行旅？”他对于这位不甘寂寞、企图再去大都活动求官的写经旧友，是含有讽刺之意在内的。其词序有云：“岁庚寅，会吴菊泉于燕蓟。越八年，再会于甬东。未几别去，将复之北，遂作此曲。”词中有云：“如今又、京洛寻春，定应被薇花留住（‘薇花’，用白居易‘紫薇花对紫薇郎’诗，喻爵禄也）。且莫把孤愁，说与当年歌舞。”它写出了自己的甘心于穷愁潦倒和不满于吴氏的贪恋名利，足可以反证

① 吴升：《大观录·温日观葡萄墨迹题词》，《大观录》，中国大百科全书出版社，2001年，第465页。

② 荐福寺碑为李北海撰，欧阳询所书。相传范仲淹欲为某贫士谋财，使拓千本以售。一夕，碑忽为雷所击碎，故苏轼有“一夕雷轰荐福碑”之句。此处意谓命运不佳。

③ 舒岳祥：《赠玉田序》，张炎《山中白云词》，吴则虞校辑，中华书局，1983年，第165页。

张炎之南归绝非戴《序》所说的“不遇,失意亟亟南归”①。

对于张炎北游之动机和南归之原因,我们的考证可以告一段落。从这番考证中,我们看到,张炎此行,绝非觍颜事仇地去求官,而是被迫而去却又慨然南归的。对于这样一个关键问题的辨明,使我们认识到,张炎虽不能如郑思肖、周密一样独厉清操、洁身自好,然而也不是赵孟頫一流人物。他还是一个具有民族情感的宋朝“遗民”。在民族矛盾尖锐复杂的情况下,他终于保持了自己的民族节操。

张炎此次北行,九月于杭州起程,途经古黄河,大约于深秋初冬抵大都。在沿途和至京后,他都写作过一些词篇。从这些作品中,我们又可发现,他在大都的活动中,没有什么政治色彩。如他曾游览过长春宫,观赏过海云寺的千叶杏,还在寒食节去水边花外踏青赏春,并于一次宴会上重遇了临安故伎沈梅娇,为她作过词篇。其中唯一提到过的元朝官员,只有傅岩起。按傅岩起其人,柯邵忞《新元史》卷二〇七有传,乃山西晋宁人,后累官至左丞相。但在张炎赴都时,他资历尚浅,只是中书省的一个掾吏,且张炎和他的交往也仅是与他一起赏玩过古瓶中的芙蓉杏并作词一首而已,所以也基本可以排除他在大都进行求官活动的可能。

张炎在大都逗留的时间并不太长,第二年(1291)春天之后即匆匆南归了。经过这一场风波,张炎的思想就越向颓放的方向发展了。“载取白云归去”(《甘州》),从此他更想远离政治的漩涡,去做一个“采菊东篱”的“隐士”了。

三、后期生活(1292—?)

张炎南归之后,行踪不定,四方漫游。戴表元《序》谓之:“亟亟南归……东游山阴、四明、天台间……又弃之西归……”②总之,是到处依人又飘蓬不定。戴《序》引张炎自己的话说,这种漂泊生活实在是出于不得已:“(予)问叔夏何以去来道涂,若是不惮烦耶?叔夏曰:‘不然,吾之来,本投所贤;贤者贫,依所知;知者死,虽少有遇,无以宁吾居,吾不得已违之。吾岂乐为此哉!’语竟,意色不能无阻然。”③从这席话来看,张炎的后期生活是很可怜的——在最困难的时候,竟至于弄得在鄞地摆设“卜肆”,靠相面拆字糊口(见袁桷《赠张玉田诗》)。

① 戴表元:《送张叔夏西游序》,张炎《山中白云词》,吴则虞校辑,中华书局,1983年,第162页。

② 同①。

③ 同①。

他的日常生计,大约是靠"授徒"和以诗(词)画技艺结交贵人、求得依附和周济为生。当然,张炎又不是一个纯粹的"卖画匠",而是相当于南宋后期那种"清客"之类的人物。《梦粱录》卷一九曾专有"闲人"一节描写这类"清客"的生活,他们以吟诗和曲、撇竹写兰、围棋抚琴等技艺寄附于人。当年张炎的远祖张镃、张鉴门下,就收留、优待过姜夔、孙季蕃这样的"高级清客"——据《齐东野语》卷一二记载,姜夔中年之后,在张鉴家中就一住达十年之久;张鉴死后,门内无人,姜夔才又旅食浙东、嘉兴、金陵间。想不到这种命运竟又倒转到张炎自己头上。所以戴《序》十分感叹地说道:"叔夏之先世高、曾祖父,皆钟鸣鼎食。江湖高才词客姜夔尧章、孙季蕃花翁之徒,往往出入馆谷其门,千金之装,列驷之聘,谈笑得之,不以为异。迨其途穷境变,则亦以望于他人,而不知正复尧章、花翁尚存,今谁知之,而谁暇能念之者?嗟乎!士固复有家世才华如叔夏,而穷甚于此者乎?"①由此看来,张炎的后期生活,比之姜夔恐还大不如。

张炎这几年的行踪,根据他的词序及其他一些材料,可知是在杭州、宁波、苏州②一带活动。大致来讲,杭州是往返最多之地,东则到过绍兴、宁波、宁海、天台,西则到过苏州、吴江、江阴、宜兴、溧阳(详见《年谱》),总的来讲,足迹大致不出江、浙二省。而在往返杭州中,又曾几次路过故园,有时是在邻家窥望一下,有时则择机进园一顾,表示了他对故家的思念未能忘却。在他 53 岁那年(1300),他已经初步把自己的词篇结集,并嘱邓牧这一位爱国之士为之写序。而至少在他 68 岁前,总结其一生作词经验的《词源》也已写成。在此更后,他的活动情况就不大可知了。姜夔是贫病而死的,死后由友人吴潜等助之葬于钱塘门外西马塍,死时虽穷而犹有妻子与侍妾(见夏承焘《姜白石系年》);而张炎死于何时何地,则连记载都无一条。从他后期词中极少见到写妻、子的情况来看,他的境况恐怕是更加凄凉的。杨万里说姜夔是"不见词人到老穷"(《进退格寄张功甫、姜尧章》),这句诗移到张炎身上来说,也是同样恰切的。所以我们在张炎后期的词作中,尽管未见对于自己穷途潦倒境遇的太多描写(相反他倒经常把自己描绘成一个悠闲的高人隐士形象),但其实际生活却是十分清苦的。他尝自号"乐笑翁",这种"笑",就不免是一种故作旷达、自求解脱的苦笑。对于这点,我们须

① 戴表元:《送张叔夏西游序》,张炎《山中白云词》,吴则虞校辑,中华书局,1983 年,第 162 页。

② 这一期间张炎足迹所至,最远处北到金陵(仇远有《送张叔夏游金陵》诗),西到衢州(张炎有《木兰花慢·为越僧樵隐赋樵山》词,词内提到的"龟峰"即在衢州,今浙江衢州也)。

有一个正确的认识,而勿被那表面的“乐笑”现象所迷惑。

四、张炎的交游及其思想态度

张炎交友比较广泛,归纳起来,大致有如下三类人。

一是富有民族气节的南宋“遗民”和爱国志士。其中有:

郑思肖。他于宋亡之后坐必南向、誓不事元,画兰而不画土,以示亡国之痛。他曾为张炎词写过序言。

邓牧。他于宋亡后隐居不出,不仕新朝。他也曾为张炎作过词序。

周密。他于宋亡后以著撰为主要事业,所著《武林旧事》《齐东野语》《癸辛杂识》等俱寓不忘故国之思。张炎与他交往甚密,尝有《思佳客》词题其《武林旧事》,词中的黍离之感与周氏《武林旧事自序》是完全相通的。

钱选(舜举)。他与赵孟頫同时以书画之才擅名东南,但赵孟頫被荐而他却独不肯往。张炎曾为其画题词。

唐珏。他是冒着生命危险拾取宋帝后骸骨并予安葬的“义士”。张炎曾与他一起参加过《乐府补题》的题咏活动。

二是当时的一些著名文人。这些人中,有具有一定民族情感但却因各种原因而不得不出仕于元朝的人,如:

仇远,曾任溧阳学正。

陆文圭,于延祐间被迫应乡试。

戴表元,于60余岁被迫任信州教授。

屠约,数辞荐召而最后不得不任婺州学正。

王沂孙,尝任庆元路学正。

袁桷,后累官至翰林学士。

陈允平,被荐应征,后以病免归。

当然也有甘心去做元朝官吏的,如:

赵孟頫。他本是赵氏宗室,后累官至元朝的翰林学士。

曾遇。他与张炎一起去大都写经,后来任安吉县丞。

三是一些地方上的乡贵。这些人的政治态度和社会身份比较复杂,其中与张炎关系密切的主要有:

吴江陆行直,又名辅之,字季道,号汾湖(汾壶)居士。他受教于张炎学词,著《词旨》一书申述其师的词学主张。张炎在他家作过《清平乐》词以赠其家姬卿卿。

苏州陆处梅。张炎晚年寓吴,为他作墨水仙并题词。

江阴陆垕、陆起潜。张炎二游江阴恐怕就寄住他们家。

通过对张炎与之交游者的情况分析,我们可以得到如下的认识:对于那些不屈于元朝的爱国之士,张炎是怀有敬仰之情的(这可从他的某些词作中得到参证),这些爱国之士对于张炎入元后的遭遇和表现也是同情与认可的;张炎与那些乡贵交游,甚至还和一些新贵交往,则恐怕主要是为了生计,好在这些交游不带什么政治性质,主要是词画之交;至于和张炎关系最密切、最广泛的,却应该数到那一批和他境况相差不多的文士,无论从生活地位、文学才能、思想态度来说,他们都与张炎有相似之处。张炎和他们之间的主要不同是他本人没有出仕过新朝,而他的这些友朋辈,却大都或前或后、或短或长地做过元朝的官(主要是地方学官)。对于后一点,我们还应把它放在当时特定的历史环境中做具体分析:中国传统的士人,对于这批南宋遗民之出仕元朝为"朝官"与"学官",就是有所"区别对待"的。一般来说,他们对出仕为学官者还是采取比较宽容的态度的。如清代全祖望在评论宋元之际著名学者王应麟于宋亡后曾应召为山长一事时说:"山长,非命官,无所屈也。箕子且应武王之访,而况山长乎?"(《宋王尚书画像记》)何况,这些文士之出仕为学官,有的是一辞再辞、迫于严命,有的是为了养家糊口、维持生计,因此,即使在担任地方学官之后也并未改变自己对于故国的感情。所以对于张炎和他们之间的交游,我们也应抱着"具体问题具体分析"的态度去理解,而不可以简单地加以贬责。总之,归纳起来看,张炎入元之后,其思想态度是比较复杂的。拿我们今天的话来讲,他与当时"左、中、右"三类知识阶层都有接触;他自己的思想倾向则基本是属于"中间"型的。这也就是说,他并不能如郑思肖这样的爱国之士那样正义凛然、独厉清操,但又不屑如赵孟頫一流人那样屈身新朝,而是既对异族统治者抱着"不合作"的态度,却又缺乏强烈的反抗精神。从其"不合作"态度来看,他是具有一定的爱国情感的;而从其缺乏反抗精神而言,则又是相当软弱和消沉的。这就是我们通过他的交游活动归纳出来的一点总体印象。至于这种思想态度在他词作中的表现和反映,我们将在下文分析其词的思想内容时再来述说。

第三章　张炎的生活情趣和艺术趣味

一、南宋士大夫文人集“富贵”与“高雅”于一身的生活情趣和艺术趣味

从这一章开始,我们着手对张炎的词作进行研究。而在着手这种研究之始,首先有必要来分析一下张炎的生活情趣和艺术趣味——对于“词”这种抒情性特别浓厚的文体而言,一方面,我们应当重视它所反映的社会生活的广度和深度;另一方面,却又不能不注意在它里面所凝聚着的作者特有的生活情趣和艺术趣味。特别像张炎这样一类作者,要求他们的词作能广泛和深刻地反映社会生活各方面的重大问题,那几乎是不可能和不现实的;而抓住生活情趣和艺术趣味的问题,却往往能“直截根源”地触及他们词风的接近本质的地方——这是因为,“风格即人”,从某种程度而言,造成作家(特别是诗人、词人)的特殊风格的,正是其特殊的生活情趣和艺术趣味。佛语云:“一花一世界,一草一精神。”如果把唐宋词苑比作一片繁花秀草的话,那么,在它们之中所蕴藏着的“精神”,正就是它们的作者往里头所倾注的生活情趣和艺术趣味。

为了比较清楚地说明张炎的生活情趣和艺术兴趣,我们不妨采用由远及近、由群体而及个人的方法。先说晚唐五代词人,他们的总的生活情趣和艺术趣味恐怕主要在于“醇酒美人”和娈情婉思上。西蜀后主王衍的《醉妆词》(“者边走,那边走,只是寻花柳。那边走,者边走,莫厌金杯酒”)和孙光宪的《生查子》(“春病与春愁,何事年年有? 半为枕前人,半为花间酒”),就清楚地表明了这两点。

到了北宋词坛上,除了继承前代词人的这些生活情趣和艺术趣味之外,又有了某些新的发展和变化。总的来说,北宋的婉约派词人,共同嗜好着一种“富贵之态”——相比之下,他们所过的享乐生活,乃是一种“真正”的“富贵”生活;而晚唐五代词人所过的生活,则属于那种“今朝有酒今朝醉”、于醉生梦死中寻求刺激的“变态”性享乐生活。所以,这种对于“真富贵”的嗜好,正就是北宋“太平

盛世"带给词人心理上的一种新气象。例如,号称"太平宰相"的晏殊,他的词中就充满了一种雍容富贵的气度;即使在那些语带感伤情调的词作中,也同样显得"落落有贵气"。读一读他的《浣溪沙》:"一曲新词酒一杯,去年天气旧亭台,夕阳西下几时回?　　无可奈何花落去,似曾相识燕归来,小园香径独徘徊。"他那从容不迫的闲雅风度,就体现着这个"大时代"中人们的"富贵态"。而柳永的词,有人称它已把仁宗朝42年太平景象描摹详尽(见祝穆《方舆胜览》卷一一引范镇语),比如他的《望海潮》,就用铺叙浓丽的语言勾勒出了杭州的繁富,这更是尽人皆知的事实。所以北宋婉约派词篇中所反映出来的生活情趣和艺术趣味,就明显地带有那个讲求享乐的社会环境(宋太祖在建国之初就向武臣们倡导这种享乐风气)的烙印。

到了南宋的婉约派词人身上,这种情况又有了新的演变。和北宋婉约派词人一样,他们仍旧嗜好着"富贵",然而,他们所要求的富贵,又更明显地带有着自己这个时代环境的特色。简单地说,他们所嗜好的"富贵",只是前代晏殊那一类正统士大夫式的"富贵"(既"富贵"而又不俗),而非柳永式的那类多少有些穷酸相、市井气的"富贵"。或者换一句话说,他们所嗜求的"富贵"乃是一种既"富贵"却又"高雅"的统一物。这正是南宋新的政治、经济和思想条件带给词坛的一种新的艺术趋向。

首先,南宋和北宋不一样,它是一个偏安江南的小朝廷。北方,金国和它对峙;内部,主战派和主和派之间的斗争持续不断。在这种民族矛盾和统治集团内部斗争均有所激化的社会环境中,一部分爱国的士大夫文人(以辛弃疾、陆游为代表)继续发扬着前代诗歌的现实主义、爱国主义传统,以诗词为武器,进行着干预政治、揭露现实的斗争;但是另有很多的士大夫文人,由于其世界观的限制,却不敢正视现实的矛盾,因而比之北宋婉约派词人,更加严重地躲进了个人享乐生活的小圈子中去。他们或沉湎声色歌舞,或寄情湖光山色,或追求隐遁出世。总之,偏安的不景气的政治环境和"时代精神",严重地腐蚀了他们的"士心",其生活情趣和艺术趣味就更多地专注于"高雅"而又狭隘的个人享乐生活的小天地中去。宋末文及翁《贺新郎》词曾这样深刻地揭露:"一勺西湖水,渡江来,百年歌舞,百年酣醉。""国事如今谁倚仗?衣带一江而已!便都道,江神堪恃。借问孤山林处士,但掉头、笑指梅花蕊。""歌舞""酣醉",再加上"笑指梅花蕊",即活画出了他们既"富贵"又"高雅"、合二者于一身的面目。在这种政治局势的影响下,不仅是那些世界观比较软弱的词人如此,即使是那些爱国的士大夫,也免不了生出逃避现实之思,这方面的例子韩世忠最为典型。韩世忠本是一位识字不多的抗金名将,但他在岳飞被杀、解甲归田之后,也不得不趋向于消极颓废。

据载，一次他于放浪西湖水光山色之中时，忽然写词道：

人有几何般？富贵荣华总是闲。自古英雄都如梦，为官，宝玉妻男宿业缠。　　年迈衰残，鬓发苍浪骨髓干。不道山林有好处，贪欢，只恐痴迷误了贤。(《南乡子》)

韩世忠从"富贵"中脱出而转向"山林"，这并不能表明他的真正厌弃"富贵"，而只是表明，在充分享受过富贵之后，他还企求着高雅的"山林"之趣。他的这种生活情趣的转变，正反映着整个南宋士大夫阶层的一种共同思想倾向。

其次，在偏安江南的150年中，南宋的经济特别是城市经济，却又有了进一步的发展。农业经济的发展，使本来秀丽的江南山川变得更加妩媚；城市经济的发展，又使贵族文人的享受生活程度有增而无减。南宋的首都临安城，就兼有这两种经济生活之"美"。一方面，它是一个商业繁华的大都市；另一方面，它从整体上说又像是一个美丽优雅的大花园(柳永《望海潮》词就说它既是"东南形胜"又是"三吴都会"，兼有着"市列珠玑，户盈罗绮"之富和"三秋桂子，十里荷花"之美)。生活在这种经济环境中的南宋士大夫文人，便有着得天独厚的"福分"，得以充分地享受着既富贵又清雅的物质生活。如欲明了这种生活之"富贵"，可以读一下《梦粱录》中对于三个节日的描绘：

正月初一："士夫皆交相贺，细民男女亦皆鲜衣，往来拜节……不论贫富，游玩琳宫梵宇，竟日不绝。家家饮宴，笑语喧哗。此杭城风俗，畴昔侈靡之习，至今不改也。"①

元宵："深坊小巷，绣额珠帘，巧制新妆，竞夸华丽。公子王孙，五陵年少，更以纱笼喝道，将带佳人美女，遍地游赏。人都道玉漏频催，金鸡屡唱，兴犹未已。甚至饮酒熏熏，倩人扶著，堕翠遗簪，难以枚举。"②

中秋："此夜月色倍明于常时，又谓之'月夕'。此际金风荐爽，玉露生凉，丹桂香飘，银蟾光满。王孙公子，富家巨室，莫不登危楼，临轩玩月，或开广榭，玳筵罗列，琴瑟铿锵，酙酒高歌，以卜竟夕之欢……此夜天街卖买，直至五鼓，玩月游人，婆娑于市，至晓不绝。"③

如要知晓其生活之"清雅"，则可看此书的另两段描写：

① 吴自牧：《梦粱录》，孟元老，等《东京梦华录(外四种)》，古典文学出版社，1957年，第139页。

② 同①，第7页。

③ 同①，第43页。

二月初八祠山圣诞:"湖山游人,至暮不绝。大抵杭州胜景,全在西湖,他郡无比。更兼仲春景色明媚,花事方殷,正是公子王孙、五陵年少,赏心乐事之时,讵宜虚度?至如贫者,亦解质借兑,带妻挟子,竟日嬉游,不醉不归。"①

暮春:"是月春光将暮,百花尽开,如牡丹、芍药、棣棠、木香、酴醾、蔷薇、金纱、玉绣球、小牡丹、海棠、锦李、徘徊、月季、粉团、杜鹃、宝相、千叶桃、绯桃、香梅、紫笑、长春、紫荆、金雀儿、笑靥、香兰、水仙、映山红等花,种种奇绝。卖花者以马头竹篮盛之,歌叫于市,买者纷然。当此之时,雕梁燕语,绮槛莺啼,静院明轩,溶溶泄泄,对景行乐,未易以一言尽也。"(以上见《梦粱录》卷一、卷二)②

所以,照理而言,狎妓本应在密院曲房,而南宋人却把它带到了绿水青山中去;湖山本应"清赏",而南宋人却偏要拥姬挟妓地携手共赏。《梦粱录》在结束对杭城12个月的享乐生活的描写后就说道:"如天降瑞雪(指岁暮时),则开筵饮宴,塐雪狮,装雪山,以会亲朋,浅斟低唱,倚玉偎香。或乘骑出湖边,看湖山雪景,瑶林琼树,翠峰似玉,画亦不如。诗人才子,遇此景则以腊雪煎茶,吟诗咏曲,更唱迭和。"在他们的"富贵"生活中,我们看到了他们的"清雅";而在他们的"清雅"生活中,我们却又看到了他们的"富贵"。这种二者兼而有之的生活情趣,正是建筑在南宋(特别是杭州)高度发展的农业和城市经济基础之上的。

再者,南宋虽是偏安于江南的小朝廷,但它对意识形态的控制却比北宋更加严格。举例来说,还在南渡之初、战事未息之际,宋高宗赵构就下令焚烧曹组的"淫词"木版(见《碧鸡漫志》卷二),这就可见他对文艺的"思想性"的严加注意。绍兴二十八年,他还亲制祭享乐章和"雅词",所谓"睿思雅正,宸文典赡"(廖行中《江行杂录》语),以给臣子们一个艺术的"示范"。故在帝皇的带头提倡下,词坛的创作、鉴赏活动中的"雅正"论就此应运而生。从整个南宋时期"复雅"呼声的甚为高涨(如鲖阳居士编选《复雅歌词》,秦桧的女婿曾慥编选《乐府雅词》),一直到宋末周密的以"志雅"自名其堂,等等,我们便不难感知这个时代的文人,其生活情趣和艺术趣味由于受到封建意识形态(其中尤为突出的是"理学"力量)的影响,而朝着"雅正"方向发展的趋势。

所以,比较前代文人而言,南宋士大夫文人(特别是婉约派词人),他们的生

① 吴自牧:《梦粱录》,孟元老,等《东京梦华录(外四种)》,古典文学出版社,1957年,第144页。

② 同①,第151页。

活情趣和艺术趣味,更要求于“富贵”之中含有“高雅”的成分。他们需要奢侈的但又是精致文雅(而非粗鄙的)的物质生活享受;他们的艺术创作也就反映了这种生活理想,因之便形成了集“富贵”与“高雅”于一身的艺术趣味。这方面,我们不妨举出宋高宗赵构作为一个例子(他不是一般的士大夫,也算不上是个文人,但他作为士大夫文人们的最高代表却是绰有资格的)。先看他的要求“富贵”:

《武林旧事》卷三曾记载着这样一则“佳话”:太学生俞国宝在西湖断桥边的小酒店壁上题词一首:“一春常费买花钱,日日醉湖边。玉骢惯识湖边路,骄嘶过、沽酒楼前。红杏香中歌舞,绿杨影里秋千。　　暖风十里丽人天,花压鬓云偏。画船载取春归去,余情付湖水湖烟。明日再携残酒,来寻陌上花钿。”(《风入松》)此词恰巧被赵构游湖时遇见,笑曰:“此词甚好,但末句未免儒酸。”因改定为“明日重扶残醉”,遂搁笔一笑而去。① 从这个一字之改而由“儒酸”(穷读书人的寒酸也)变为“富贵气十足”,便可以想见这位皇上的欣赏“富贵”、轻视寒酸了。

但也就是这位贵极人主的皇帝,却竟又一口气作了 15 首张志和式的《渔父》词来,似乎连皇帝都不愿做而想改做隐士了。请看其中三首:

> 一湖春水夜来生,几叠春山远更横。烟艇小,钓丝轻,赢得闲中万古名。(其一)
>
> 青草开时已过船,锦鳞跃处浪痕圆。竹叶酒,柳花毡,有意沙鸥伴我眠。(其四)
>
> 谁云渔父是愚翁?一叶浮家万虑空。轻破浪,细迎风,睡起篷窗日正中。(其十一)

由此可以看出,既身为荣华富贵已到极顶的皇帝,却又想做逍遥湖中的“渔父”,这种集“富贵”与“高雅”于一身的生活情趣和艺术趣味,不是表现得再典型不过了吗?南宋士大夫的精神风貌于此可见一斑。

以上是从“群体”来远看张炎的生活情趣和艺术趣味。

二、从张镃、张枢看张族子弟的生活情趣和艺术趣味

张炎生活在南宋的一个贵族之家中,这个家族是一个庞大的家族。由于荫

① 周密:《武林旧事》,西湖书社,1981 年,第 38 页。

受了先祖循王张俊的“遗泽”，这个家族的世代子弟都基本上过着一种奢侈的寄生生活。大约从张镃辈开始，他们又从武将之裔而向“读书子弟”转变了（这从谏官程松弹劾张镃“将家子强吟小诗”中可以见出）；而这种转变，就使他们的富贵生活中更增添了不少的“文雅”色彩。

关于张镃所过的既富又雅的生活，我们已在前面谈过。例如他开“牡丹会”的那种既豪侈又“风雅”的举动，在当时整个上层社会都是名噪一时的事，这里就不多说了。我们现在再从他的《玉照堂词》中看一看他在这种富雅生活基础上所形成的艺术趣味。

从张镃的生活经历来看，他这一生并不“太平”。首先，他曾两次卷入当时激烈的政治风波之中（而且不是一般的介入），并成了其中一次（“倒韩”活动）的关键人物之一；他在史弥远上台之后，又曾两次遭到远贬，最后竟冤死象台（今广西象州县），足够称得上是政治斗争中的一位失败者和牺牲品。其次，从其交游来说他也可谓是相当广泛：他与“政界”关系密切，与“军界”也有联系，而尤与“文学界”人物交往最为频繁。如他与陆游是老朋友（陆游还为他作家庙的碑记），与辛弃疾也有唱和；此外与杨万里、姜夔、史浩等人也交相往来。故而像他这样一位政坛、文坛上的活跃人物，照理其诗词中应当是有许多内容可写的。但是我们发现，《玉照堂词》的题材、内容却是相当贫乏和狭隘的。从其题材来看，只有数量甚少的几首涉及当时的时事（一是贺项安世武昌大捷，一是石头城平“寇”凯旋）。其余的作品，则主要在于抒写个人生活中的“雅趣”，如：游池、月夜放船、园池夜泛、中秋南湖赏月、赏梅、拥绣堂看天花、赋香月堂古桂著花、驾霄亭观月、采菱、邀人赏玉照堂梅、南湖对菊、夏夜观月……（以上皆其词题）；此外，便多写自己的“入道之志”——一种厌倦了世俗富贵生活的享受而生出的“雅致”，如下面这些词语便是其代表：

> 醉来便随鹤舞，看清风、送月过松梢。百岁因何快乐？尽从心地逍遥。（《木兰花慢》）
>
> 解放微官系缚，似笼槛、猿归林草。云山有约，儿孙无债，为谁烦恼？自古高贤，急流勇退，直须闻早。（《水龙吟》）

从题材方面的这种偏致性中，我们就可看到，张镃在日常生活和艺术生活中最感兴趣的究竟是什么类型的东西了。

再者，我们还可以在他所描写的女性形象中看出他的生活情趣和艺术趣味。一般来讲，北宋婉约派词人所描写的女性形象，大多是“软”而“艳”的（如晏几道的“彩袖殷勤捧玉钟，当年拚却醉颜红。舞低杨柳楼心月，歌尽桃花扇底风”）；但张镃笔下的女性，却大多褪尽其“软艳”甚至是“妖艳”的面目而显得清雅脱

俗。如:

> 晴昼永,闲步小园中。羽帔云轻苍佩响,宝冠星莹绀纱笼,波秀浅蛾峰。　琳洞窈,人静理丝桐。泛指余音摇桂影,过墙高韵入松风,月上翠楼东。(《梦游仙》)

展现在这里的,就是一个“幡然有入道之志”(词序语)的“小姬”形象。她身披“云帔”,头戴“宝冠”(皆道家装束),显得多么清幽高雅!若和晏殊词中的“小姬”形象(如其《浣溪沙》写道:“鬓亸欲迎眉际月,酒红初上脸边霞”)相比,张镃所欣赏的女性形象,就比较“清雅”相了。

所以,张镃也写艳情,但他的艳情词中透露出来的趣味却是既“风流”而又“高雅”的。他的《鹧鸪天》词这样写道:

> 闲立飞虹远兴长,一方云锦荐疏凉。翻风翠盖无尘土,出水红妆有艳香。　携靓侣,泛轻航,棹歌惊起野鸳鸯。同过清夏看新月,茉莉花园小象床。

携“靓侣”于清夏新月之夜的荷花池,这里既有“茉莉花园小象床”的豪华,又有“棹歌惊起野鸳鸯”的清幽,我们真不能不“敬佩”张镃的“善于”享受生活了。

至于张镃本人的“形象”,诗人杨万里曾为之“题像”曰:

> 香火斋祓,伊蒲文物,一何佛也;襟带诗书,步武琼琚,又何儒也;门有珠履,坐有桃李,一何佳公子也;冰茹雪食,雕碎月魄,又何穷诗客也。约斋子方内欤?方外欤?风流欤?穷愁欤?老夫不知,君其问诸白鸥。(《诚斋集》卷九七《张功父画像赞》)

这种集佛、儒、佳公子、穷诗客于一身,集“方内”“方外”“风流”“穷愁”于一身的“多侧面”形象,说穿了,其实就是既富贵又高雅、既风流又脱俗的一个南宋士大夫文人的“典型”。在这个“典型形象”中,我们就可清楚地看到他们这一辈人所具有的特种生活情趣和艺术趣味。

尽管时隔两代,张枢的“形象”却和其祖父仍然十分相似。一方面,他也是一个“承平公子”(周密语);另一方面,他同样又时时想“超尘出世”,这从他自号“寄闲”中即可明白。陈允平《木兰花慢·和李筼房题张寄闲家圃韵》云:“有可画亭台,宜春帐箔,如寄身闲。”在那花团锦簇般的生活中暂寄着“闲身子”,这位贵公子的高雅脱俗不是于此可见吗?当然,我们从他现存的九首词作中(其余都已散佚)看到,他写出世的“雅致”词并不多,其主要兴趣乃在于抒写自己旖旎的风流之情，但这并不意味着他不以“风雅”自命。从他结吟台于“花柳半空间，远迎双塔，下瞰六桥”来看，其审美意趣已是不“俗”；而再从李彭老所描绘的他的形象“短发吹寒，闲情吟远，弄影花前舞”（《壶中天·登寄闲吟台》）中，我们更可得见此公既风流又清脱的情貌。

总之，在张家那种物质生活优裕、文化修养高雅的共同环境中，张族子弟都具有着张镃、张枢式的生活情趣和艺术趣味。例如张镃的弟弟张鉴（平甫），姜夔词序记他“携家伎观梅于孤山之西村，命国工吹笛，妓皆以柳黄为衣”（《莺声绕红楼》），看来也是这样一位“懂得生活”（实质是懂得对于生活的一种“高级”享受）的风流公子。张炎生活在这样一个大家族内，自小耳濡目染着这样的生活习尚，其生活情趣和艺术趣味要不染上乃翁以至远祖们的这些影响，那才怪呢！以上即是从其家族史的角度来看张炎的生活情趣、艺术趣味的。

三、风流、儒雅——张炎入元前的生活情趣和艺术趣味

入元前的张炎，从其作为“群体”之一员而言，带有着南宋一般士大夫文人所具有的“富贵”与“高雅”的生活情趣和艺术趣味；从其家族史而言，又自幼熏染着父祖辈的“家风”；从其个人而言，则表现出了自己作为“玉田公子”的风流与儒雅来。

戴表元《送张叔夏西游序》和舒岳祥《赠张玉田序》中的某些描写，便为我们勾勒出了入元前的“玉田公子“的肖像。其时，他身着高级的丝绸衣服（“飘阿锡之衣”），骑着名贵的良种宝马（“乘纤离之马”），风神散朗地游赏在西子湖畔，或吟词讴曲，或携姬观花，真是好一个“承平故家贵游少年”！

即使在他入元之后，身经落魄，这种已经凝铸成“骚姿雅骨”的生活情趣和艺术趣味却也并没有完全泯灭。舒《序》不就说他“未脱承平公子故态”吗？因此，他“诗有姜尧章深婉之风，词有周清真雅丽之思，画有赵子固潇洒之意”的艺术风致，归根到底，仍然是因其风流而又儒雅的生活情趣和艺术趣味在发生着作用。他晚年在《词源》中揭橥的既要求婉丽、又要求“雅正”的词学主张，也是由他这些生活情趣和艺术趣味所“派生”出来的。

从这样的生活情趣和艺术趣味出发，词人的注意力便往往集中于他身边的那些狭小而又优柔的事物身上。他不习惯于放笔抒写重大的社会题材，而只愿津津有味地描写他所最感兴趣的东西：对于江南美丽山水的无限流连，对于风花雪月的无限关心，对于男女艳情的无限深恋……

请读他这样的作品：

蕊香不恋琵琶结，舞衣折损藏花蝶。春梦未堪凭，几时春梦真？愁把残更数，泪落灯前雨。歌酒可曾忺，情怀似去年。（《菩萨蛮》）

使词中的主人公烦恼着的，仍然是从晚唐温庭筠以来多少婉约派词人所反复抒写过的男女情愫问题。那缠绵不断的恼人情思，那富贵而又深婉的风度，无不表现着词人的风流蕴藉的心曲。词中剔净了柳永“卿卿我我”式的“俗气”，而显示出了虽“好色”却又“不淫”的雅丽风致，使人感受到了玉田公子的“儒雅相”来。因此，在宋亡之前的张炎，其词风的面貌是很如其人的。

但是，在词人跨入一个新的历史时代以后，这种风流儒雅的生活情趣和艺术趣味却不免会牵制他的“词肘”了。面对13世纪所发生的一场历史巨变，他却不大敢放声唱出悲壮入云的浩歌来，而只能偷偷地拭泪、深深地喟叹。在这种时候，原先巧于婉美地描摹出西湖锦绣山水和士大夫文人心曲的词笔，不免会显得软弱无力了。这是因为，“梦随蝴蝶飘零后，尚依依花月关心”（《风入松》），他素来所关心的（甚至延续到“梦醒”之后的漂泊时代）只是“花月”而不是政治！要这样的作家完全改变自己已经形成的生活情趣和艺术趣味，那是相当困难的。所以，在新的历史阶段，张炎的笔触就有些跟不大上时代的步伐了。试比较另一类词人的作品：

故园青草依然绿，故宫废址空乔木。狐兔穴岩城，悠悠万感生。胡笳吹汉月，北语南人说。红紫闹东风，湖山一梦中。（刘壎《菩萨蛮·和詹天游》）

这首词中直接描写了“故宫废址”被“狐兔”（既是实指，又是借指）占据的惨况，写出了词人触目伤心的“悠悠万感”，不愧是时代悲剧的鲜明写照。至于文天祥这位爱国志士，更是用如椽大笔，在词史的篇章上写下了“反抗”和“斗争”的大字：

为子死孝，为臣死忠，死又何妨？……人生翕数云亡，好烈烈轰轰做一场！（《沁园春》）

镜里朱颜都变尽，只有丹心难灭！（《酹江月》）

而我们的这位词人——张炎，却仍然翻不大出“周情柳思”（他的《甘州》词云：“多少周情柳思。”《木兰花慢》词云：“想柳思周情，长歌短咏，密与传灯。”其中的“周”指周邦彦，“柳”指柳永）的窠臼，依旧只好在以前写惯了的题材圈子中翻跟斗：

记琼筵卜夜，锦槛移春，同恼莺娇。暗水流花径，正无风院落，银烛迟销。闹枝浅压髻髻，香脸泛红潮。甚如此游情，还将乐事，轻趁冰消。

飘零又成梦，但长歌嫋嫋，柳色迢迢。一叶江心冷，望美人不见，隔浦难招。认得旧时鸥鹭，重过月明桥。溯万里天风，清声谩忆何处箫。(《忆旧游》)

词人在入元以后，心中那“剪不断，理还乱”的思绪是十分紊乱的。飘零如梦的身世，亡国破家的痛楚，固然是其中的重要成分；但在词人依旧忘不了的东西中，却仍包含着对于昔日风流的艳情生活的追忆：琼筵之夜，帘深烛暗，花人交映，脸泛红晕……所以，扭结在张炎心曲中的既有着故国之恋、江南之恋，又有着对于旧时风流生活之恋。袁桷《送张玉田归杭疏》就用这样的语言描绘落魄以后的“玉田公子”：“落叶孤樽，无复金貂之慷慨；古梅千槛，空怀‘玉照’之风流。”前两句言其囊中羞涩，再无远祖张俊之富贵荣华；后两句言其流离失所，只能空怀曾祖张镃之风流儒雅。这些话是实写张炎入元后的境况，却又从反面虚写出了他在宋亡前的富贵风流和温文儒雅。所以，这样的一位“落魄王孙”，在遭到亡国破家的巨大刺激以后，在面对残酷的现实时，心情是既悲怆又不免胆怯的，词笔是既痛楚又软弱的。我们不可能期望他会写出气冲斗牛的愤激词笔来，而只可能读到“一片凄凉不忍歌”的哀曲悲调。这正是他在青年时代既已形成的生活情趣和艺术趣味所限制于他的。

四、悲剧生涯所导致的“伤痕”心理——张炎入元后的生活情趣和艺术趣味

张炎的一生，是不幸的、悲剧的一生。他从一个富贵风流的贵族子弟，变为一个类似于“文丐”式的漂泊者，其间的坎坷辛酸是非身受者所不能体验的。这种悲剧生涯，严重地影响到了他的心理，昔日花团锦簇一样的生活一夜之后顿成了泡影，徒留下无穷无尽的回忆，成为今日生活中的“对比材料”，这就引起了他无限的惆怅与彷徨，使他的“词心”被笼盖上了一层悲剧的气氛。

比之以前的好写优美柔丽的事物来，现今的张炎更关注着自然界中的一些萧飒事物了。

他喜欢写落花，写寒蛩，写夕阳，写枯荫。在他看来，它们和自己一样，也曾有过一段美好的“过去”，而现在，却也落得了相似的不幸下场。“空怀感，有斜阳处，却怕登楼”(《甘州》)，怕见斜阳，却又偏要写斜阳，这正是词人既怕触及心病却又按捺不住要往自己的伤口上撒盐的复杂心情。

生活中的花卉草木，本是无情之物。但在有情的词人眼中，它们却都是带有

感情的有生命物体。“感时”而花能“溅泪”,“恨别”而鸟能“惊心”,老杜是如此,张炎又何尝不是如此?“莫向长亭折柳,正纷纷落叶,同是飘零”(《声声慢·别四明诸友归杭》),从纷纷落叶中,张炎看到了世间如我的飘零之人还有很多;“空存,断肠草,伴几摺眉痕,几点啼痕”(《忆旧游·过故园有感》),草叶摺皱、沾带晨露,在张炎眼前却幻化出了妻子颦蹙的眉痕和垂泪的啼痕;“风烟伴憔悴,冷落吴宫,草暗花深”(《国香·赋兰》),从兰花的颜色中,张炎看到的只是“憔悴”;“想西湖,段桥疏树,梅花多是风雨”(《摸鱼子》),梅花本是洁傲之花,现今却被风吹雨打,眼看就将狼藉委地……总之,在形形色色的自然物中,张炎所看到的,大多仅是蕴藏于其中的“悲”。这就说明,张炎的心理由于经历了一场悲剧,已经被刻上了深刻的“伤痕”。从这种“伤痕”心理看出去,物物皆带上了“伤痕”,物物都体现着悲感。

为要抚慰心理上的伤痕,张炎势必要在现实生活的某些事物中寻找乐趣、求得解脱。如果说,晚唐五代的一些颓废词人是在“今朝有酒今朝醉,莫话人世明日事”的狂歌烂醉中寻觅解脱的话,那么张炎却连此点都几乎做不到——这是因为,他经常拙于生计,缺乏这般狂欢的物质条件。但好在中国古代的读书人在身逢乱世或者个人不甚得意的情况下,自有他们精神上的“法宝”,那就是:在“隐逸”中寻求“自得其乐”的“乐土”,用老庄哲学来“看穿”人间的烦恼与痛苦,这样,自能悠然、超然地做一个“神仙”式的人物。张炎入元之后的心是寂寞的。在寂寞之中,痛楚的回忆不免时时会啮咬着他的内心;为了忘却或减轻这种感情上的沉重负担,他就向“山林之趣”求得精神上的“支援”与“安慰”:

> 分得烟霞数亩,乍扫苔寻径,拨叶通池。放鹤幽情,吟莺欢事,老去却愿春迟。爱吾庐、琴书自乐,好襟怀、初不要人知。长日一帘芳草,一卷新诗。(《一萼红》)

只要谋得数亩的“烟霞之地”,词人就能动手为自己修葺一个“不要人知”的乐园,在里头放鹤吟莺、弹琴作诗。但是,这又只是庆贺别人(周密)建园的词而已;张炎自己,却连这点“福分”都没有运气得到,于是他便只好“旷达”透顶以至“以四海为家”了:

> 一舸清风何处?把秦山晋水,分贮诗囊。(《声声慢》)
> 平生几两谢屐,任放歌自得,直上风烟。(《瑶台聚八仙》)

所以,入元之后的张炎,一方面在他的性格深处,仍未脱尽其风流儒雅的“雅姿骚骨”;但另一方面,在体验了人世的悲剧生涯之后,又向着隐逸、超旷的生活情趣和艺术趣味方向发展过去。当然,正如拔着自己的头发企图离开人间一样，这种以隐逸、超旷来求得自我解脱的办法最终也是无济于事的。正当他“身与天游，一洗襟怀，海镜倒涌秋白”似乎已经飘然飞往月宫之际，人间破碎的山河却忽然扑入眼帘：“影里分明，认得山河，一笑乱山横碧。”（《疏影·题宾月图》）这与屈原的“陟升皇之赫戏兮，忽临睨夫旧乡”（《离骚》），在无法通过“升天”以斩断自己对于故土的关注、眷恋这一点上，是有相似之处的。他那寂寞凄苦而又“旷放”“超然”的矛盾着的内心中，始终不绝地燃袅着供奉给故国的一缕心香；当然，这缕心香虽然虔诚却又低徊缭绕，比起文天祥胸中燃起的“想男儿慷慨，嚼穿龈血”（《满江红·代王夫人作》）式的熊熊大火来，它就黯淡多了。

张炎的生活情趣和艺术趣味，归根结底是由他的社会地位和世界观所决定的。作为一个“落魄”了的“王孙”，后一点形成了他风流儒雅的一面，前一点又导致了他的“伤痕”心理和欲以“超旷”来求解脱的一面。这两者所“统一组成”的，便是张炎比较完整的生活情趣与艺术趣味。从这种生活情趣和艺术趣味出发，再结合他的生活经历和其他种种，我们即可进而展开对其作品（词作）的研究了。

第四章　张炎的词学渊源

一、从对遗产的继承看张炎的词学渊源

张炎生于宋、元易代之际,他的后半生是在元代度过的。有人曾据此一点,想把他归入元代词人之列,这其实并不妥当。原因有四:其一,从文学的"整体性"来看,正如清人焦循所说,是"代有偏胜"的;又如王国维所说,"凡一代有一代之文学:楚之骚,汉之赋,六代之骈语,唐之诗,宋之词,元之曲,皆所谓一代之文学,而后世莫能继焉者也"①。元朝以"曲"鸣世而宋朝以"词"著称。从这点看,则把张炎词归入"宋词"的大范畴为好。其二,从思想态度来看,张炎入元前当然是南宋的臣民,而入元后也基本上仍是宋代的"遗民",如要把他归为元代作家(像投靠元朝的赵孟頫那样),恐他死后如果有知,也要发出抗议来的。其三,从他的词学渊源来看,明显来自于前代词家;从其词学理论来看,也完全属于南宋"雅词论"。其四,从作品内容来看,一部分作于宋亡前的作品自不必去说它;即使那些大量的作于入元后的作品,其中抒写或追忆着的大都仍是"今昔对比"之感和留恋旧日的深情,因此它们实际仍是"宋词"的延伸。正像李后主的那些亡国之词都作于入宋之后,而人们仍把他看作南唐词人那样,我们也有充分的理由把张炎当作宋代词人来看待。

清代莲僧题《山中白云疏证稿》诗云:

> 晚派鄱阳策异勋,"清空""骚雅"两平分。赵家天破无完垒,日暮伤心作殿军。

从一定意义上看,张炎词正是宋词的"殿军"之一。它是绵延了300年来的宋代词苑在它的最后阶段(甚至是"延伸阶段")开出的"残花"中的一株。所以评论这位"殿军"的词,须从"宋词"谈起。何况作家及其作品从来就不会孤零零地突然出现,他(它)总是从一定的起点(即学习和继承前代文学遗产)开始迈出自己

① 姚淦铭、王燕编:《王国维文集》,中国文史出版社,1997年,第307页。

的步子。张炎作为一个有成就的作家,更是如此。因此在论述张炎的词学渊源时首先要谈他对前代词学遗产的继承。

张炎作词,走的是“婉约”一路。所以他着重学习和继承的乃是前代婉约词的遗产。

晚唐五代,文人词勃兴。《花间》和南唐词就是它的主要代表。这个时代是小令的时代,其词风以含蓄蕴藉为重要特征。所以张炎说:“词之难于令曲,如诗之难于绝句。不过十数句,一句一字闲不得。末句最当留意,有‘有余不尽之意’始佳。当以唐《花间集》中韦庄、温飞卿为则。又如冯延巳……亦有妙处。”①他把温、韦、冯等晚唐五代小令词当作“令曲”创作的典范和准则,这在他自己的创作中也可得到证明。

北宋词坛上,晏、欧的小令与柳永的长调(慢词)分道扬镳而平分秋色。小令派基本上沿袭着南唐词风,向着“雅”的方向发展;而柳词则往往被一些正统文人指责为“俚俗”——然而正是他所创制的大量慢词代表着宋词的新方向,开辟出了宋词的新天地(而这却又正是小令派词人所望尘莫及的)。这样,婉约词的发展,就面临着一个新课题:小令虽“小”但“雅”,慢词虽“大”却“俗”,如何可以解决这个雅与俗、小与大之间的矛盾?于是秦观词就应运而起了。秦观的词,小令与慢词并擅,而其主要的贡献就在于“取短补长”,即把小令的含蓄蕴藉风格引入到由于写作经验不足而造成的词风比较散漫发露的长调(慢词)中去,使长调的发展朝着既铺叙展衍却又讲求韵味的方向过渡。张炎在《词源》中说:“秦少游词,体制淡雅,气骨不衰,清丽中不断意脉,咀嚼无滓,久而知味。”②又说它“情景交炼,得言外意”,这些话都表明了他对秦词的高度欣赏。

但是,少游的词虽堪称婉约词的代表,却还失之于“软”,有时竟也还嫌“散”。张炎就曾批评过他有时把“小词之料”“展为大词”,缺乏“一唱三叹”之妙,如《水龙吟》“小楼连苑横空,下窥绣毂雕鞍骤”之句,“犹且不免为东坡见诮”③。因此,接着登上婉约词坛盟主宝座的周邦彦就以他的格律精严和波澜老

① 张炎著、夏承焘校注,沈义父著、蔡嵩云笺释:《词源注　乐府指迷笺释》,人民文学出版社,1963年,第25页。

② 同①,第31页。

③ 同①,第27页。

成进一步发展了婉约词风。张炎说,“美成词只当看他浑成处,于软媚中有气魄”①。从它的“软”中看到他的“硬”(有“气魄”),从它的婉约中看到它的“浑成”,这既证明张炎确有鉴赏的眼力,也说明了周词已把婉约词朝着“格律派”的道路上引去。

婉约词发展到南宋,分成两路。一路是康与之(伯可)式的词,它们继承和发展了柳永词的某些特色,形成了张炎所谓的“批风抹月”的“浇风”②(张炎的这个看法也代表着那个时代很多人的共同看法。如罗大经《鹤林玉露》乙编卷四有云:“伯可专应制,为歌词谀艳粉饰,于是声名扫地,而世但以比柳耆卿辈矣。”③沈义父《乐府指迷》说:“康伯可、柳耆卿音律甚协,句法亦多有好处。然未免有鄙俗语。”④);另一路则是姜夔、史达祖、吴文英式的词,它们继承着周邦彦讲求艺术形式和艺术技巧的风气,却又修正了他某些“失之软媚”“有失雅正”的缺点,从而又把已经格律化了的婉约词演变为了典雅纯正的“雅词”。

在南宋的“雅词”阵营中,虽然同是祖述周邦彦的词风,但又因艺术个性的不同而约略可分为疏、密二派。其密派以吴文英为代表,其疏派以姜夔为代表。吴文英善于“炼字面”,“声调妍雅”(张炎《西子妆慢》词序),但未免有质实晦涩之病;而姜夔,照张炎看来就“不惟清空,又且骚雅,读之使人神观飞越”⑤,堪称作词的最佳典范。

所以,在陈列于张炎面前的丰富多彩的婉约词遗产中,张炎创作令曲,师法的乃是温、韦、冯式的小令;而在长调的创作方面,他所学习的就是秦观、周邦彦特别是姜夔。他所欣赏和承继的是那种既“风流”又“高雅”特别是“清空又且骚雅”的词风,反对或不满的则是柳、康式的“浇风”和吴文英式的“质实”。在前代词学(婉约词)遗产中,我们所理出的张炎的这一取舍喜厌的头绪、脉络,是和他提倡的“雅词”理论可以相互印证的(关于他的词论,放在后文再论)。

对于“豪放”词,张炎一般表示出“不感兴趣”的态度。但是和常人不同,他对“豪放派”中的苏轼和辛弃疾却又是“分别对待”的。沈义父《乐府指迷》说:

① 张炎著、夏承焘校注,沈义父著、蔡嵩云笺释:《词源注　乐府指迷笺释》,人民文学出版社,1963 年,第 30 页。

② 应该指出,在存留至今的康与之词中,这样一类“浇风”色彩较明显的词却几乎看不到。但从不少宋人记载中可以想见,康词还是相当艳而俗的。

③ 罗大经:《鹤林玉露》乙编卷四,王瑞来点校,中华书局,1983 年,第 182 页。

④ 沈义父:《乐府指迷》,唐圭璋编《词话丛编》,中华书局,1986 年,第 278 页。

⑤ 同①,第 16 页。

"近世作词者不晓音律,乃故为豪放不羁之语,遂借东坡、稼轩诸贤自诿。"①这就可见世人是常把苏、辛并称或苏、辛联称的。但张炎却不这样看。他在《词源》中曾多次提到苏轼,而每次说到他时用的都是褒辞。其褒扬的着眼点都在于其词之高雅(如论其中秋词、夏夜词时说其"清空中有意趣,无笔力者未易到",论其燕子楼词时说其"用事不为事所使",论其杨花词时说其"压倒今古",论其闻笛词、孤雁词时说其"清丽舒徐,高出人表",而《哨遍》之檃栝《归去来辞》则"更是精妙,周、秦诸人所不能到"②);至于对于苏轼那些题材有所拓宽、词风有所革新(使之面向比较广阔的社会生活)的所谓"豪放"词,他却又是从不提及的。他所推崇和汲取于苏词的,主要是其中的高情雅致。对于辛弃疾,他共提到过两次:一次是评其《祝英台近(宝钗分)》为"景中带情,而存骚雅"(着眼点在于"雅"字);另一次是批评他"作豪气词,非雅词也"③(出发点还在于一个"雅"字)。由此看来,由苏轼开创而由辛弃疾等人发展而成的"豪放"派(在南宋的历史土壤上又演变成"爱国词派"),虽然已在词坛上蔚为大观、屹然成派,但张炎却是不大顾及的。他所注意汲取和吸收的,只是苏词(乃至某些辛词)中的"雅致"。在他看来,这种"雅致"和姜词的"骚雅"是一致的,大可供作"雅词"者所吸取。

不过,这里所谈的张炎对于前代词学遗产的继承、学习,也只是指其有意识的继承和学习方面而言。从他自己固有的生活情趣和艺术趣味出发,也从他早已形成的词学理论出发,他力图或有意向前人做这方面的继承和学习。但是,事实往往并不尽如人意,或者说,并不全由个人的主观意愿所决定。到了环境发生某些变化时,例如,当张炎被迫北行,在冰天雪地的严寒中夜渡古黄河时,当他穷途落魄、悲愤中来时,他也会情不自禁地发出苍劲悲凉的浩叹来,此时此地,他的词风也就不由自主会向稼轩式的"豪气词"靠拢了。这是时代和环境对他的词的一种"扭变"(扭而变之,不得不变)。而在这种"扭变"中,我们还是看到了辛弃疾式的爱国、豪放词作仍然或多或少地影响于他的潜在一面。所以,尽管张炎本人并不有意识地向辛词学习,而辛词却仍是他词学的另一个方面的渊源。刘熙载在《艺概》中说,张玉田词"大段瓣香白石,亦未尝不转益多师"④。以姜词

① 张炎著、夏承焘校注,沈义父著、蔡嵩云笺释:《词源注　乐府指迷笺释》,人民文学出版社,1963 年,第 75 页。

② 同①,第 30 页。

③ 同①,第 32 页。

④ 刘熙载:《艺概》,上海古籍出版社,1978 年,第 112 页。

为主，广泛地学习前人的词学遗产，在“转益多师”的基础上形成自己的艺术个性和艺术面目，这就是张炎词在比较广阔的背景上的词学渊源，也是他“能取诸人之所长，去诸人之所短，象而为之”，自成一家的原因之一。

二、张炎词的直接词学渊源

张炎词的直接渊源来自他的家学和师友。

首先是他的父亲张枢。《词源》说：“余疏陋谫才，昔在先人侍侧……尝知绪余，故生平好为词章，用功逾四十年。”①邓牧《山中白云词序》说：“其父寄闲先生善词名世，君又得之家庭所传者。”②清人厉鹗《论词绝句》也说：“玉田秀笔溯清空，净洗花香意匠中。羡杀时人唤‘春水’，源流故自寄闲翁。”③这些，都说明了张炎的学词是由其父张枢所启蒙和指导的。

张枢词的特色在于婉丽。试以他的《瑞鹤仙》为例：

> 卷帘人睡起。放燕子归来，商量春事。风光又能几？减芳菲，都在卖花声里。吟边眼底，被嫩绿、移红换紫。甚等闲、半委东风，半委小桥流水。　　还是，苔痕湔雨，竹影留云，待晴犹未。兰舟静舣，西湖上、多少歌吹。粉蝶儿、守定落花不去，湿重寻香两翅。怎知人、一点新愁，寸心万里。

此词写闺妇惜春心绪，熨帖细腻而文辞雅丽，的确体现了传统的“婉约”特色。而我们不妨也看一首张炎所写的《瑞鹤仙》：

> 楚云分断雨。问那回、因甚琴心先许？匆匆话离绪。正花房蜂闹，着春无处。残歌剩舞。尚隐约、当时院宇。黯销凝、铜雀深深，忍把小乔轻误。　　休赋，玉尊别后，老叶沉沟，暗珠还浦。欢游再数，能几日、采芳去。最无端做了，霎时娇梦，不道风流恁苦。把余情、付与秋蛩，夜长自语。

此词为一个被遣离的“去姬”而作。如果不去说两词内容方面的差异，而来论其运笔之委婉、用语之婉丽，则是有几分相似的。特别是两词的结尾（“怎知人、一

① 张炎著、夏承焘校注，沈义父著、蔡嵩云笺释：《词源注　乐府指迷笺释》，人民文学出版社，1963年，第9页。
② 邓牧：《山中白云词序》，张炎《山中白云词》，吴则虞校辑，中华书局，1983年，第165页。
③ 厉鹗：《论词绝句》，张炎《山中白云词》，吴则虞校辑，中华书局，1983年，第210页。

点新愁,寸心万里”和“把余情、付与秋蛩,夜长自语”),都用的是“有余不尽”的写法,可见后者对前者的师承。

张枢的另一个特点是讲究音律、推敲字面。前已举过他改“锁窗深”为“锁窗明”的例子,而在这方面张炎也是深得乃翁嫡传的。戴表元《送张叔夏西游序》说张炎“取平生所自为乐府词自歌之,噫呜宛抑,流丽清畅”①,仇远《玉田词题辞》称其词“律吕协洽”,就都说明了张炎词的合律可歌。即单从推敲字面这点而言,陆辅之《词旨》曾列张枢词的“警句”有:

> 甚等闲、半委东风,半委小桥流水。
>
> 粉蝶儿、守定落花不去,湿重寻香两翅。怎知人、一点新愁,寸心万里。
>
> 苔痕湔雨,竹影留云,待晴犹未。(以上《瑞鹤仙》)
>
> 云引吟情闲远。(《壶中天》)

列其“属对”有:

> 金谷移春,玉壶贮暖。
>
> 拥石池台,约花阑槛。(失调名)

列其“词眼”有:

> 移红换紫。(《瑞鹤仙》)

而列张炎的“警句”则有13则、“奇对”更达23则之多,这就可知张炎比起他父亲来,在炼字琢句方面更有“青出于蓝而胜于蓝”的地方。

其次是杨缵。杨缵是当时的一位名士,自号“紫霞翁”,好古博雅,善琴擅画,其生活情趣和艺术趣味与张枢、周密等人“臭味相投”、相得甚欢。张炎《词源》中说,自己幼年曾亲闻杨缵等人与他父亲“商榷音律”,故受杨氏之影响便是必然的。他在《词源》中云:“近代杨守斋精于琴,故深知音律,有《圈法周美成词》,与之游者,周草窗(密)、施梅川(岳)、徐雪江、奚秋崖(淏)、李商隐(彭老),每一聚首,必分题赋曲。但守斋持律甚严,一字不苟作,遂有《作词五要》。”②其抄录的杨缵《作词五要》如下:

① 戴表元:《送张叔夏西游序》,张炎《山中白云词》,吴则虞校辑,中华书局,1983年,第162页。

② 张炎著、夏承焘校注,沈义父著、蔡嵩云笺释:《词源注　乐府指迷笺释》,人民文学出版社,1963年,第31页。

作词之要有五。第一要择腔,腔不韵则勿作。如《塞翁吟》之衰飒,《帝台春》之不顺,《隔浦莲》之寄煞,《斗百花》之无味是也。第二要择律,律不应月则不美。如十一月调须用正宫,元宵词必用仙吕宫为宜也。第三要填词按谱。自古作词,能依句者已少,依谱用字者百无一二。词若歌韵不协,奚取焉?或谓善歌者融化其字则无疵,殊不知详制转折,用或不当则失律,正、旁、偏、侧,凌犯他宫,非复本调矣。第四要随律押韵。如越调《水龙吟》、商调《二郎神》,皆合用平、入声韵。古词俱押去声,所以转摺怪异,成不祥之音。昧律者反称赏之,是真可解颐而启齿也。第五要立新意。若用前人诗词意为之,则蹈袭无足奇者,须自作不经人道语。或翻前人意,便觉出奇;或只能炼字,诵才数过,便无精神,不可不知也。更须忌三重四同,始为具美。①

其中第一至第四条就都讲的是审音协律问题,这些看法都曾在《词源》中得到过继承和发挥。第五条则讲的是“立新意”,这一主张也得到了张炎的赞同。张炎说“词以意趣为主,要不蹈袭前人语意”,又赞扬姜夔的咏梅词“自立新意,真为绝唱”,这些都可视作杨缵观点的翻版。故杨缵词虽传今者不多见,但他作词的那种艺术趣味和艺术主张,却都曾被张炎所吸收并贯彻在创作中。

第三位是周密。周密长张炎 16 岁,与张炎兼有师友之谊。他与张枢交往甚密,交相唱酬,可谓是张炎的父执辈。宋亡前夕,他与张炎共同参加了《乐府补题》的创作活动。宋亡之后,他与张炎又屡有交往。张炎受他的影响也是相当深的,从《词源》所说:“近代词人用功者多,如《阳春白雪集》,如《绝妙词选》,亦自可观,但所取不精一,岂若周草窗所选《绝妙好词》之为精粹”②,以及周氏《绝妙好词》选录了张氏《甘州·饯草窗西归》,就可知他们的相互钦慕之情了。周密的词,可分为前后两期。入元之前其风格也以婉丽为宗,如《曲游春·游西湖》:

禁苑东风外,飏暖丝晴絮,春思如织。燕约莺期,恼芳情偏在,翠深红隙。漠漠香尘隔。沸十里、乱弦丛笛。看画船,尽入西泠,闲却半湖春色。　　柳陌,新烟凝碧。映帘底宫眉,堤上游勒。轻暝笼寒,怕梨云梦冷,杏香愁幂。歌管酬寒食,奈蝶怨、良宵岑寂。正满湖、碎月摇花,怎生去得?

① 张炎著、夏承焘校注,沈义父著、蔡嵩云笺释:《词源注　乐府指迷笺释》,人民文学出版社,1963 年,第 32 页。

② 同①,第 28 页。

周济评他这首词“敲金戛玉，嚼雪盥花，新妙无与为匹”①。张炎的“春水”一类词就与它风格接近。

周密入元之后，词风发生变异。他的《一萼红·登蓬莱阁有感》即一代表作：

步深幽，正云黄天淡，雪意未全休。鉴曲寒沙，茂林烟草，俯仰千古悠悠。岁华晚、飘零渐远，谁念我、同载五湖舟？磴古松斜，厓阴苔老，一片清愁。　　回首天涯归梦，几魂飞西浦，泪洒东州。故国山川，故园心眼，还似王粲登楼。最负他、秦鬟妆镜，好江山、何事此时游？为唤狂吟老监，共赋销忧。

这种词的风貌就与张炎入元后的很多词作十分相似了！所以张炎《甘州》词云：

记天风、飞珮紫霞边，顾曲万花深。甚相如情倦，少陵愁老，还叹飘零。短梦恍然今昔，故国十年心……

他在词中回顾了昔年与周密共聆紫霞翁（杨缵）论作词、改词（“曲有误，周郎顾”，故谓之“顾曲”）于万花丛中的情景，又深叹于这十年来两人境况的潦倒不堪、彼此飘零……这说明，张炎对于周密，一直是把他当作挚友（兼老师）看待的。张炎的词受到周密的影响也是十分自然的事。

此外，张炎还受到过他同时代人王沂孙、陈允平等人的影响。王沂孙词，“最多故国之感”②，好用“比兴”“寄托”的方法隐晦曲折地表达自己的亡国哀感，如有名的《齐天乐》咏蝉词：

一襟余恨宫魂断，年年翠阴庭树。乍咽凉柯，还移暗叶，重把离愁深诉。西窗过雨。怪瑶珮流空，玉筝调柱。镜暗妆残，为谁娇鬓尚如许？　　铜仙铅泪似洗，叹移盘去远，难贮零露。病翼惊秋，枯形阅世，消得斜阳几度？余音更苦！甚独抱清高，顿成凄楚？谩想薰风，柳丝千万缕。

它用半吐半吞之法，写出了一腔“身世之感”和“家国之恨”（周济《宋四家词选》）。而张炎，在和他一起参加了《乐府补题》的赋咏活动后，也写出了手法相似的咏荷词（《绿意》）：

① 周济：《介存斋论词杂著》，唐圭璋编《词话丛编》，中华书局，1986 年，第 1634 页。
② 同①，第 1635 页。

碧圆自洁。向浅洲远渚，亭亭清绝。犹有遗簪，不展秋心，能卷几多炎热？鸳鸯密语同倾盖，且莫与、浣纱人说。恐怨歌、忽断花风，碎却翠云千叠。　　回首当年汉舞，怕飞去谩皱，留仙裙摺。恋恋青衫，犹染枯香，还叹鬓丝飘雪。盘心清露如铅水，又一夜、西风吹折。喜静看、匹练秋光，倒泻半湖明月。

其中的故国之思也同样是若隐若现的。所以当王沂孙逝世之后，张炎作词悼他时有云："都是，凄凉意。"（《琐窗寒》）两人在心境和词风上都有近似的一面。

陈允平也是张炎的词友之一。此人后曾被元人征召至大都①，在遭遇上与张炎有着相类之处，张炎所作的"北游词"，恐就受到过陈允平的某些影响（见后文）。这里另举他们所作的两首"寿词"为例，以见他们词风之相近：

四壁图书静不哗，里湖深处隐人家。斑衣自斗百家彩，乌帽亲裁一幅纱。　　新酿酒，旋烹茶。半溪霜月正梅花。前庭手种红兰树，看到春风第二芽。（陈允平《鹧鸪天》）

波明昼锦，看芳莲迎晓，风弄晴碧。乔木千年长润屋，清荫图书琴瑟。龟甲屏开，虾须帘卷，瑶草秋无色。和熏兰麝，彩衣欢拥诗伯。　溪上燕往鸥还，笔床茶灶，筇竹随游屐。闲似神仙闲最好，未必如今闲得。书染芝香，驿传梅信，次第来云北。金尊须满，月光长照歌席。（张炎《壶中天》）

这两首词的主题思想，皆不外是祝人身健长闲、福寿双全。如照一般庸俗的写法，则会大量选用"富贵""功名""神仙"之类的词藻。但是陈词却能"融化字面"，去掉此类"俗忌之辞"而达到"语意新奇"之致。张炎学他这种写法，深得其"去俗"之意，他的这首寿词就获得江昱这样的一段赞语："宋人寿词，虽出名手，亦必沾带俗气。如此作雅润清丽，顿觉习语一空。……始知《指迷》（即《词源》）所论，洵非虚言。"②

故从张炎的直接的词学渊源来看，他的学词，走的也是一条比较褊狭的道路。他自幼年起，就身受"雅词"作者们的启蒙和指点；即使青年以后所结交的词友（有些是兼有师友之谊的词人），也基本仍是这一派的作者。这种渊源上的褊狭，也自然会影响到他的艺术成就。

① 据《续甬上耆旧传》载，陈允平"被荐"至大都后"以病免归"。

② 江昱：《山中白云词疏证》，吴熊和主编《唐宋词汇评·两宋卷》，浙江教育出版社，2004年，第4258页。

第五章　张炎词创作的三阶段

一、前期词(1276年前)

和张炎的一生可以划分为前期、中期、后期一样,他的词的创作活动,同样也可分为三期。这里先谈他的前期词。

现所见到的《山中白云词》,是经过后人(朱彝尊)厘裁过的本子,已非原璧,所以不能据以严格地进行"编年"的考订。特别是张炎作于前期(宋亡前)的词,多无"本事"可据,因此更难从中一一考出。这就给研究张炎的前期词作带来了很大的困难。所以我们主要只能通过词风的剖析或"透视"(必要时佐以考证)来进行辨别与论述。

张炎前期的词,主要反映他入元以前所过着的贵族生活,体现着他在这一时期已经形成了的生活情趣和艺术趣味,在风格上,则偏致于婉丽淡雅。这就是它的大概特点。

试举他早年得名之作《南浦·春水》来看:

> 波暖绿粼粼,燕飞来、好是苏堤才晓。鱼没浪痕圆,流红去、翻笑东风难扫。荒桥断浦,柳阴撑出扁舟小。回首池塘青欲遍,绝似梦中芳草。　　和云流出空山,甚年年净洗,花香不了。新绿乍生时,孤村路、犹忆那回曾到。余情渺渺,茂林觞咏如今悄。前度刘郎归去后,溪上碧桃多少?

邓牧《山中白云词序》尝云:"(玉田)《春水》一词,绝唱千古,人以'张春水'目之。盖其父寄闲先生善词名世,君又得之家庭所传者。"①张枢在入元以后,即"销声匿迹"(可能已受张濡一事的株连而被杀害),因此邓牧把《春水》词归之于张枢词风的继承,看来此词当作于宋亡前才会这样说,此其一。其次,王沂孙《花外集》中也有两首同一词牌、同一词题的《南浦·春水》,从这推想,张炎此词

① 邓牧:《山中白云词序》,张炎《山中白云词》,吴则虞校辑,中华书局,1983年,第165页。

或许即与王氏同作于宋亡以前的“词社”上，以资相互唱和，此其二。最后，张炎入元之后曾作《甘州·和袁静春入杭韵》，中云：“明日琴书何处？正风前坠叶，草外闲鸥。甚消磨不尽，唯有古今愁。总休问、西湖南浦，渐春来烟水入天流……”这里，就明显是将“南浦春水”当作一种“乐景”来反衬自己之愁苦情绪的，由此亦可反证《南浦·春水》一词当作于宋亡以前，此其三。从这三条理由看，我们把此词当作张炎前期的作品来看待，是“虽不中，(亦)不远矣”。

从词风看，此词甚能代表张炎前期词作雅美婉丽的特点。全词可分四层。首层先咏湖水。起头五字，即点出题意：湖光粼粼，绿波荡漾，一“暖”一“绿”二字间，就透出了春日温煦之意，写足了春水溶泄之状。下二句先写燕归苏堤，前者仍在补写“春”字，而后者则暗写湖水(“苏堤”即暗示地点在西湖)；尤可称道的更是“鱼没浪痕圆”五字，确是善于体写物态的妙语，极工细，极稳称，使人如见鱼儿没入湖水之后细波翻滚出圆形涟漪之景，状在目前。“流红”两句谓：“东风”之扫尽落红，反不如流水之冲尽落花“有力”，实则继写出春风之骀荡与湖水之浩渺。而在此踏青游湖的大好季节中，即便是“荒桥断浦”，却也频见有扁舟撑出于柳阴之曲，可知“春水”之逗人游赏也。总之，这第一层中，处处绾合题目，处处又把春水(以及水之“前后左右”)描摹得如画图一般优美生动。第二层继咏池水。南朝谢灵运曾有“池塘生春草”的名句，据说得自梦中。张词却云：“回首池塘青欲遍，绝似梦中芳草。”这就可见他善于用典和善出新辞的本领。其意谓今日所见池塘四周长满青草之景，绝似谢氏梦中所得之诗境；这样写来，便增添了词中若干朦胧幽约的意氛，使它更富诗意。而在“池塘青欲遍”中却又妙藏“池塘生春草”之意，仍旧不忘暗点“春水”二字，可谓成句活用、一语两旨。第三层再咏溪水。“和云流出空山，甚年年净洗，花香不了”，此三句堪称“警句”(《词旨》)，它由湖水、池水而推溯至春水之源头——溪水，又由今年之水载落红而联想到年复一年的水流花谢，既拓宽了词境的空间感和时间感，又为下一层之回忆旧游作了伏笔，犹如“草蛇灰线”，行笔细密。行文至此，云、山、花、香之类美不胜收的景物便“簇拥”着一溪“春水”一齐出现在读者的视觉、听觉和嗅觉中来。第四层则由“春水”而感怀旧游。前已谈及，张炎等人好作湖山清赏，他们或孤村踏青，或郊野觞咏(犹如当年王羲之等人在山阴兰亭流觞曲水那样)。这里就面对溪水而忆念旧游，并由此而感发出王羲之《兰亭集序》那种“情随事迁，感慨系之”的淡淡忧伤(这种忧伤，是一般士大夫文人面对暮春景致常会感生的，并不稀奇，也不必拘泥地认定为是“亡国之感”)。所以综观全词，它给人的总体印象便是“赋春水入画”(周密评语)①,很像一幅精细雅丽的山水画。它既反映了张炎入元之前的生活情趣:寄情山水,流连风月;又反映了他入元前的艺术兴趣:模山范水,争奇斗巧。我们只需再读读郑思肖描绘张炎宋亡前“创作”生活的一段话,就可加深对于以上两点的认识了。郑思肖《玉田词题辞》说:“(张炎)自仰扳姜尧章、史邦卿、卢蒲江、吴梦窗诸名胜,互相鼓吹春声于繁华世界,飘飘征情,节节弄拍,嘲明月以谑乐,卖落花而陪笑……”②在这种“创作背景”下,便会自然产生出这种描绘“湖光波色”“苏堤春晓”的作品来,而反过来说,则这种“赋春水入画”的雅丽词篇,又正印证了上述“谑乐”“陪笑”的生活情趣和“飘飘征情”“节节弄拍”的艺术趣味。

然而,张炎前期词的这种“雅美”,又主要仅表现在“外貌”的美上;相对而言,词的内涵却显得相当空泛干瘪。仍拿这首名作为例,在描摹刻画“春水”之状方面,无论是其写景、状物、遣词、造句,都是确有功力和颇足称道的(已见前面的分析);但在抒写情志方面,却又显得“平常”甚至“空泛”。试举其“余情渺渺,茂林觞咏如今悄”与“前度刘郎归去后,溪上碧桃多少”两句为例,其中两个典故就是前人早已用得烂熟了的“破帽”(按:指孟嘉重阳落帽之典)、“旧货”(刘克庄曾经讽刺南宋词人:“常恨世人新意少”,“把‘破帽’年年拈出”,见其《贺新郎 · 九日》词)。而王羲之在写《兰亭集序》时,却确有他“修短随化,终期于尽,古人云‘死生亦大矣’”的真切感受在内;刘禹锡在写“种桃道士归何处?前度刘郎今又来”时,更又深寓那种不甘屈服的政治感慨于中。这两者都是“有感而发”的“为情造文”。但是张炎的用此两典,却并无真正发自内心的激动或感触隐嵌在这中间。揣度他的用意,不外是“信手拈来”、凑足词篇而已。要不然的话,仅仅写出了一些优美雅丽的“景语”而收尾却无一点“骚人墨客”式的“人生忧伤”,那似乎就显不出自己“雅士”的“身份”。所以,与那外表形式上的“雅美”相比,词的“思想深度”其实并不相称。此种内容与形式上的“不平衡”性,显露出了当时一般“雅词”作者的通病——他们往往以“无谓之词”来“应社”(周济《介存斋论词杂著》),故而技巧虽工而“性情有歉”,外表虽美而内容苍白。对此,尽管自晚宋以来有很多人拼命赞扬张炎的《春水》词,但有识之士却还是有的:陈锐就说过:“张玉田之《南浦》咏春水一首,了不知其佳处。”③夏

① 张思岩宗楠辑:《词林纪事》,成都古籍书店,1982 年,第 434 页。

② 郑思肖:《玉田词题辞》,张炎《山中白云词》,吴则虞校辑,中华书局,1983 年,第 164 页。

③ 陈锐:《褒碧斋词话》,唐圭璋编《词话丛编》,中华书局,1986 年,第 4193 页。

敬观也指出:“此脍炙人口之词,余不明其妙处安在,但觉工稳而已!”①一个“但觉工稳而已”,就恰中其缺乏思想内涵之痼!

同样的“结社”之作,我们还可以举出他的《疏影 · 梅影》词来。张炎在《瑶台聚八仙》词序中说:“予昔有《梅影》词,今重为模写。”又,同时期的王沂孙词中,也有《疏影 · 咏梅影》词,可证张炎此词约写于其前期。词云:

> 黄昏片月,似碎阴满地,还更清绝。枝北枝南,疑有疑无,几度背灯难折。依稀倩女离魂处,缓步出、前村时节。看夜深,竹外横斜,应妒过云明灭。　　窥镜蛾眉淡抹,为容不在貌,独抱孤洁。莫是花光,描取春痕,不怕丽谯吹彻。还惊海上燃犀去,照水底、珊瑚如活。做弄得、酒醒天寒,空对一庭香雪。

宋人特喜咏梅,南宋此风更盛。姜夔即以其自度曲《暗香》《疏影》驰名词坛。到了张炎、王沂孙等,则其“雅趣”似乎更胜于前。他们不但咏梅,而且进而赋咏梅花之“影”,这可见出他们闲得发愁、“不为无益之事,何以遣有涯之生”②、争奇斗巧的“高情雅思”。平心而论,张词在摹写这个“影”字上,确是下了些功夫的:它先写黄昏片月初生时梅影碎乱的“清绝”光景,接着写它“背灯难折”(因为光线一暗影子就黯淡了)的“疑有疑无”模样,继用离魂倩女的精灵来衬托梅影的“依稀”形状。在此之后,又用镜中淡妆美人来比喻梅影之疏淡与“梅心”之孤洁,以“丽谯”(华美的高楼)上吹奏的《梅花落》曲子却吹不落“梅影”来补足一个“影”字,并进而用水底珊瑚来摹拟梅影之美丽与空灵。但到结尾,它又词笔一转,折到现实中来:所有前述的种种,均不过是酒后的一场幻觉而已。这就从多角度、多侧面写足了“梅影”的奇绝与朦胧可爱。从技巧方面来看,也算得上腾挪有致、时出新意了。但从所抒发或咏写的情志来看,却只是他酌酒赏梅时所感生出的幻觉或想象。浮现在词人心目中的,根本就没有活生生的现实社会,而只有经过“雅化”“诗化”的影子世界。这种在艺术“象牙塔”中所产生出的“雅词”,美则美矣,然而并无太多充实的思想内容可言。

应该说,张炎的前期词作,保存在现存《山中白云词》中的数量甚少(下文还将举出一些)。这或许是经过厘裁之故,或许则早已散亡(此亦古代作家常会遇到的事)。但从上面的两首作品中,我们也就可以“尝鼎一脔”地想知其整个的“滋味”了。在这些作品中,相当明显地反映了他作为贵族文人的生活情趣与艺

① 见夏敬观手批《山中白云词》批注语。
② 项廷纪:《忆云词丙稿序》,《忆云词甲乙丙丁稿》,光绪十九年本。

术趣味，反映了他艺术造诣甚高而思想内涵实薄的创作风貌。所以，他虽凭着《南浦》词为自己"挣"得了一个"张春水"的美名，但他之所以能够真正引起人们的重视并在词史上占有一位置，却实非因这类词篇的成就而得。

二、中期词（1276—1291）

如果张炎一直照此生活下去，如果他身边的环境没发生剧烈变化的话，那么，张炎就最终只能以"玉田公子"的身姿出现在我们面前，而张炎词的成就也就不会超出《玉照堂词》（张镃）、《寄闲词》（张枢）多远。

但是，就在他 29 岁的时候，国事和家事发生了残酷的变化。"铁马蒙毡，银花洒泪，春入愁城。笛里番腔，街头戏鼓，不是歌声"（刘辰翁《柳梢青·春感》），随着蒙古兵的铁蹄踏遍全中国，南歌开始销歇，北曲即将登场。这真是一个铁马大刀、杀气凛冽的时代，文学怎能不随之而发生相应的深刻变化呢？

对于张炎来说，这种变化是一种"扭变"。过惯了锦衣玉食生活的公子哥儿，一下子被"扫地出门"而变成了近似"文丐"的流浪者，这是他生活遭遇上的"扭变"，写惯了"风流""高雅"的艳情和雅趣的词人，顿时提不起兴致再去写那些风月之情和清雅之趣了，这又是他创作方面的另一种"扭变"（尽管过了些时候，他又向老轨道滑去）。严酷的现实生活，惨痛的社会环境，像一只无形而威慑的大手一样，强扭着张炎朝着新的生活道路和创作道路走去。

标志着这种转变的是他在元兵攻陷临安、祖父被磔杀之后两年（1278）的秋天所作的《高阳台》词：

> 古木迷鸦，虚堂起燕，欢游转眼惊心。南圃东窗，酸风扫尽芳尘。鬓貂飞入平原草，最可怜、浑是秋阴。夜沉沉。不信归魂，不到花深。
>
> 吹箫踏叶幽寻去，任船依断石，袖裹寒云。老桂悬香，珊瑚碎击无声。故园已是愁如许，抚残碑、却又伤今。更关情，秋水人家，斜照西泠。

这首词为凭吊韩侂胄的庆乐园（即南园）并兼吊贾似道之秋水观而作。韩侂胄在宁宗朝身居隆位，力主北伐，后来兵败被杀。张炎在他的遭遇中看到了自己家族兴衰的影子：张俊在高宗时位极"清河郡王"，也有过戴"貂蝉"、执"珊瑚"的富贵显赫的盛日；张濡曾经带兵守关，以杀、俘元使而震动宋元两国，但其最后的结局，也正如韩家一样，"酸风扫尽芳尘"，只落得一个家破人亡的下场。所以，张炎在这里与其说是在吊悼 70 余年前的一段旧事，毋宁说是在为自己家族两三年前的这次巨痛惨变唱着"痛定思痛"的哀歌来得更加贴切——这是因为,韩家的庆乐园现今虽已变得荆榛丛生、一片荒草,却还容得人们随意出入,而自家的故园大约因被元朝新贵所霸占,竟连门都不能重新踏入(这可证之他"过邻家见故园有感"的《凄凉犯》词),因而只能在这里作"借他人之酒杯,浇自己之魂磊"的啜泣了。

昔日繁华歌舞场,今日凄凉满目荒!如果说,前人的诗歌中已经有很多作品抒写过这个主题的话,那么别人(例如李白《登金陵凤凰台》之凭吊"吴宫花草埋幽径,晋代衣冠成古丘",刘希夷《代悲白头翁》之喟叹"但看古来歌舞地,惟有黄昏乌雀悲",杜牧《金谷园》之伤感"繁华事散逐香尘,流水无情草自春"……)或许还是在做"冷眼看世界"式的旁观,而张炎就是"进入角色"地在"借题发挥",以抒自己切身肤受之感了。不妨先看《武林旧事》对于"南园"的记述:

> 南园,中兴后所创。光宗朝赐平原郡王韩侂胄,陆放翁为记。后复归御前,改名"庆乐"。赐嗣荣王与芮,又改"胜景"。有许闲堂、相容射厅、寒碧台、藏春门、凌风阁、西湖洞天、归耕庄、清芬堂、岁寒堂、夹芳、豁望、矜春、鲜霞、忘机、照香、堆锦、远尘、幽翠、红香、多稼、晚节香等亭。秀石为上,内作十样锦亭,并射圃流杯等处……①

就是这么一个十分繁华的名园,现今却变得"古木迷鸦,虚堂起燕",其中不就隐寓着"旧时王谢堂前燕,飞入寻常百姓家"的兴废盛衰之感吗?联想到张炎曾祖父张镃的"南湖别墅"(其中有玉照堂、宜雨亭、群仙绘幅楼、艳香馆等)如今也已落入他人之手,则词中所谓"抚残碑,却又伤今(兼伤自家之'今')"之感,就昭然若揭了。从词中种种意象的对比性描绘(如"古木迷鸦,虚堂起燕""酸风扫尽芳尘""船依断石,袖裹寒云"等)来看,词人在里头所寄寓的,正就是一股强烈的"抚今追昔""今昔对比"之感。

所以,"欢游转眼惊心",此种"触目惊心"的感慨就成了张炎入元之后的中期词的主要内容。王国维说:"词至李后主而眼界始大,感慨遂深,遂变伶工之词而为士大夫之词。"(《人间词话》)借用这话,则张炎入元之后的词也同样发生了这种"眼界始大,感慨遂深"的变化,并从"王孙公子之词"变成为了"亡国遗民之词"。这里,可以再读他的《湘月》词:

> 行行且止。把乾坤收入,篷窗深里。星散白鸥三四点,数笔横塘秋意。岸觜冲波,篱根受叶,野径通村市。疏风迎面,湿衣原是空翠。

① 周密:《武林旧事》,西湖书社,1981年,第68页。

堪叹敲雪门荒，争棋墅冷，苦竹鸣山鬼。纵使如今犹有晋，无复清游如此。落日沙黄，远天云淡，弄影芦花外。几时归去，剪取一半烟水。

据其词序可知，此词作于戊子年(1288)冬。这年冬天，他与徐平野、王沂孙同游山阴(今浙江绍兴)。词的上片描述了篷窗中所见的秋冬景色，这里不再多说。值得注意的是其下片所抒发的家国之感。"堪叹敲雪门荒，争棋墅冷，苦竹鸣山鬼"三句意谓：可叹那一扇扇曾在雪夜接待佳客的大门(用王徽之雪夜访友的典故)，如今都已荒废；那一幢幢经常围棋争胜的别墅(用谢安隐居东山别墅下棋待客的典故)，也早变得冷落不堪；只有那一丛丛苦竹在寒风中呜呜作响，就像山鬼在叫。这种"昔盛今衰"的对比性描写和那冷瑟萧飒的意境，正暗示了他国亡家破之后的黯淡心境。所以他接而言道："纵使如今犹有晋，无复清游如此。"这里的"清游"，与其说是"湖山清赏"之游兴，还不如说是凄清萧条的心情更为确切！意即此地本是晋人畅游之地(晋人王子敬就说过："从山阴道上行，山川自相映发，使人应接不暇")，但纵使晋人现今"复活"，他们也会惊叹于眼前所见景致的凄清不堪的！言外之意，就点明了战乱所造成的破坏以及对于词人心理上的"创伤"。

更应提到的是，作者在元世祖至元二十七年(1290)被迫北行。这是词人一生中的一件大事，也是他创作视野大为开阔、创作"力度"大为增强的一个"契机"。他在北行途中，以及抵达元都(大都)之后，写下了不少"北行词篇"。在这些作品之中，最易见出他词风的被迫"扭变"。如其《凄凉犯·北游道中寄怀》词劈头就说："萧疏野柳，嘶寒马、芦花深见游猎。山势北来，甚时曾到，醉魂飞越。"这里所呈现的"北国风光"和他那"醉魂飞越"的痛苦心境，就是前期词中所从未见到过的。它和作者往昔沉湎于西湖歌舞和西湖山水间的富贵生活与愉悦心情，就构成了一个强烈的对比：在北行途中，他一方面被迫"敝却貂裘，驱车万里，风雪关河"；一方面却又时时惦念着"西湖故园在否？怕东风，今日落梅多"(《木兰花慢》)。张炎的心就是这样痛苦地被掰成了两半的。他既只能无可奈何地面对着令人不堪的现实，却又心心挂念地忘不了温馨可爱的"过去"。透过这种"分裂"着的内心世界，我们面前仿佛凸现了这位"一步一回头"地行走在北游途中的词人那憔悴的身影……

总之，生活的矛盾，促成了词中的"对比"。而"对比"，却又为我们造就了一个新的词人！入元之后的张炎，不再是一个只知赏花品茗、泛舟游湖的"玉田公子"，从他那里再也不容易听到那种婉美轻细的歌声了。朱彝尊说过："词至南宋始极其工，至宋季始极其变。”①如果套用这句话，也可以这样说：张炎的词，在宋亡前虽已达到了“工”的境界，然而只有到了宋亡之后，才又进入了“变”的境地。“变”在哪里？它就体现在一个“重”字上。也就是说：张炎的词，原先的“感情分量”是很轻的，因此表现在风格上也以“轻巧”“工细”为其特色，而现在，由于“今昔对比”的原因，就使它的“感情分量”变重，所以风格也就相应地变得“一往而深”。《四库总目提要》的作者就相当中肯地指出了这种因“对比”而造成的词风变异：“炎生于淳祐戊申。当宋邦沦覆，年已三十有三，犹及见临安全盛之日，故所作往往苍凉激楚，即景抒情，备写其身世盛衰之感，非徒以翦红刻翠为工。”②另一位清人陈撰，又着重谈了张词感情内容的深化：“盖玉田之先忠烈王以功开国，家世兰锜，遭时不偶，流落播迁，客游无方，行南北，所与交率遗民退士，境会遘适，等诸落叶之聚散。其词一往而深，隐约结啬……”③这些评语，都是中肯之言。

故而，中期的张炎词，由于生活遭遇所发生的巨大变易，就使其思想内容和感情分量有了较大的充实，而“对比”所造成的“势差”又使它呈现出了“精力弥满”之感。所以，虽从总的格调上看它还是属于“悲”和“软”的，但由于其中贯注着一定程度的真情，因又显得“悲而不衰”“软而不疲”。这一创作时期，可称张炎词中现实感较强的时期，也是其艺术上比较成熟之期。

三、后期词(1291 年后)

“今昔对比”，曾经“造就”了很多有成就的作家。如拿词人来讲，李后主就是其中最为突出的一个。从南唐王朝的小皇帝一变而为赵宋王朝的阶下囚，他的这种“对比”比起张炎来，就更加剧烈、更加尖锐。而尤为重要的是，李煜又是一个十分真率、纯情的人。照王国维的说法，他“阅世愈浅”却“性情愈真”，是一个“不失其赤子之心”的词人。所以，当他国亡为虏之后，满腔的真情便喷薄而出，终于化为了“问君能有几多愁，恰似一江春水向东流”式的以“血”书写成的词篇。与李煜的“情深”相比较，张炎的感情就显得比较浅薄了。从他入元前的经历来说，似乎只是一个不知稼穑的王孙公子，除了精于游赏和文艺之外，对政治、民生恐怕都不甚关心，即使在恋情方面也不会很认真、专一；入元之后，他感

① 朱彝尊、汪森编：《词综》，李庆甲校点，上海古籍出版社，1978 年，第 10 页。

② 永瑢，等：《四库全书总目》，中华书局，1983 年，第 2799 页。

③ 陈撰：《山中白云词疏证稿序》，张炎《山中白云词》，吴则虞校辑，中华书局，1983 年，第 172 页。

触最深的恐也不会是广大人民群众的痛苦遭遇，而主要只是“故家”和一己的沉沦变易。何况他有时还很有些玩世不恭、逢场作戏的“味儿”。这样一看，他的词作就不免有着“真情不足”的“先天性”缺陷了。

“先天不足”，照理可在“后天”得到弥补。可是张炎却未很好地做到此点。拿文天祥来说，他在“勤王”之前，也基本上过着花天酒地的贵族生活。他写于这时的诗作，“可以说全部都草率平庸，为相面、算命、卜卦等人作的诗比例上大得使我们吃惊”①。同样，他作于“勤王”前一年(1274)的《齐天乐》词也还充满了“笑声人在画阑曲”的笙歌笑影。但是，在民族矛盾尖锐化的国家存亡之秋，他却遣散声伎，“尽以家资为军费”，毅然担起了保国抗元的重任，最后杀身成仁、壮烈就义。这样的经历就使其后期的词中充溢着一腔爱国的真情和一种凛不可犯的民族正气。张炎则不然。宋亡前后，他并没有亲身参加到抗元斗争中去；对于元人灭宋的历史事变，他又基本采取着“逆来顺受”的被动、消极的态度；入元之后的几十年(特别是北行南归之后)中，也仍还过着躲躲闪闪的、逃避现实矛盾的“隐遁”生活。所以，他的词中，对于元朝的憎恶和对南宋故国的眷恋之情，比之文天祥一类爱国志士的词，在程度上就显出了厚薄深浅之分。这种“真情有衰”的缺点，就特别明显地反映在他南归以后词篇多写“出世”思想的特色上。

处在后期生活中的张炎，由于复国无望，增添了内心的空虚感；而漂泊无着的生涯，又助长了他心理的阴暗。但与这些情绪“相反相成”的是，他欲以求得自我解脱甚至是自我麻醉的“隐逸”“超旷”思想却大为抬头了。请读下面这些词语：

任一路白云，山童休扫，却似崆峒。(《木兰花慢》)
谁识山中朝暮，向白云一笑，今古无愁。(《声声慢》)
着我白云堆里，安知不是神仙？(《风入松》)

这样我们就知道，张炎何以会把它的词集取名为《山中白云词》了！南朝陶宏景曾有诗云：“山中何所有？岭上多白云。只可自怡悦，不堪持赠君。”(《诏问山中何所有，赋诗作答》)张炎就准备在“山中”缭绕着的“白云”中间，自寻其“怡悦”的趣味了。对于这一点，他的同时人是深谙其意的。仇远为他的这位老友之词集题辞说：“读《山中白云词》，意度超玄。”②邓牧则又评说道：“身外穷达，

① 钱锺书：《宋诗选注》，人民文学出版社，1982 年，第 311 页。
② 仇远：《玉田词题辞》，张炎《山中白云词》，吴则虞校辑，中华书局，1983 年，第 164 页。

诚不足动其心、馁其气与。”①这些话，都说出了张炎后期词中“隐逸”题材和“出世”思想所占据的比重。

当然，提出这一点，并不意味着否认张炎后期词中仍然存在着怀念故国和感叹身世之情感，他并没有、也不可能真正的“忘情”于世，也未必真正能达到“超脱”。特别是人到暮年，对年轻时的种种回忆，有些虽会逐渐遗忘，有些却永远不能忘却甚至会变得印象分外“顽固”。张炎后期的词，就经常有一种“前事如梦”之感，如：

此日重逢，故人犹记旧游否？雨今云古。更秉烛、浑疑梦语。（《长亭怨·别陈行之》）

苍云数千万叠，却依然、一笑人间。似梦里，对青尊白发，秉烛更阑。（《声声慢·寄叶书隐》）

这些词的特点是：在貌似“麻木”的面庞下，深藏着一颗并不完全麻木的心；在貌似“梦呓”的话语底下，偷寓着“白头宫女在，闲坐说玄宗”的历史兴亡感。不过比之中期所作的那些因着刺激较新故而反应也“敏”的词篇来，这时的作品中也就显出“渐老渐惫”的气息来了。比如当年北游途中写下的所见所闻、所思所感，那印象是多么的新鲜：“平沙催晓，野水惊寒，遥岑寸碧烟空。万里冰霜，一夜换却西风。”（《声声慢·都下与沈尧道同赋》）这些景物和感受，就都是切身肤受而不隔的。但当他晚年重又回顾这段往事时，就因时间的隔膜而显出“遥远”之感了：“绕枝倦鹊，鬓萧萧、肯信如今犹客？风雪荷衣寒叶补，一点灯花悬壁。万里舟车，十年书剑，此意青天识。”（《壶中天》）在他晚年于风雪之夜忆及当年的北游时，便只变成了“万里舟车”这四个字了。词人老矣，他的词境和他的肉体、精神一样，渐次显露出一种疲惫的迟暮之气。对此，不妨读他最晚所写的一篇作品：

当年不信江湖老，如今岁华惊晚。路改家迷，花共荫落，谁识重来刘阮？殊乡顿远。甚犹带羁怀、雁凄蛩怨？梦里忘归，乱浦烟浪片帆转。　　闭门休叹故苑。杖藜游冶处，萧艾都遍。雨色云西，晴光水北，一洗悠然心眼。行行渐懒。快料理幽寻、酒瓢诗卷。赖有湖边，旧时鸥数点。（《台城路·归杭》）

① 邓牧：《山中白云词序》，张炎《山中白云词》，吴则虞校辑，中华书局，1983年，第165页。

其中,甜酸苦咸,各式滋味都有,反映了这位尝尽人间况味的老人复杂而苦涩的精神世界,也标志着他的创作活动如同那“雁凄蛩怨”一样,即将归于“入土”了。

所以,总观张炎的三期创作活动,它经历了一个由“雅词”而不得不发生某种程度之“蜕变”的过程:宋亡以前,他以“风雅”词人自居;入元之后,“风雅”就变成了“变风”“变雅”。《毛诗序》说:“情发于声,声成文,谓之音。治世之音安以乐,其政和;乱世之音怨以怒,其政乖;亡国之音哀以思,其民困。”①借用这段话,我们看到:宋亡之前,由于还处在一种表面的、畸形的“繁华”状态,所以张炎的词中还充满着那种“安乐”“富贵”的气氛,入元之后的十余年间,由于元人的暴政和个人身世的惨变,所以张炎词中就勃涌出悲和愤的真情;再到后来,由于元朝统治的逐渐巩固和稳定,以及张炎生活、思想的趋于困顿、颓放,其词也越向悲哀麻木和故作旷放的方向发展了。由于贯穿在他中、后两期词中的主线,是对于故国的深深眷念和对自己落魄身世的哀愤,因而从这点出发,我们仍然肯定它们所表现出的民族感情。但由于受到作者世界观和艺术趣味、词学观点等方面的限制,又使它们缺少着像辛派爱国词人的作品所具有的那种深广的人民性。这就是我们对张词思想内容所做出的一个总体评价。而再从艺术风格来看,它虽曾随着社会环境和身世遭遇的变化,呈现出面目不尽相同的“阶段性”,但究其总的“底色”而言,却仍是属于婉约派中的“雅词”(尽管有时近乎“变雅”)一路的。这是我们对其艺术风貌的一点总看法。

“国家不幸诗家幸,赋到沧桑句便工”(赵翼《题遗山诗》)。张炎词的创作历程,同样地“证明”了上述论点。不过,这种创作上的“幸(运)”却并不是真的“幸(运)”,而是一种极为沉痛的文学现象:山河破碎、“改朝换代”的历史事变往往会造就某些善唱“沧桑变易之曲”的“名歌手”来,这个代价真是付出得太可怕又太巨大了。我们这里所论述的张炎,就正是这样一位因着“国家不幸”才“成名”的词人。清人周稚圭说他“故家人物沧桑录”,另一位论者陈兰甫说他“无限沧桑身世感”②。从这些话看,张炎的词在一定程度上就是一部南宋小朝廷的“沧桑录”,它那“噫呜宛抑”的音调中所传递出的,正是宋末一大批“遗民”所共同感怀着的亡国之痛!

① 郭绍虞主编:《中国历代文论选》第一册,上海古籍出版社,1979 年,第 63 页。
② 张炎:《山中白云词》,吴则虞校辑,中华书局,1983 年,第 210 – 211 页。

第六章　张炎的艳情词

一、张炎入元以前的艳情词

“词为艳科”，艳情词一直是宋词的一个主要的题材流派。在张炎以前，它已经有了悠久的传统和强大的势力。所以张炎在《词源》中专列“赋情”一节，指出“簸弄风月，陶写性情”乃是词的“专业”①。不过，由于他在这方面的生活情趣和艺术趣味并没有突破前代婉约词人的显著地方，所以他本人创作于宋亡前的艳情词，虽然总体来看写得很是不俗，但也并无太多的创造性可言。

宋词中的艳情词，基本可以分为两大类型。一类以柳永为代表，它的格调比较低，词风也显得直露、俚俗，譬如下面两词：

> 凤枕鸾帷。二三载，如鱼似水相知。良天好景，深怜多爱，无非尽意依随。奈何伊，恣性灵、忒煞些儿。无事孜煎，万回千度，怎忍分离？
>
> 而今渐行渐远，渐觉虽悔难追。漫寄消寄息，终久奚为？也拟重论缱绻，争奈翻覆思维。纵再会，只恐恩情，难似当时。(《驻马听》)
>
> 师师生得艳冶，香香于我情多。安安那更久比和。四个打成一个。
>
> 幸自苍皇未款，新词写处多磨。几回扯了又重挼，奸字中心着我。(《西江月》)

后一首词简直就不像话了！

另一类则以“二晏”父子为代表，格调比较高，词风也显得含蓄、文雅。譬如下面两例即可见一斑：

> 红笺小字，说尽平生意。鸿雁在云鱼在水。惆怅此情难寄。
>
> 斜阳独倚西楼，遥山恰对帘钩。人面不知何处，绿波依旧东流。(晏殊

① 张炎著、夏承焘校注，沈义父著、蔡嵩云笺释：《词源注　乐府指迷笺释》，人民文学出版社，1963 年，第 23 页。

《清平乐》)

> 梦后楼台高锁,酒醒帘幕低垂。去年春恨却来时。落花人独立,微雨燕双飞。　　记得小蘋初见,两重心字罗衣。琵琶弦上说相思。当时明月在,曾照彩云归。(晏几道《临江仙》)

杨万里曾评后一词“落花人独立,微雨燕双飞”两句云:“可谓‘好色而不淫’矣。”①从这个评语中即可见到这类词既“艳”又“雅”的风格。

张炎在上两类词中,坚决地摒弃着前一种风格而走着后一类词风的道路。他说:“词欲雅而正。志之所之,一为情所役,则失其雅正之音。”②所以他自己写的艳情词,也是归向于“雅正”一路的。

譬如下面这首《淡黄柳·赠苏氏柳儿》:

> 楚腰一捻,羞剪青丝结。力未胜春娇怯怯,暗托莺声细说,愁蹙眉心斗双叶。　　正情切,柔枝未堪折。应不解,管离别。奈如今、已入东风睫。望断章台,马蹄何处?闲了黄昏淡月。

张炎在另一首《虞美人》(详见下一节)的小序中说过:“予昔赋柳儿词,今有杜牧重来之叹。”③由此可证上面这首写“柳儿”的词可能即作于宋亡之前。它用“羞”“娇”“愁”等字面,生动而形象地描绘了一个初解风情的侍妾形象,很有些像李白诗中那种“十四为君妇,羞颜未尝开”(《长干行》)的味道。虽然内容仍是老一套的相思风流之情,然而却能脱去庸俗之腔。特别是词末写她遥思走马章台街的那位男性,其缱绻惆怅之情不直接点出,而仅用了“闲了黄昏淡月”这样的融情入景的写法,更显得有韵外之味。它与大晏“人面不知何处,绿波依旧东流”一类句子有着同一种含蓄蕴藉的风味。

再如:

> 犀押重帘水院深,柳绵扑帐昼愔愔。梦回孤蝶弄春阴。　　乍减楚衣收带眼,初匀商鼎熨香心。燕归摇动护花铃。(《浣溪沙》)

一切的陈设布置都是那么华贵富丽(犀押、楚衣、鼎、护花铃),而环境气氛又是那么静谧幽细(“水院深”“昼愔愔”),在这种背景中出现的女主角形象就极像

① 杨万里:《诚斋诗话》,丁福保辑《历代诗话续编》,中华书局,1983年,第139页。

② 张炎著、夏承焘校注,沈义父著、蔡嵩云笺释:《词源注　乐府指迷笺释》,人民文学出版社,1963年,第29页。

③ 张炎:《山中白云词》,吴则虞校辑,中华书局,1983年,第83页。

温、韦笔下的人物。温、韦词如：

南园满地堆轻絮，愁闻一霎清明雨。雨后却斜阳，杏花零落香。无言匀睡脸，枕上屏山掩。时节欲黄昏，无聊独倚门。（温庭筠《菩萨蛮》）

清晓妆成寒食天，柳毬斜袅间花钿，卷帘直出画堂前。　指点牡丹初绽朵，日高犹自凭朱栏，含嚬不语恨春残。（韦庄《浣溪沙》）

张炎词和它们，就有面目"大体相似"之感！由此看来，张炎早年学词，曾对小令下过一番工夫。他从温、韦的香艳词风入手，而出之以"二晏"的雅丽面目。在这个学习和写作过程中，他也为自己长调创作的"融情入景""情景交炼"打下了一定的基础，"有'有余不尽之意'始佳"，就成了他写词的一个基本的艺术追求目标。当然，学习和仿作，再妙也只能达到"酷似"而已，它缺乏真正的艺术生命。只有到了入元之后，由于家国之感涌进传统的艳情题材之中，才使张炎的艳情词显出了自己的特色，并使它具有时代感和生命力。

二、张炎入元以后的艳情词

古人写艳情词，大约有两种情况。一种是真正被"艳事"所感发，写自己因这类情事艳遇而生的真情实感，如小晏词，多为"莲、鸿、蘋、云"四位姑娘而作（据其《小山词》自序）。另一种则不然，他们其实并没有真正的爱情"本事"，大约因为不写艳情就不成其为"词"，所以提笔写词时，就总要往里面掺入一点儿艳情的成分，似乎这样做了才能使其词作透出一点"香"味来。如宋人王炎就说过："长短句命名曰'曲'，取其曲尽人情，惟宛转妩媚为善。①　所以他虽"家贫清苦，终身家无丝竹、室无姬侍"②，然而还是写了不少"红锦织残旧字，玉箫吹断余声"（《木兰花慢》）式的"艳词"。而和张炎同时的一位词论家沈义父在其《乐府指迷》中也说："作词与诗不同，纵是花卉之类，亦须略用情意，或要入闺房之意……如只直咏花卉而不着些艳语，又不似词家体例。"③这些话，有助于我们了解宋人的艳情词并不全部、真正为"艳事"而发。更有甚者，有些人的艳情词，

① 王炎：《双溪诗余自序》，王鹏运辑《四印斋所刻词》，上海古籍出版社，1989 年，第 793 页。

② 同①。

③ 张炎著、夏承焘校注，沈义父著、蔡嵩云笺释：《词源注　乐府指迷笺释》，人民文学出版社，1963 年，第 71 页。

“艳情”只是一个“外壳”，而“内核”却是另一类性质的。如清人朱彝尊就说过：“老去填词，一半是空中传恨，几曾围、燕钗蝉鬓！”（《解珮令·自题词集》）这就是他的“空中传恨”的自供辞。

所以，我们对于张炎入元之后的艳情词，也应持有分析的眼光：其中一些，确是因某些具体艳事的促发（或者因回忆往日艳事所感发）而写；另一些，则不过是“借题发挥”而已。证之他入元后的漂泊身世，他是不大可能再有那些“燕钗蝉鬓”围拥其旁、侍妾艳姬奉迎左右的“艳遇”的。因而，他的大部分艳情词，或者是为回忆往事而发，或者是在他人的歌席上睹景生情、“逢场作戏”而已。不过，有一点还是很清楚的，那就是，他之赖以写出这些艳情词的生活基础，乃是在宋亡前自身所确实有过的风流生活；而触发他今日情思的，又是其现在所经历着的现实生活。这两者之间，就不期而遇地形成为一种自然而然的“今昔对比”。在这种对比、联想中，词人的今昔盛衰之感就往往“借题”而流露出来。比如下面这样的词：

> 候馆深灯，辽天断羽，近日音书疑绝。转眼伤心，慵看剩歌残阕。才忘了、还著思量，待去也、怎禁离别？恨只恨、桃叶空江，殷勤不似谢红叶。　　良宵谁念哽咽？对熏炉象尺，闲伴凄切。独立西风，犹忆旧家时节。随款步、花密藏春，听私语、柳疏嫌月。今休问、燕约莺期，梦游空趁蝶。（《绮罗香·席间代人赋情》）

题目是“席间代人赋情”，实际也是“夫子自道（其过去生活）”；明是写离愁别情，暗中却又寓有家国之感。“独立西风，犹忆旧家时节”，是写“过去”；“转眼伤心，慵看剩歌残阕”，又是写“现在”。不是就艳情而纯写艳情，而是在写艳情的同时，夹杂交织进“今昔对比”的恻恻兴亡之感，把对旧时艳事的追忆和对今日苦闷情绪的抒发错综交织在一起写，这种“借题发挥”的写法往往就成了张炎入元之后艳情词的主要特征。

把描写女性形象作为抒发苦闷情绪的陪衬，这在项羽所作的《垓下歌》中即启其源，而以白居易的《琵琶行》对后世的影响最大。白诗中所写那位琵琶女的“门前冷落车马稀，老大嫁作商人妇”和“夜深忽梦少年事，梦啼妆泪红阑干”的悲感，与白居易本人“同是天涯沦落人，相逢何必曾相识”的“迁谪之意”，就是似二而一的。它即为后代诗词以歌伎的沦落风尘来衬托文人的落魄之感开启了“广大法门”。

不过，白居易诗中的“江州司马”之泪还只是统治阶级内部政治斗争的失败者之泪，而到了后代身经改朝换代的文人作者笔下，这种泪中就加进了社稷之悲、沧桑之感的成分。如明末清初吴伟业所作的《听女道士卞玉京弹琴歌》(结尾云:"……贵戚深闺陌上尘,吾辈漂零何足数?坐客闻言起叹嗟,江山萧瑟隐悲笳。莫将蔡女边头曲,落尽吴王苑里花")即是一例。张炎的词也基本步白居易的写法,通过抒情气氛的渲染、旋律格调的转换,揭示出"人在国亡"的悲恸。如他作于大都的《国香》词:

莺柳烟堤。记未吟青子,曾比红儿。娴娇弄春微透,鬟翠双垂。不道留仙不住,便无梦、吹到南枝。相看两流落,掩面凝羞,怕说当时。凄凉歌楚调,袅余音不放,一朵云飞。丁香枝上,几度款语深期。拜了花梢淡月,最难忘、弄影牵衣。无端动人处,过了黄昏,犹道休归。

此词前有小序云:"沈梅娇,杭妓也,忽于京都见之。把酒相劳苦,犹能歌周清真意难忘、台城路二曲,因嘱余记其事。词成,以罗帕书之。"从词中"比红儿"(唐人罗虬有《比红儿》诗)一语来看,沈梅娇就是一个漂亮的女子;而再从小序中她善歌周邦彦词的记述来看,她又是一个能歌善舞的名妓。张炎年轻时曾与她有过很深的情意:词中回忆当年在美丽的西子湖畔("莺柳烟堤"),两人就有过"几度款语深期,拜了花梢淡月"的艳事,特别是其中的"娴娇弄春微透,鬟翠双垂"(头梳双螺髻,面透微红色)和"最难忘弄影牵衣",活画出了她的美丽娇羞和柔情依依。但是对于这种美妙情景的追写,却只是为今日"相看两流落"的凄凉景况做对比之用的!"掩面凝羞,怕说当时",如同白居易诗中"千呼万唤始出来,犹抱琵琶半遮面"一样,于躲躲闪闪中露出极为深沉的天涯沦落之感。从词风来看,它既保持了周邦彦词"雅丽之思"①,却又剔净了周词的某些"浇风"(如《意难忘》词中的"低鬟蝉影动,私语口脂香"和"又恐伊、寻消问息,瘦减容光"之类词语),而添入了白居易诗的那种深情挚意,因而显得格调文雅、含蕴丰厚。

张炎后期的艳情词,往往都笼罩着一层悲剧的气氛。在这些词中,恋情早已成为了隔日的"黄花";但随着岁月的流逝,这些枯萎了的花瓣犹如茅盾《子夜》中林瑶卿夹在《少年维特之烦恼》中的枯花一样,却仍然对旧主人散放着昔日的温馨。《渡江云·次赵元父韵》即是这样的一首怀旧之曲:

锦香缭绕地,深灯挂壁,帘影浪花斜。酒船归去后,转首河桥,那处认纹纱?重盟镜约,还记得、前度秦嘉。惟只有、叶题堪寄,流不到天涯。　　惊嗟!十年心事,几曲阑干,想萧娘声价。闲过了、黄昏时候,疏柳啼鸦。浦潮夜涌平沙白。问断鸿、知落谁家?书又远,空江片月

① 舒岳祥:《赠玉田序》,张炎《山中白云词》,吴则虞校辑,中华书局,1983年,第165页。

芦花。

从词意看，这是怀念其旧好之作。想当初，他们相会在“锦香缭绕”的绮罗弦管之地。暂别时，青年的玉田公子还依依不舍地望着那人的窗帘纹纱。谁知好景不长，顿生变故。词中用了徐德言与乐昌公主“破镜”之约，以及秦嘉与徐淑以宝钗为誓物的典故，暗示了“山盟虽在，锦书难托”之意。红叶可以题诗，但是流不到伊人之手；断鸿可以传书，但寄不到那人之家。所以作者只能面对着“空江片月芦花”的萧瑟景象，惊嗟那“十年心事”，终成了泡影水花。

我们前已引过他作于宋亡前的那首“柳儿”词，是写得相当缱绻惆怅和艳中透雅的。再来看一首作于宋亡后的“柳儿”词：

修眉刷翠春痕聚，难剪愁来处。断丝无力绾韶华，也学落红流水到天涯。　　那回错认章台下，却是阳关也。待将新恨趁杨花，不识相思一点在谁家。（《虞美人》）

词序中引了刘禹锡“春尽絮飞留不住，随风好去落谁家”的两句诗，表明了词的主题乃在于悲叹恋人的流落。我们知道，元人占据江南之后，曾掳掠大批汉族妇女到北方。像上文中的沈梅娇，本是杭州歌妓，却流落到了大都；再像他在《长相思》及《好事近》中所写的“笑倩”，也是一位“同是天涯沦落人”式的不幸歌妓。因之，这首词中所写的“柳儿”，使其飘流到天涯的原因虽未明写，却从“断丝无力绾韶华”一语中可以隐隐窥知——恐即与政局的变易有关！

张炎对歌妓尚且如此同情和依恋，对于自己的家眷更有一种难以言状的眷念和痛楚之情。在那些怀念亲人的词中，家国之感就更真切和深浓了。请读他的两首“过故园”“怀旧居”之作：

记凝妆倚扇，笑眼窥帘，曾款芳尊。步屧交枝径，引生香不断，流水中分。忘了牡丹名字，和露拨花根，甚杜牧重来，买栽无地，都是销魂。

空存。断肠草，伴几摺眉痕，几点啼痕。镜里芙蓉老，问如今何处，绾绿梳云？怕有旧时归燕，犹自识黄昏。待说与羁愁，遥知路隔杨柳门。（《忆旧游·过故园有感》）

望花外、小桥流水，门巷愔愔，玉箫声绝。鹤去台空，珮环何处弄明月？十年前事，愁千折、心情顿别。露粉风香，谁为主？都成消歇。

凄咽。晓窗分袂处，同把带鸳亲结。江空岁晚，便忘了、尊前曾说。恨西风、不庇寒蝉，便扫尽、一林残叶。谢杨柳多情，还有绿阴时节。（《长亭怨·旧居有感》）

在前一首词中，作者臆想自己的妻（或妾）或许还活在人世（“问如今何处，绾绿梳云”），还幻想着哪一天她能像归燕那样飞回故园，可以和自己重叙别后的羁愁别况。后一首词，则已彻底绝望了。“玉箫声绝”（用韦皋侍妾玉箫殒亡故事）、“鹤去台空”，以及王昭君“魂归”的三个典故表明，张炎或许此时已经确知了他妻妾的死讯，或许早已把她当作了离开人间的故人，所以实际上已是一首“悼亡”式的词了。两词追写了当年的爱情生活（“和露拨花根”“曾款芳尊”等），又写了抄家逃亡前夕仓皇分手时的凄惨、缠绵景象（“凄咽。晓窗分袂处，同把带鸳亲结”），最后写到人去楼空、物是人非之现实，感情是一波而三折，文情是跌宕而顿挫，于中显露出了张炎的深切悲哀。所以此类艳情词风，实在是艳而哀、婉而凄的：在其对于恋情的回忆中，纠缠着对于故国生活的萦念；而在对于今日孤凄之情的描写中，又交织进遗民生活的伤感。借爱情的题材，或以爱情为线索，来展开他“今昔对比”的词笔，以寄寓自己亡国破家的哀痛，这便是张炎入元后艳情词的通常写法和常见主题。

和这种主题相关联的是，张炎后期艳情词的风格特色往往是“温”“凉”夹杂而“凉”甚于“温”的——因为既然要写艳情，自然会有温馨柔软之笔触；又因为要写到亡国沦落之痛，所以最后便会收笔于悲凉气氛。试读《南楼令》：

> 风雨怯殊乡。梧桐又小窗。甚秋声、今夜偏长。忆着旧时歌舞地，谁得似、牧之狂？　茉莉拥钗梁，云窝一枕香。醉瞢腾、多少思量。明月半床人睡觉，听说道、夜深凉。

梦中回到了甜蜜的温柔之乡，醒来却是半床凉月、一片秋声。这种词意又使我们联想到他赠“卿卿”（陆行直家姬）的那首有名的《清平乐》词：

> 候蛩凄断。人语西风岸。月落沙平江似练。望尽芦花无雁。暗教愁损兰成，可怜夜夜关情。只有一枝梧叶，不知多少秋声！

据《珊瑚网》卷八陆行直题跋，张炎最初的手稿与上述有较大的差异，如“暗教愁损兰成，可怜夜夜关情”两句，原作“可怜瘦损兰成，多情应为卿卿”。从词意看，初稿的“艳”味比较浓，作者以少年庾信（“兰成”为庾信小名，见《小名录》）自比，说自己的“瘦损”容光，都只是为了“多情”于卿卿。但经后来这么一改动，内蕴就超出了单纯的艳情而变得丰富多了。庾信于故国（梁）亡后被迫羁留北方，发为诗赋，极多故国之思。如他的《拟咏怀》之三：“摇落秋为气，凄凉多怨情。啼枯湘水竹，哭坏杞梁城。”如他的《重别周尚书》：“阳关万里道，不见一人归。唯有河边雁，秋来南向飞。”都是以“悲秋”来写深怀故国之情的。张炎此词，也用了相同的写法，他在短短的篇幅中，淋漓尽致地描绘出了秋之萧瑟、肃杀气氛，从而烘托出了自己相同于庾信的凄怆心境。原稿后面,曾附有元、明人十余首和词,但他们的词旨却只在艳情上下工夫,什么“寄情只为卿卿”“殷勤为谢芳卿”“梦回相见卿卿”,等等,不一而足,其实都是不曾体会到张炎因艳情所触发而生的政治人生感慨的。

张炎词中,还有不少赠妓之作,如赠“笑倩”的《长相思》《好事近》,赠“双波”的《惜红衣》,赠“关关”的《声声慢》,赠“韫玉”的《满江红》,赠“爱菊”的《解语花》,赠“杨柔卿”的《蝶恋花》,赠“车秀卿”的《意难忘》,赠“桂卿”的《甘州》……由于写多必滥,何况不少作品都是应酬或游戏之作,所以我们对之就不一一加以分析了。我们所着重研究的,乃是在思想和艺术上有超越前人同类题材作品之处的词篇。在这一方面,我们可以举出《霜叶飞·毘陵客中闻老妓歌》作为一个小结:

> 绣屏开了。惊诗梦,娇莺啼破春悄。稳将谱字转清圆,正杏梁声绕。看帖帖、蛾眉淡扫,不知能聚愁多少?叹客里凄凉,尚记得当年,雅音低唱还好。　　同是流落殊乡,相逢何晚,坐对真被花恼。贞元朝士已无多,但暮烟衰草。未忘得、春风窈窕。却怜张绪如今老。且慰我、留连意,莫说西湖,那时苏小。

近人俞陛云评曰:“玉田满怀禾黍之悲,闻老妓按歌,有触即发。如闻龟年琵琶,重谈天宝;敬亭檀板,犹说宁南。上阕‘蛾眉’二句,及后‘贞元朝士’(按:刘禹锡《听旧宫中乐人穆氏唱歌》诗:‘休唱贞元供奉曲,当时朝士已无多。’贞元,唐德宗年号,此处借言前朝)四句,尤为凄怆动人。”①这就说到了它的“动人”之处乃在于其“黍离之悲”。

从宋代艳情词的整体情况来看,张炎入元后的一些艳情词能够跳出仅写风流艳事的圈子,也突破了仅以艳情来衬托个人羁愁别绪及不甚得意之感的老写法,而在其中寄托了较为重大和深沉的家国之感,这就是它在思想内容方面超出前人之处。从艺术方面来看,由于两种格调(艳情的温柔缠绵和家国之感的凄怆哀伤)交织,所以这些作品呈现出歌哭啼笑、百感交集的复杂情调和斑驳色彩,特别耐人寻味。陆文奎《词源跋》说“梨园白发,濞宫蛾眉,余情哀思,听者泪落”②,就是指这类词而言的。

① 俞陛云:《唐五代两宋词选释》,上海古籍出版社,1985 年,第 650 页。

② 陆文奎:《玉田词题辞》,张炎《山中白云词》,吴则虞校辑,中华书局,1983 年,第 166 页。

第七章　张炎的西湖词

张炎虽然有时被人称为“西秦玉田张君”，但自张俊定居临安之后，张家即世居于此，他早已是一个地地道道的杭州人了。杭州的山水养育了他的身子，杭州的风物熏陶了他的性格，在他的词篇中也早已深深地渗透进了江南景色妩媚秀丽的特有风味。张炎尝有词云：“今古事，古今嗟，西湖流水响琵琶。”（《思佳客》）确实，在张炎词曲的主旋律中，一直或隐或现地响起着西子湖的流水声响。

一、西湖——两宋“繁华”历史的见证

“上有天堂，下有苏杭”。进入唐宋以来，杭州城的面貌变得越来越美丽富饶。宋初的潘阆曾一气作了十首《忆余杭》来歌咏它。其中有两首道：

> 长忆钱塘，不是人寰是天上。万家掩映翠微间，处处水潺潺。异花四季当窗放，出入分明在屏障。别来隋柳几经秋，何日得重游？
>
> 长忆西湖，尽日凭栏楼上望。三三两两钓鱼舟，岛屿正清秋。笛声依约芦花里，白鸟成行忽惊起。别来闲整钓鱼竿，思入水云寒。

据说，苏轼读了这些词后，特意把它们亲书于翰林院的屏风之上，石曼卿还派画工根据词意改作成画①。从这里我们也就不难想见宋初西湖风光之迷人。

柳永咏杭州城的那首《望海潮》则更是人所熟知：

> 东南形胜，三吴都会，钱塘自古繁华。烟柳画桥，风帘翠幕，参差十万人家。云树绕堤沙。怒涛卷霜雪，天堑无涯。市列珠玑，户盈罗绮，竞豪奢。　　重湖叠巘清嘉，有三秋桂子，十里荷花。羌管弄晴，菱歌泛夜，嬉嬉钓叟莲娃。千骑拥高牙。乘醉听箫鼓，吟赏烟霞。异日图将好景，归去凤池夸。

一是美，二是富，此词道尽了北宋时期杭州的富丽风光。至于南宋时期杭州城的

① 王弈清：《历代词话》卷四，唐圭璋编《词话丛编》，中华书局，1986 年，第 1140 页。

越加富庶繁盛,《梦粱录》(卷一九)有云:

> 柳永咏钱塘词曰:"参差十万人家",此元丰前语也。自高庙车驾由建康幸杭驻跸,几近二百余年,户口蕃息,近百万余家。杭城之外城,南西东北,各数十里,人烟生聚,民物阜蕃,市井坊陌,铺席骈盛,数日经行不尽,各可比外路一州郡,足见杭城繁盛矣。①

所以,杭州城的面貌,实在是整个两宋城市经济高度发展情况的一个缩影和代表。

而在歌咏杭城的诗词中,"西湖"则又是它们的"精光所聚"之处。这是因为,若把杭州城比作美人的话,西湖就是她的顾盼流倩的眼睛。据说金主完颜亮就因为欣羡于柳词所写的西湖美景("有三秋桂子,十里荷花"),竟至于在绍兴三十一年(1161)发动了渡江南侵之战。由此亦可说明,西湖真堪称得上是宋代(特别是南宋)"繁华"的形象表征与历史见证。关于北宋杭州城的繁华,柳词可见;关于南宋杭州城的繁华,我们不妨举出周密和陈允平的两首西湖词为证:

> 恰芳菲梦醒,漾残月、转湘帘。正翠崦收钟,彤墀放仗,台榭轻烟。东园,夜游乍散,听金壶、逗晓歇花签。宫柳微开露眼,小莺寂妒春眠。
>
> 冰奁,黛浅红鲜。临晓鉴、竞晨妍。怕误却佳期,宿妆旋整,忙上雕軿。都缘探芳起早,看堤边、早有已开船。薇帐残香泪蜡,有人病酒恹恹。(周密《木兰花慢·苏堤春晓》)

词里写杭州城贵妇人于"夜游乍散"之后不久又匆匆整晨妆急着去"起早寻芳",谁知其时却"早有已开船"而船中还躺着宿酲未醒的隔夜醉人。这是一幅多么骄奢的"春游图"!

陈允平词(《八声甘州·麹院风荷》)则云:

> 放船杨柳下,听鸣蝉、薰风小新堤。正烟渶露蓼,飞尘酿玉,第五桥西。遥认青罗盖底,宫女夜游池。谁在鸳鸯浦,独棹玻璃? 一片天机云锦,见凌波碧翠,照日胭脂。是西湖西子,晴抹雨妆时。便相将无情秋思,向菰蒲深处落红衣。醺醺里,半篙香梦,月转星移。

它写六月的西湖里,皇帝由宫女陪伴着,在禁苑御池里泛舟;而一般的豪贵们则醉醺醺地挟拥着歌妓侍妾,在湖中荡舟作乐,直闹到"月转星移"的深夜。对此,

① 吴自牧:《梦粱录》卷一九,孟元老,等《东京梦华录(外四种)》,古典文学出版社,1957年,第299页。

我们如果再读读周密《武林纪事》卷三“都人避暑”条的记载，就可知陈词所写全是符合当时的实际情况的。而上面这两首词，均写于宋理宗景定四年（1263），这正是宋亡前十余年号称“小元祐”的“繁华”鼎盛之时。

张炎和周、陈是差不多时代的人。他从出生之日起，就熏沐着西子湖畔的软风香尘，闻听着杭州城里的笙歌弦语，因此他青年时代所作的词就流泻着西湖波涛的清响，散放着西湖荷花的细香，“互相鼓吹春声于繁华世界，飘飘征情，节节弄拍，嘲明月以谑乐，卖落花而陪笑”①，别有一种“新莺稚蝶，群然飞舞”之概。如他的《南浦·春水》，就以极工细的笔触，勾画了“苏堤才晓”的美景秀色，甚为诱人，令人陶醉。可惜他作于宋亡前的其他西湖词，已不可见，故而只能举出他人（如周、陈等人）的同题作品来弥补这个不足了。

西湖确实是美的。但是，当词人感到已经“失去”了它之后，这种美感就分外倍增了。入元之后的张炎的西湖词，就显出了这种“加倍”的凄美之感。

二、西湖——南宋故国的象征

“一勺西湖水，渡江来，百年歌舞，百年酣醉”（文及翁《贺新郎》）。西湖，是南宋150余年统治的枕藉之地。在这里，南宋君臣们曾经纵情地宴安享乐，而也就在这里，人们又目睹着元人用大刀和皮鞭驱赶着宋室君主、宫嫔踏上北去的“俘虏船”。因此，词人们在亡国之后所写的西湖诗词中，就充满着对于“往事”和“故国”的强烈的眷念之情。周密词云：

> 重到孤山，往事和愁醒。东风紧，水边疏影，谁念梅花冷？（《点绛唇》）

甚至连梅花都感到了亡国的冷瑟之意！

赵时奚词云：

> 几对东风，留连丽景，年□□老越山青。夜深月、照人依旧，何处最关情？欢娱地，星移世换，客恨还盈。（《多丽·西湖》）

真是“越山依旧青，人世却已换”！

刘辰翁词云：

> 万弩落潮头，灵胥还怒不？满湖山、犹是春愁。欲向涌金门外去，

① 郑思肖：《玉田词题辞》，张炎《山中白云词》，吴则虞校辑，中华书局，1983年，第164页。

烟共草、不堪游。(《唐多令》)

他所写的“烟共草”的一片荒凉景色,不正是张炎《高阳台 · 西湖春感》中所写的“更凄然,万绿西泠,一抹荒烟”的光景吗?

所以,在宋亡之后的词中,“西湖”几乎就成了南宋故国的一种象征,成了许多词人所反复抒写的共同题材。陈德武有一首“西湖怀古”(《水龙吟》)就集中表现出了这种“不忘故国”的爱国感情:

东南第一名州,西湖自古多佳丽。临堤台榭,画船楼阁,游人歌吹。十里荷花,三秋桂子,四山晴翠。使百年南渡,一时豪杰,都忘却、平生志。　　可惜天旋时异。藉何人、雪当年耻?登临形胜,感伤今古,发挥英气。力士推山,天吴移水,作农桑地。借钱塘潮汐,为君洗尽,岳将军泪。

像陈德武这样的词,其情调就是激昂愤慨的;另一类“西湖词”则是低徊伤感的,如仇远在入元之后怀念旧日西湖情景时说:“落叶牵离思,到秋来,夜夜梦入长安。”(《忆旧游》)其情可哀,其愁可掬。而张炎,就更是一位在宋亡之后时时用着低调悲弦,为着昔日美丽富饶而今日物是人非的西湖,唱着怨歌哀曲的突出词人。请读:

接叶巢莺,平波卷絮,断桥斜日归船。能几番游?看花又是明年。东风且伴蔷薇住,到蔷薇、春已堪怜。更凄然,万绿西泠,一抹荒烟。　　当年燕子知何处?但苔深韦曲,草暗斜川。见说新愁,如今也到鸥边。无心再续笙歌梦,掩重门、浅醉闲眠。莫开帘,怕见飞花,怕听啼鹃。

提到张炎入元后的西湖词,我们首先想到的自然会是这首著名的《高阳台 · 西湖春感》。这首词不仅是张炎西湖词中的杰作,也是整个《山中白云词》中的佳构。为此,有必要对它做一点较细的分析。

时令是在暮春,一个飞絮落花的季节。本来,这是西湖游人最盛的日子。周密《曲游春》写道:“禁苑东风外,飏暖丝晴絮,春思如织。燕约莺期,恼芳情偏在,翠深红隙。漠漠香尘隔,沸十里、乱弦丛笛。”真是“歌欢箫鼓之声,振动远近,其盛可以想见”①;特别是湖中游船如云,“彩旗叠鼓,交午曼衍,粲如织

① 周密:《武林旧事》,西湖书社,1981 年,第 38 页。

锦”①,煞是热闹。但是,经过兵燹之后的西湖,却变得冷落荒芜、人事全非了。张词所写,正是这一种“风景不殊,举目有河山之异”的亡国悲感。其起头“接叶巢莺,平波卷絮,断桥斜日归船”几句,先用平缓而婉和的笔调勾画出了西湖又逢良辰(春日)时的如画美景:密密麻麻的叶丛里,黄莺在筑巢歌唱;轻絮飘荡,被微波缓缓地卷入水中;断桥那边,归船正抹着斜晖慢慢驶出(这与以前并无两样)。这三句有声有色的句子便把西湖断桥畔“万柳如云,望如裙带”的美丽韶景写得多么细腻、熨帖!谁知,紧接这三句之后,词情突变。陡接着的一个问句“能几番游”,就把读者的心“吊”了起来;而答之以“看花又是明年”,则“盛时不再”之感就溢出于言表。读到这里,我们仿佛觉得词人的心突然紧缩起来了,他所哀悼的,又岂止仅是自然界的“花事”!因此,作者就只能怀着哀然、惨然的口吻挽留着“春天”:东风呀,你的脚步是否可以暂时停留一下呢?你看,一年的花事已开到了蔷薇花了——而蔷薇花开,已经是春天结束的象征。词人在这里便暗用了周邦彦的“愿春暂住!春归如过翼,一去无迹。为问花何在?夜来风雨,葬楚宫倾国”(《六丑》),但又比它更觉凄楚“堪怜”。写到这里,词人怜春、惜春、伤春之意本已十分酣畅,且“东风”句的挽留春天与“到蔷薇、春已堪怜”句的回答,也已自为开合、构成一个相对的“整体”。但作者却又拓开一层,用一“更”字发展了词情:“更凄然,万绿西泠,一抹荒烟。”这就触着了亡国的主题——原来,前面所写的种种伤春意绪,并不是一般骚人墨客所怀有的常情,而是一种特殊环境(亡国破家)下的特有心情(《黍离》之悲、《麦秀》之痛),不信请看“一抹荒烟”四字,隐藏在它里面的感情分量就很重!

上阕是在一片凄迷的景致和沉重的情调中做一小结的。下阕要重新振起下文,很觉不易。然而这却难不倒张炎。“当年燕子知何处”一句,用“提空”之笔承上启下:既然已是一片“万绿”,那就自该有旧日的燕子;既然昔日此地是歌吹沸天的玩赏胜地,那么昔日的游人现今又哪里去了呢?所以“燕子”一句,既用“岭断云连”之笔(陈匪石《宋词举》评语)起了承前启后的过渡作用,又为下文抒写“今昔对比”的亡国之感起了自然与不露痕迹的转接作用(“燕子”之用刘禹锡“旧时王谢堂前燕,飞入寻常百姓家”,是大家熟知的,因而这种转接十分巧妙自然而不露“人为”的痕迹)。“但”字而下,即是对上一问句的回答。“韦曲”借指贵游之地(原指唐代长安韦氏世居之地),“斜川”借指骚人墨客游赏之处(原为陶渊明游赏之处),此二句暗切张炎昔日身为贵家子弟和文人雅士的双重身份,而“苔深”“草暗”则又与前述“一抹荒烟”句相为补足,说明当年繁华风流之

① 周密:《武林旧事》,西湖书社,1981年,第38页。

地而今只见一片青苔野草，昔日曾经翩翩飞舞在绮罗丛里、歌吹声中的燕子如今已找不到它的旧巢（这只“燕子”不就是作者自己吗！）。不仅如此，连最无忧虑和逍遥自在的白鸥，如今竟也无处躲避新愁——这里，他又暗中化用了辛弃疾的“拍手笑沙鸥，一身都是愁”（《菩萨蛮》），一则以喻“新愁”之广（白鸥本在海边，竟也逃愁不得），二则以喻“新愁”之深（连头都为之愁白），可见其构思之深妙。而且“燕”与“鸥”，又颇能代表他以前的生活（一则翩翩如飞燕游嬉于万花丛中，一则飘飘似白鸥遨游在水光山色里），它们与“韦曲”“斜川”的并写暗相呼应，益见其章法之细密、运笔之不乱，能于错综交织的感情描写（写愁）中仍具清晰的脉络感。词情至此，已通过一层又一层的推进，把“春感”（实质是春愁）写足写畅而达到了一个“高峰”。一般的作者至此已经很难翻出。但是，张炎的本领却又并不止于此地，他讲究“情景交炼，得言外意”，讲究末句当有“有余不尽之意”，所以又从这个感情的“高峰”上“翻下山”而来：“无心再续笙歌梦”以下数句，即是一步步地“翻出”。到“怕见飞花，怕听啼鹃”两句结尾，则几令读者在其眼前飞起一派濛濛游絮，在其耳边响起一片杜鹃哀啼矣。整首词的意境便在这种凄迷欲绝的“景语”中完成，而作者的家国之感却又在“西湖”今昔对比的描写（写今之西湖是实写，写昔之西湖是虚写）中油然渗出。陈廷焯评此词云：“情景兼到，一片身世之感。”①这就揭示出了这首“西湖词”之所以写得成功的原因，实在于有深厚的真情实感寓在那既“美”且“惨”的景色之中。

在张炎诸多的西湖词中，故国之思写得最为直露之作，要数他的《思佳客·题周草窗〈武林旧事〉》了：

> 梦里瞢腾说梦华，莺莺燕燕已天涯。蕉中覆处应无鹿，汉上从来不见花。　今古事，古今嗟，西湖流水响琵琶。铜驼烟雨栖芳草，休向江南问故家。

此词虽乃题为周密《武林旧事》一书而作，但它的主题实则是一曲“西湖”的哀歌。所以我们不妨先举出该书卷三中“西湖游幸”一节与之相印证。

先来看皇室的游湖：“淳熙间，寿王（孝宗）以天下养，每奉德寿（高宗）三殿，游幸湖山，御大龙舟。宰执从官，以至大珰应奉诸司，及京府弹压等，各乘大舫，无虑数百。”②真是皇家气派，好不威风。

再来说豪贵及士人之游：“时承平日久，乐与民同，凡游观买卖，皆无所禁。

① 陈廷焯：《云韶集》卷九，张炎《山中白云词》，吴则虞校辑，中华书局，1983 年，第 190 页。
② 周密：《武林旧事》，西湖书社，1981 年，第 37 页。

画楫轻舫,旁午如织……歌妓舞鬟,严妆自炫,以待招呼者,谓之‘水仙子’。至于吹弹、舞拍、杂剧、杂扮、撮弄、胜花、泥丸、鼓板、投壶、花弹、蹴鞠、分茶、弄水、踏混木、拨盆、杂艺、散耍、讴唱、息器、教水族飞禽、水傀儡、鬻水道术、烟火、起轮、走线、流星、水爆、风筝,不可指数,总谓之‘赶趁人’,盖耳目不暇给焉。”①这又是多么热闹繁华的景象!

总之,“西湖天下景,朝昏晴雨,四序总宜。杭人亦无时而不游,而春游特盛焉。承平时,头船如大绿、间绿、十样锦、百花、宝胜、明玉之类,何翅百余,其次则不计其数,皆华丽雅靓,夸奇竞好。而都人凡缔姻、赛社、会亲、送葬、经会、献神、仕宦、恩赏之经营、禁省台府之嘱托,贵珰要地,大贾豪民,买笑千金,呼卢百万,以至痴儿骙子,密约幽期,无不在焉。日糜金钱,靡有纪极,故杭谚有‘销金锅儿’之号,此语不为过也。”②

接着便来读张词。劈首“梦里瞢腾说梦华”一句说的是:以往的一切,都像一场春梦那样早已糊里糊涂地过去了(周密在自序中也有这种感慨:“及时移物换,忧患飘零,追想昔游,殆如梦寐”);现在再来回忆这种种往事,更是“梦中说梦”了(“梦华”,语出《列子·黄帝》:“黄帝昼寝而梦游于华胥氏之国”)。这是一种故作的惆怅迷惘之叹——因为作者其实是清醒着的,这样的写法是为了突出他的“恍然”与“惘然”。次句所写的“莺莺燕燕”,既是指宫里的妃嫔,又是指“歌妓舞鬟”(《武林旧事》所谓“水仙子”也),言她们早已风消云散或流落天涯。三句“蕉中覆处已无鹿”,用《列子·周穆王》典故(“郑人有薪于野者,遇骇鹿,御而击之,毙之。恐人见之也,遽而藏诸隍中,覆之以蕉,不胜其喜。俄而遗其所藏之处,遂以为梦焉”),借言国家(《史记》“秦失其鹿,天下共逐之”是以“鹿”喻天子之位)已亡,犹如一梦。四句“汉上从来不见花”,又用《诗经·周南·芣苢》“汉有游女”(此处以“花”代“女”)之典,借言昔日“游女如云”的景象早已杳然。所以下片首三个短句即写道:“今古事,古今嗟,西湖流水响琵琶。”西湖往昔的繁华早逐“逝波”流去,只有词人幽约的“词心”,还依稀能从它的水声中感受到当年的筝琶琴笛的细弹轻吹。词情至此,细极深极,哀极怨极;而就在上文笔触刚欲“刹住”之后,作者那无法掩盖和抑止的感情终于喷射而出了:“铜驼烟雨栖芳草,休向江南问故家。”前句用《晋书·索靖传》典故:“靖知天下将乱,指洛阳宫门铜驼曰:‘会见汝在荆棘中耳。’”言国家已亡;故而下句接言“覆巢之下,岂有完卵”,哪里再来问我杭州的“故家”呢!《四库总目提要》尝评《武林旧事》

① 周密:《武林旧事》,西湖书社,1981年,第37页。
② 同①。

云:“遗老故臣,恻恻兴亡之感,实曲寄予言外。”①张炎的这首词,正是这种“恻恻兴亡之感”的浓缩和诗化。

除开上面两词外,张炎歌咏西湖的词句尚有很多。这里摘录如下:

暖香十里软莺声,小舫绿杨阴。(《风入松》)
花底莺声深处隐,柳阴淡隔里湖船。(《瑶台聚八仙》)
筹花斗草,记小舫寻芳,断桥初晓。(《台城路》)
柳黄未结,放嫩晴消尽,断桥残雪。(《疏影》)
箫鼓黄昏,动人心处情无限。锦街不甚月明多,早已骄尘满。(《烛影摇红》)

请看,张炎笔下的西湖“倩影”有多美!

但是,又正如他在“席上听琵琶有感”所作的《法曲献仙音》词中所说:“语声软,且休弹,玉关愁怨。怕唤起西湖,那时春感。”这些西湖词虽然软美,但却无法掩饰它那哀怨凄恻的基调。借用《楚辞·招魂》中的一句名句“魂兮归来哀江南”,张炎入元后所作的西湖词中就充满着这种“哀江南”的凄声苦调;它所招唤着的“亡魂”,正是他所念念不忘、耿耿于怀的南宋故国。

三、张炎西湖词的思想意义和艺术风格

张预《山中白云词跋》说:“西湖故多沉忧善歌之士。自南渡之际,故家遗老,怆怀禾黍,山残水剩之感,风僝月僽之思,流连纡郁,忍俊不禁,往往托兴声律,借抒襟抱。其尤工者,比物俪华,言促意长;后之人推尚其作,至比于草堂(按:指杜甫)诗史,谓兴亡之迹,于是乎系焉。此玉田生《山中白云词》所繇传也。”②他把张炎等人的西湖词比作杜甫的“诗史”,这个评价未免高而不切;但他所说的“故家遗老,怆怀禾黍,山残水剩之感,风僝月僽之思”,却是说出了张炎等人西湖词篇的思想意义。

西湖,曾经是两宋“繁华”历史的见证,在宋亡之后又成了故国的代表和象征,因此,在张炎等南宋“遗民”作于入元后的西湖词中,就自然会集中反映他们对于故国的怀念之情。列宁说:“爱国主义就是千百年来巩固起来的对

① 永瑢,等:《四库全书总目》,中华书局,1983 年,第 969 页。
② 张预:《许刻〈山中白云词〉跋》,张炎《山中白云词》,吴则虞校辑,中华书局,1983 年,第 179 页。

自己的祖国的一种最深厚的感情。"①从这个意义上说，张炎那类深深眷念故国的西湖词篇，正是最能体现他爱国感情的作品；他的西湖词篇所反映的爱国情绪，正是他那时代的爱国士人们所共同具有的思想情绪。举例来说，在散文著作方面当时就出现了以追记故都繁华风貌为主要内容的两部著名杭城风物志——吴自牧的《梦粱录》②和周密的《武林旧事》，它们的作者就具有和张炎相似的今昔、兴亡之叹。周密的《自序》前已引过，这儿再引吴氏的《自序》：

> 昔人卧一炊顷，而平生事业扬历皆遍，及觉则依然故吾，始知其为梦也，因谓之"黄粱梦"。矧时异事殊，城池苑囿之富，风俗人物之盛，焉保其常如畴昔哉！缅怀往事，殆犹梦也，名曰《梦粱录》……③

他所言的"缅怀往事，殆犹梦也"，甚至他所取的《梦粱录》书名，都与张炎"梦里瞢腾说梦华"中的"今昔一梦"之感十分相似；而周密则又言："追想昔游，殆如梦寐，而感慨系之也。"这些都绝非偶合之言，乃是基于同一种现实环境和同一种思想状态上的共同感触：现实环境是残酷的，元人不仅用大刀砍杀了无数的汉族人民，又用监牢囚禁了多少敢言的汉族士人④；但是，怀念旧国的心却仍然是炽热的，不能迫令停跳的，因此他们就借用对西湖的歌咏和"梦寐"一类的语言，来寄托他们对于故国的哀思，并抒发他们对于故国的怀念。为了说明此点，让我们再来看其他人的一些西湖词。

柴元彪有《高阳台·怀钱塘旧游》词云：

> 丹碧归来，天荒地老，骎骎华发相催。见说钱塘，北高峰更崔嵬。琼林侍宴簪花处，二十年、满地苍苔。倩阿谁，为我起居，坡柳逋梅。
>
> 凄凉往事休重省，且凭栏感慨，抚景衔杯。冷暖由天，任他花谢花开。知心只有西湖月，尚依依，照我徘徊。更多情，不问朝昏，潮去潮来。

柴氏原是宋末进士，宋亡后隐居不仕。他于故国倾覆后20年重游西湖，唯觉物是人非，生出无限"天荒地老"之感。"知心只有西湖月，尚依依，照我徘

①《列宁全集》第28卷，人民出版社，1990年，第168页。

②《梦粱录》前有吴自牧自序，署于甲戌岁(1274)，据此，当成书于宋亡前。但《四库总目提要》曾据其"缅怀往事，殆犹梦也"之语，认为"其时宋尚未亡，不应先作是语"而猜测"甲戌"为传写之误。笔者同意这个说法。

③ 吴自牧:《梦粱录自序》，孟元老，等《东京梦华录(外四种)》，古典文学出版社，1957年，第129页。

④ 元初文字狱十分厉害，参见本书前言。

徊”，在词人看来，人世既已冷瑟无味，多情者自然就只剩了西湖的圆月，似还放射出昔日的温馨。

周密有《探芳讯·西冷春感》词云：

> 步晴昼。向水院维舟，津亭唤酒。叹刘郎重到，依依谩怀旧。东风空结丁香怨，花与人俱瘦。甚凄凉，暗草沿池，冷苔侵甃。　　桥外晚风骤。正香雪随波，浅烟迷岫。废苑尘梁，如今燕来否？翠云零落空堤冷，往事休回首。最消魂，一片斜阳恋柳。

周氏借西湖所写出的一番“春感”，实际上也就是“往事休回首”的“怀旧”之感。

再如罗志仁《风流子·泛湖》所写：

> 歌咽翠眉低。湖船客、尊酒谩重携。正断续斋钟，高峰南北；飘零野褐，太乙东西。凄凉处，翠连松九里，僧马溅障泥。葛岭楼台，梦随烟散；吴山宫阙，恨与云齐。　　灵峰飞来久，飞不去，有落日断猿啼。无限风荷废港，露柳荒畦。岳公英骨，麒麟旧冢，坡仙吟魄，莺燕长堤。欲吊梅花无句，素壁慵题。

此词写得更为直露：“梦随烟飞”，“恨与云齐”，散了的正是那繁华之梦，怀着的正是那亡国之恨！

……

所以，张炎的西湖词，正体现着这一时期人们所普遍怀有的一种“典型情绪”。在他的西湖词里，翻响着的既有着前朝繁管细弦的余韵，更混和着当代遗民的呜咽暗泣，读后使人心中不免翻腾起甜、酸、苦、咸的复杂滋味，具有相当丰富的爱国情感和亡国之悲的内蕴。

但这只是问题的一个方面。如果改从另一个角度来看，则张炎西湖词中的思想内容却又明显有着自己的缺陷，那就是：失之于软弱低沉与缺乏反抗和批判。我们试拿他那首最为著名的《高阳台·西湖春感》来看，一方面它是写得十分沉痛深刻的，故而曾被陈廷焯誉为“凄凉幽怨，郁之至，厚之至”①；但另一方面它又写道：“无心再续笙歌梦，掩重门、浅醉闲眠”，其中虽有一句稍带自愧之意的话（即自愧于再作旧日“笙歌之梦”也），但落脚点却仍只在掩门闲眠而已——尽管它可能只是故意做出的一种颓伤之语，但观之张炎后期的总体人生态度，却也不失是一种真实的心理写照。而如果我们再把它与其他一些词人的

① 陈廷焯：《白雨斋词话》，唐圭璋编《词话丛编》，中华书局，1986 年，第 3816 页。

西湖词比较一下，则张炎的软弱性就显而易见了。

在南宋小朝廷覆亡、临安失陷的前夕(1275)，太学生褚生就写过一首西湖词(《百字令》)：

半堤花雨，对芳辰消遣，无奈情绪。春色尚堪描画在，万紫千红尘土。鹃促归期，莺收佞舌，燕作留人语。绕栏红药，韶华留此孤主。

真个恨杀东风，几番过了，不似今番苦。乐事赏心磨灭尽，忽见飞书传羽。湖水湖烟，峰南峰北，总是堪伤处。新塘杨柳，小腰犹自歌舞。

这首词的矛头就是直接指向权奸贾似道的，其中“真个恨杀东风”的“东风”即暗指贾氏(《湖海新闻》有解释此词之语，大致可信。它说：三、四句谓众宫女行，五句谓朝士去，六句谓台官默，七句谓太学生上书，八、九句谓只陈宜中在，“东风”谓贾似道，“飞书传羽”谓北军至也，“新塘杨柳”谓贾似道妾张淑芳)。它借西湖的景物，用比兴的手法尖锐地揭露了贾似道祸国殃民的罪过，并揭示了“飞书传羽”、北兵压境的严重形势，是很富批判精神的。和它具有相同精神的作品，我们更可以举出文及翁的《贺新郎》(一勺西湖水)，它不但严厉地批判了当权者的昏庸苟安(“渡江来百年歌舞、百年酣醉”)，又连带讽刺了那批但知享乐和自命“清高”的士大夫文人(“借问孤山林处士，但掉头，笑指梅花蕊”)，其笔锋辛辣而又犀利。

又如，宋亡之后，王奕漫游大江南北，于金陵作吊古词《贺新郎》，有云：

决眦斜阳里。品江山、洛阳第一，金陵第二。休论六朝兴废梦，且说南浮之始。合就此、衣冠故址。底事轻抛形胜地，把笙歌、恋定西湖水？百年内，苟而已！

他认为南宋之所以建都临安(而不选择金陵)，根本的问题即在于一个“苟(安)”字！“把笙歌、恋定西湖水”，这是多么“一针见血”的揭露！

再如，詹玉有《三姝媚》吊悼被北兵掳去的宋室宫女，其中说道：“金屋银屏，被西风吹换，蓼汀苹渚。如此江山，应悔却、西湖歌舞。”就更加直言不讳地触及宋亡的历史教训了；而在其另一首西湖词(《一萼红》)中又说：“往事水流云去，叹山川良是，富贵人多。”则再次把词锋转向了元朝的统治者和投靠元朝的无耻新贵们。至于像前文已引过的罗志仁的《风流子·泛湖》，就更其明言“吴山宫阙，恨与云齐”，“岳公(飞)英骨，麒麟旧塚”，其鲜明的爱憎之情溢于言表。

相比而言，张炎的西湖词，其缺乏批判(宋末弊政)和反抗(元朝暴行)精神的软弱性，就显现得十分清晰了。

爱国志士陈亮在《上孝宗皇帝书》里曾经说过一段颇为深刻的话，他说：“夫吴、蜀,天地之偏气,钱塘又吴之一隅……秦桧又从而备百司庶府,以讲礼乐于其中,其风俗固已华靡;士大夫又从而治园囿台榭,以乐其生于干戈之余,上下宴安,而钱塘为乐国矣。”①陈人杰的友人也说过:“东南妩媚,雌了男儿。”②他们的话都揭示了这样两点:其一,杭州是美的;其二,杭州的“士气”又是萎靡不振的——苟安的政治形势和华靡的享乐风气,把“男儿”的英雄之气都快销蚀尽了。但这两个特点却正好造成了张炎西湖词所特有的艺术风格:既美却软,既丽又凄。请读他的《春从天上来》词:

海上回槎。认旧时鸥鹭,犹恋蒹葭。影散香消,水流云在,疏树十里寒沙。难问钱塘苏小,都不见、擘竹分茶。更堪嗟,似荻花江上,谁弄琵琶? 烟霞,自延晚照,尽换了西陵,窈窕纹纱。蝴蝶飞来,不知是梦,犹疑春在邻家。一掬幽怀难写,春何处?春已天涯。减繁华。是山中杜宇,不是杨花。

这是他52岁复回西湖时所作。故国重游,旧人云散,说不尽的“天涯沦落”之感。“蝴蝶”“杨花”数句不辨是春是梦,一片迷离幽郁,使人在西湖的暮春美景中感到了无限伤感的情绪,从中不难体味出它那“既美却软”“既丽又凄”的风格。

当然,最具代表性的自然仍该数到他的《高阳台》词了。这首词可谓最集中地体现出了张炎西湖词的凄美特色。词中一方面写足了西湖春光之美(诸如飞花、密叶、黄莺、啼鹃、游船、青草,以及西泠桥下的波声、断桥畔的柳荫),另一方面却又在这种韶光美景上抹了一层极浓极深的凄凉气氛,因此整个词境便显露为一种“沉哀沁人”的凄美之感。我们如果再读一读白居易咏西湖春景的诗《钱塘湖春行》(“孤山亭北贾亭西,水面初平云脚低。几处早莺争暖树,谁家新燕啄春泥。乱花渐欲迷人眼,浅草才能没马蹄。最爱湖东行不足,绿杨阴里白沙堤”),一样是写西湖的水、云、莺、燕、花、柳,而它所呈现的就是一种明朗、愉快、甜蜜的美感,相比之下,张炎这首著名的西湖词就显示出它的凄凉、黯淡、灰色了。所以同样是时逢美好的季节,同样是身在美丽的西湖,但由于心境的不同,出现在不同作家笔端的“人化”后的“西湖”,其面貌又是大不相同的。谈到这里,我们又要补充前面所说的话了——陈亮和陈人杰的友人曾经把南宋士人的不景气的精神面貌归罪于杭州的“地气”(甚至是西湖的“妩媚”),这又是不太

① 陈亮:《陈亮集》,中华书局,1987年,第7页。
② 见陈人杰《沁园春·记上层楼》小序。

全面和公正的。这是因为,虽是同在东南一隅的杭州,也是同在美如西子的西湖,除了出现和产生过张炎那类软弱的词人与词作外,却也出现和产生了另外类型的词人与词作,这又岂是单拿杭州的“地气”所能解释的?因此,归根到底,产生张炎词这种美而软、丽而凄的艺术风格,其原因还得从当时苟安的政治形势、华靡的享乐空气对人们意志的销蚀,以及作者本人世界观的软弱和艺术趣味的褊狭中去寻找。

第八章 张炎的北行词

前已谈到，张炎就其活动的范围及其词风的特色而言，基本可算是位典型的“西湖词人”。但是，就在进入盛年的43岁（1290）时，他被迫应召赴北写经，这在他一生之中，可说是继抄家逃亡之后的又一大波折。而且就思想的成熟程度而言，这一次的波折比之前一次更具有着严峻的考验意义——这是因为，前一次抄家的波折，对于长期处于温柔之乡、过惯了锦衣玉食的年轻“玉田公子”来说，似乎来得太突然，因而缺乏充分的思想准备；而这一次波折，却是在张炎于亡国破家后飘荡了十多个年头才发生的，此时，他对于现实已有了较深的体验，因此对于此去元都应该持何种态度（即是：愿意为新朝效劳还是继续抱不合作的态度），他应该是有比较认真的考虑的。而从杭州起程到大都的几千里路途，那顿异于南国风情的北国风光又会给词人以思想上的刺激和影响，所以呈现在张炎北行词中的风貌，也必然有异于他平昔的词风。故可这样说，“北游”既是张炎生活中的一大“关键”（是对他政治态度的一次严峻考验），又为张炎的创作历史揭开了新的一页。这一时期（尽管时间很短）所写作的词篇，堪称他词中“精力”最为弥满的一部分作品。

一、宋人两种风格的“北行词”

人所共知，宋词与唐（宋）诗比较，其思想内容方面的一个显著弱点就是它的题材比较狭窄，反映的社会生活面远不如后者宽广。这从它描写“黄河”（广义而言，即指描绘黄河以北地区的生活面貌）题材的作品之稀少上即可见出。甚至像辛弃疾这样来自北方的大词人，其笔端也基本仅及“淮河”而少至蓟北燕幽，这就越发证明了上述论点。但这种情况又非绝对，因着两次大规模的异族入侵，宋人也就有了“北行”之词。

宋钦宗靖康二年（1127），“靖康之变”发生，徽宗被掳北行。他在途中即作了“北行见杏花”（《宴山亭》）词：

裁剪冰绡，打叠数重，冷淡燕脂匀注。新样靓妆，艳溢香融，羞杀蕊珠宫女。易得凋零，更多少、无情风雨。愁苦，问院落凄凉，几番春暮？

凭寄离恨重重，这双燕，何曾会人言语？天遥地远，万水千山，知他故宫何处？怎不思量？除梦里、有时曾去。无据，和梦也、有时不做。

后人评此词“极凄惋，亦可怜矣”①。这就开启了宋代凄婉风格的“北行词”先河。

还有南宋的洪皓，他使金被强留15年始还。在北国，洪皓曾作了好多首凄切的思归之词，如：

……茫茫。去国三年，行万里、过重阳。奈眷恋庭闱，矜怜幼稚，堕泪回肠。凭栏处空引领，望江南、不见转凄凉。羁旅登高易感，况于留滞殊方。（《木兰花慢·重阳》）

到了蒙古灭宋，一大批宋人被掳或被召而北行，也相应出现了一些“北行词”。如陈允平，他在被征去大都时，曾作了不少思念故乡的词。如在途中所作《疏影》，有云：“一片苍烟，隔断家山，梦绕石窗萝屋。”又作《暗香》，有云：“南国，信音寂。怅雁渚渡闲，鹭汀沙积。藓碑露泣，时拊遗踪暗嗟忆。”而那些伴随宋帝留燕的旧宫人，更写下了饱含着血泪的思归词。如吴淑真《霜天晓角》云：

塞门桂月，蔡琰琴心切。弹到笳声悲处，千万恨、不能雪。　　愁绝，泪还北，更与胡儿别。一片关山怀抱，如何对、别人说。

如华清淑《望江南》云：

燕塞雪，片片大如拳。蓟上酒楼喧鼓吹，帝城车马走骈阗。羁馆独凄然。　　燕塞月，缺了又还圆。万里妾心愁更苦，十春和泪看婵娟。何日是归年？

又如连妙淑《望江南》云：

寒料峭，独立望长城。木落萧萧天远大，□声羌管遏云行。归客若为情？　　樽酒尽，勒马问归程。渐近芦沟桥畔路，野墙荒驿夕阳明。长短几邮亭？

这些词中充满了愁苦之音，词风是哀切低徊、沉痛感伤的。这可谓是第一类“北行词”。

另一类“北行词”则是风格苍劲悲凉之作。如爱国英雄文天祥“至元间留燕

① 杨慎：《词品》，唐圭璋编《词话丛编》，中华书局，1986年，第505页。

山作”(《沁园春》):

为子死孝,为臣死忠,死又何妨。自光岳气分,士无全节,君臣义缺,谁负刚肠?骂贼睢阳,爱君许远,留得声名万古香。后来者,无二公之操,百炼之钢。　　人生翕欻云亡。好烈烈轰轰做一场。使当时卖国,甘心降虏,受人唾骂,安得留芳?古庙幽沉,仪容俨雅,枯木寒鸦几夕阳。邮亭下,有奸雄过此,仔细思量。

词气刚烈,真有“气冲斗牛”之慨。

又如汪梦斗的《南乡子·初入都门漫赋》:

西北有神州,曾倚斜阳江上楼。目断淮南山一抹,何由,载泪东风洒汴流。　　何事却狂游?直驾驴车渡白沟。自古幽燕为绝塞,休愁,未是穷荒天尽头。

还有他的《摸鱼儿·过东平①有感》:

忆旧时、东方□郡,东原尽是佳处。梁都破了寻南渡,几遍狐号鳝舞。君试觑。环一抹荒城,草色今如许。芳华旧地。曾一上飞云,歌台酒馆,落日乱鸦度。……

这些词中所呈现的北国(河北和山东地区)风貌,与一般南宋词人笔下的南国风光相比,是大异其趣的。它们笔调苍老,不流于软俗,别具一种风格。

张炎被迫北行,心中凝聚着不能自言的悲感。“彼黍离离,彼稷之苗。行迈靡靡,中心摇摇。知我者谓我心忧,不知我者谓我何求。悠悠苍天,此何人哉”(《诗经·王风·黍离》),张炎就是怀着“黍离之悲”开始他的这次北行的。因此在他的北行词中,既有着“中心摇摇”“中心如醉”“中心如噎”的凄婉低徊的风格,又有着“悠悠苍天,此何人哉”的愤激劲直的风格。从一定意义上讲,他北行词中的这两类风格,正是对前人(以及同时人)此类词中两种风格的继承与发展。

二、张炎的北行词

在张炎两类风格的北行词中,我们把目光主要集中在他那类愤激苍凉之作上。这是因为,在这类词中,再清楚不过地体现了时代环境对他词风的“扭变”,

① 东平,今山东东平县。

这也堪称他作品中所出现的“新品种”。

时代是一个满目疮痍的时代。据《续资治通鉴》记载,张炎北行的至元二十七年(1290),全国大部分地区发生了兵、风、盗、地震等灾害。是年十一月,浙东(即张炎由此出发的地区)“大乱”,又“江南盗起”;而就在同年冬季,元朝统治集团内部又酝酿着诛杀权臣僧格的一场政治风波。在此前一年,元政府曾下令徙赵氏族人(皇室)至京师,以加强看管。这一切,都表明着社会矛盾的尖锐和激化,也表明了异族统治对于汉族人民的镇压与控制的加严。张炎在此时被召北行,心中是既悲不可言又积愤于胸的。这是社会环境对于他心境的影响。

另一方面,在西子湖的软风香尘和越地山清水秀环境中生活惯了的张炎,一下子要离开这个熟悉的旧巢,冒着凛冽的西北风披星戴月北上,这种自然环境的变异,也必然影响到他的心境。钟嵘《诗品序》早就说过:“若乃春风春鸟,秋月秋蝉,夏云暑雨,冬月祁寒,斯四候之感诸诗者也。”①同一地区的四时气候都能如此地感动着诗人的心,那么不同地域的“地气”对人心之影响就越发深切了。清人黄仲则有诗云:“自嫌诗少幽燕气,故作冰天跃马行。”(《将之京师杂别》)龚自珍诗云:“为恐刘郎英气尽,卷帘梳洗望黄河。”(《己亥杂诗》卷二五二)就都讲的山川之可以“养性”、可以“移气”。张炎本是生在甜美而脆柔的浙山浙水间的人,他一旦接触到剽悍粗荒的北国风光,心情和词风当然不能不变。这又是地理环境对他心境的影响,这种心境的变化,可从他“夜渡古黄河”时所作《壶中天》中明显见出:

扬舲万里,笑当年底事,中分南北?须信平生无梦到,却向而今游历!老柳官河,斜阳古道,风定波犹直。野人惊问,泛槎何处狂客?

迎面落叶萧萧,水流沙共远,都无行迹。衰草凄迷秋更绿,惟有闲鸥独立。浪挟天浮,山邀云去,银浦横空碧。扣舷歌断,海蟾飞上孤白。

首先,我们可从此词中窥见当时社会环境的曲折“投影”及其对于词人心境的影响。词的起首即云:“扬舲万里,笑当年底事,中分南北?”“扬舲”,坐船,点明此行是沿运河北上至此“古黄河”畔(约在今江苏徐州一带)的。接言的两句,相当耐人寻味:可笑当年因着什么事而让黄河把中国分成了南北两大块呢?这儿的“黄河”既是实指,又是借言。我国历史上,向来把黄河流域指为北方,而把长江流域称为南方,故而“中分南北”自是实指黄河。但其弦外之音则又是借言

① 钟嵘:《诗品序》,郭绍虞主编《中国历代文论选》第1册,上海古籍出版社,1979年,第309页。

长江和淮河,南宋与金国不就是以江、淮为界吗?［何况历史上曾有魏文帝临江所叹发的“天所以隔南北也”(郭璞《江赋》)］。但南宋虽与金国、蒙古相互对峙过一段时期,到头来却“大一统”于元人之手,则“中分南北”的长江(或黄河)又有何用呢?所以冠一“笑”字,实含“苦笑”“无可奈何之笑”的自嘲与哀叹之意在内——自嘲的是南宋政权无能,单凭江、淮天险,终究无法抵御北兵的南下;哀叹的是“命运”不佳,故国的版图终于“统一”到异族统治之下。因而他所发出的“底事”(啥事、什么原因)之问,实在又是一种“明知故问”;或许也即张元干“底事昆仑倾砥柱,九地黄流乱注”(《贺新郎》)与张孝祥“追想当年事,殆天数,非人力”(《六州歌头》)之意。总之,从这开头的三句中,我们即可明白:张炎北行的时代,已是经过“改朝换代”的“新朝”,昔年南人自南、北人自北的“中分南北”形势早已结束,故而词人面临黄河这个古之天堑,自不能不发出吊古伤今的苦笑与悲叹。但这种新的政治形势与社会环境,又逼迫着他“扬舲”而做“万里”之行,其心境当然会变得十分恶劣。“须信平生无梦到,却向而今游历!”这两句中,愤懑之情就奋然欲出:须知,自己以前一向生活在“销金锅”里,对于这条“古黄河”是连做梦都不会梦到的;而今却不得不来做“冰天跃马(登舟)”之行!藏在这背后的“潜台词”就是十分丰富的了。所以我们统观全词,真正的“游历”之欣快,其中就很少流露,有的则是人生地疏的惘然感,以及披风挟浪的惊愕感。词人的心,是被迫处于一种紧张与痛苦的状态中。这从“风定波犹直”、“野人惊问”等句中也可辨其滋味。

其次,我们又可从此词中看到地域风光的变异及其对于词人心境的影响。我们以前读过他的《高阳台·西湖春感》,它那起句“接叶巢莺,平波卷絮,断桥斜日归船”,虽然当时的心境也很哀伤,但因眼前所见仍是看惯了的西湖景致,因此情绪还是相对平缓的,笔调还是相对婉细的。然而,当词人长驱万里(当然语含夸张)、抵达古黄河(且又必须“夜渡”)时,他的所见与所感,就与前大不一样了。请看,他之所见,是“落叶萧萧”“衰草凄迷”的北国之秋景,是“老柳官河,斜阳古道”的北国之荒凉,是“浪挟天浮,山邀云去”的北国之壮观……这种种迥异于南方山水的壮奇景色,当然又会影响于他的心理:词人的视野变得开阔了,他的心情却又变得“内潜”了。因此,同样是写其愁苦,它就不像《高阳台》那样直写“见说新愁,如今也到鸥边”,而说“衰草凄迷秋更绿,惟有闲鸥独立”(言外之意是只有自然界的鸥鸟才能保持其“自由”地位)。因着这种把苦痛“内潜”于心的做法,于是又产生了“扣舷歌断,海蟾飞上孤白”的句子。我们从他敲着船舷狂歌的举动和那冷对行人的一轮孤月形象中,不就可以反窥见词人心中的孤愤情绪吗?词人那日暮途穷之落魄感、“王命在身”的屈从感,以及背井离乡的孤独感,便由这寥廓荒瑟的北国风光,引发得更加浓郁。

最后,我们还可从此词中见出词人艺术风格的相应变化。面对着严酷的政治形势,面对着“夜渡古黄河”的壮奇景观,词人再无雅兴去写“鱼没浪痕圆”一类柔细的“小景致”了。他的心情为之而亢奋,又为之而“内潜”;他的笔调为之而变“粗”,又为之而变“沉”。所以词中终于出现了差可比肩于苏轼“赤壁词”的阔大意境,向人们推出了一幅“确是渡(黄)河,而非渡(长)江”①的文学画面。此中“奥妙”,即其词风变异所致也。

严酷的现实生活,引出了凝重的词风;寥廓的北国风光,陶铸了阔大的词境。张炎北行途中的创作实践就明显向我们展示了时代环境和地域环境对于作家风格的深刻影响——正是在这种基础上,张炎开始部分地脱出了往日词风的窠臼,而向着豪旷挺健的苏、辛词风靠拢。因而,接下来我们还想着重谈一谈“地域环境”导致张炎词风改变的问题(而对于社会环境的变异则略而不谈),以加深对其北行词的认识。

地域环境对于作品风格的影响可以从两方面来看:

首先从构成诗词意境的“境”来看。我们知道,文艺理论家们常把艺术的种类总体划分为两大类型——“表现艺术”和“再现艺术”。而诗词则是属于表现艺术类的。这样的分法如从大处着眼自然不错。但我们又知道,诗词在“表现”作者的思想感情时却并不能离开“再现”的艺术手段;具体地说,诗(词)人在抒情时就离不开“意境”的塑造,而“意境”中的“境”则常借助于“再现”客观世界的种种景物才得以形成,所以古人常把“情”和“景”作为构成“意境”的两大要素来看待②。诗词的意境既然在很大程度上建筑在它的“取景”上,那么“景”(它进入诗词的意境后便大致构成为其中的“境”的主要成分)对于“意境”、对于整个作品风格的重要作用就不言而喻了。拿张炎的北行词来看,它们所写的北国景色岂是他以前所能亲眼目睹的?因此,当它们一旦扑入眼帘并转而反映在词中,就具有一种前所未有过的新鲜感、开阔感。如下面这些词语:

萧疏野柳嘶寒马,芦花深、还见游猎。……且行行,平沙万里尽是月。(《凄凉犯》)

万里冰霜,一夜换却西风。(《声声慢》)

敝却貂裘,驱车万里,风雪关河。(《木兰花慢》)

① 俞陛云:《唐五代两宋词选释》引夏敬观评语,上海古籍出版社,1985 年,第 620 页。

② 如王夫之《夕堂永日绪论内篇》即谓“情景名为二而实不离。神于诗者,妙合无垠”,即以“情”“景”作为“诗”的两要素来看待。

万里沙寒，雪深无路，破却貂裘。（《长亭怨》）

这里没有了杭州城里的笙歌沸天，没有了西子湖边的软风香尘，所以再也激发不出词人“惺松笑语隔帘栊”式的婉雅词思来。这里有的只是坚冰严霜、平沙万里，有的只是寒马悲嘶、深芦游猎。这种荒凉而又阔大的景致涌入词的意境之中，怎能不使它的风格发生“质”的变化？所以《四库总目提要》说其“所作往往苍凉激楚，即景抒情，备写其身世盛衰之感，非徒以剪红刻翠为工”，这里的“即景抒情”四字就很值得玩味。换句话说，它认为：张炎那些“苍凉激楚”之作，是与他所接触的“景”分不开的；目接那北国之“景”，就能触发出“苍凉激楚”之情。这个话如拿今天的眼光并参之以张炎的实际情况来看，还是很有道理的。

其次，我们还可从地域环境对于作者的“移情”作用来看。

人类，作为自然界的“主人”，它从总体上讲是“伟大”的；但人类中的“个人”，相对于比它不知巨大多少倍的自然界而言，则又是“渺小”的。艺术创作，归根到底是自然界和社会界种种情状在作家头脑中反映的产物，因此，自然界（这里暂撇开社会界不说）对于作家的创作思维而言，就是“第一性”的东西，并是产生后者的“本源”之一。作家生活在何种自然（地域）环境中，这对他的创作心理、创作风格，具有重大的作用和影响。古人曾经强调：文人不仅要“读万卷书”且要“行万里路”，其中重要的一点即是要作家广游名山大川，以扩其见，以养其“气”（苏辙《上枢密韩太尉书》即曰：“太史公行天下，周览四海名山大川，与燕、赵间豪俊交游，故其文疏荡，颇有奇气”）。“坐井”而观天，眼界之所以狭隘，即因着“井”的窄小；而“登泰山”之所以能“小天下”，其原因也即在于泰山之高。所以，地域环境是能对作者起着“移情”甚至是“移气”“移性”的作用的。观之张炎北行词中所写，亦可证明此点。张词有云：

……山势北来，甚时曾到？醉魂飞越。酸风自咽，拥吟鼻、征衣暗裂。正凄迷、天涯羁旅，不似灞桥雪。（《凄凉犯》）

张炎以前所见的，只是越中“秀气”却又“小气”的山水（鲁迅先生就说过：“我不爱江南。秀气是秀气的，但小气”①）。现在，面对着蜿蜒如巨龙般的燕山山脉，不由得不发出错愕惊叹的“甚时曾到”之叹。这种以渺小的个人置身于广漠而悠古的群山间所导致的苍茫无主之感，先是使他越发感到了身世的可怜（只好“酸风自咽”），随之却又激发了他对于这种“顾影自怜”心情的一种“反拨”——他要高歌，他要狂吟，他要猛击唾壶（他在《凄凉犯》词结尾即云“待击歌壶”，又

① 鲁迅：《致萧军》，《鲁迅书信集》下卷，人民文学出版社，1976年，第868页。

在《木兰花慢》词中云："知么，老子狂歌……叹敝却貂裘，驱车万里，风雪关河"）。到了这时，张炎平日的婉丽词风便必然要发生痛苦的"扭变"。在这些悲慨而有稼轩词风的北行词中，我们明显觉察到了北国壮阔河山对他"词心"的影响。在这些词中所出现的开阔境界、豪挺词笔、老硬语言，便都可以看作北方地域对他心境所发生的"移情"作用之产物。它们就不是在温柔之乡的江南时所能诞生的。

以上谈的是张炎北行词中风格偏于苍凉愤激型的作品，这在他北上途中多见。下面再来谈他风格低徊凄婉的北行词，这在抵达元都之后多见。

俗语说：江山易改，禀性难移。从张炎的禀性而言，他本是一个风流富贵而个性软弱的人；从他的词风来讲，又是以深婉雅丽为其本色的。因此，一方面，北行的所经所历、所见所闻，会部分地改造他的禀性和词风，但另一方面，他的那种难移的个性和本色的词风却又不会一下子变尽。试读：

> 平沙催晓，野水惊寒，遥岑寸碧烟空。万里冰霜，一夜换却西风。晴梢渐无坠叶，撼秋声、都是梧桐。情正远，奈吟湘赋楚，近日偏慵。
> 客里依然清事，爱窗深帐暖，戏拣香筒。片霎归程，无奈梦与心同。空教故林怨鹤，掩闲门、明月山中。春又小，甚梅花、犹自未逢。（《声声慢·都下与沈尧道同赋》）

这是他抵达大都后所作，其中反映了他在元都盘桓时期的思乡与烦闷心情，笔调就显得相当凄婉低徊。我们注意到，词人在这里所见所感的景物，与他在北行途中所见所感的一样，其特点仍是一个"冷"字（如"野水惊寒""万里冰霜""一夜西风"等），但由于他在此地又有机会重过他"窗深帐暖，戏拣香筒"（暗指与歌儿舞女们厮混：在幽深的小窗下，垂下和暖的帐幔，去玩拣香筒的游戏）的生活（所谓"依然清事"也），因此感情又有所"柔化"，再不像夜渡古黄河时那般愤激豪放了。所以他说："情正远，奈吟湘赋楚，近日偏慵。"尽管思乡之情正浓，但像贾谊过湘水而吊屈原的那种牢骚之语，如今却提不起劲头去写。这就说明，他又从苏、辛词风那儿"退缩"了回来。故而，"片霎归程，无奈梦与心同"（意为：朦胧中我仿佛又踏上了归途，但一会儿就被惊醒，这是件多么无可奈何的事呀），他就只能发出此番哀婉的感叹。而词末数句，也毫无"渡河"时"扣舷歌断，海蟾飞上孤白"的豪气，有的只是轻轻的喟叹、低低的自问。这既表明了他在元都时伤感困扰的心境，又表明他"恢复"了往昔婉约柔细的词风。

另外，再如他在大都所写的《庆春宫》和《国香》词：

> 波荡兰觞，邻分杏酪，昼辉冉冉烘晴。罥索飞仙，戏船移景，薄游也

自恢人。短桥虚市，听隔柳、谁家卖饧。月题争系，油壁相连，笑语逢迎。　池亭小队奏筝。就地围香，临水湔裙。冶态飘云，醉妆扶玉，未应闲了芳情。旅怀无限，忍不住、低低问春。梨花落尽，一点新愁，曾到西泠。(《庆宫春》)

莺柳烟堤。记未吟青子，曾比红儿。娴娇弄春微透，鬟翠双垂。不道留仙不住，便无梦、吹到南枝。相看两流落，掩面凝羞，怕说当时。　凄凉歌楚调，袅余音不放，一朵云飞。丁香枝上，几度款语深期。拜了花梢淡月，最难忘、弄影牵衣。无端动人处，过了黄昏，犹道休归。(《国香》)

其情调也和上一首《声声慢》一样，是低徊和凄婉的。如《庆春宫》词云："忍不住、低低问春。梨花落尽，一点新愁，曾到西泠。"《国香》词云："相看两流落，掩面凝羞，怕说当时。"充溢在这些词中的，就都是一团软弱的心绪和那"怨而不怒"的风味。在这些用着"低调"所唱出的北行词(相比而言，前一类北行词中就不乏激昂的"高调")中，我们又看到了张炎心灵中脆弱的一面。

总起来说，至元二十七年秋到至元二十八年(1290—1291)春的北游大都，虽然行期短促，然而却是对他"进退出处"的一场严峻考验。如果把作者一生中各个时期的心情按其高亢与低落的基调描画成一幅"心电图"的话，北游时期(特别在渡河北上途中)就可谓达到了它的最为亢奋的顶点。被迫北上，应该说，张炎是"有条件"饱睹祖国河山的壮美和接触到广大人民所遭受到的痛苦生活的(尽管它们并不一定直接表现在词中)，因此，他的视野开阔了，感受深切了。特别其中一度曾有的"愤"的感情比重超过了"悲"的感情比重，这就使他的词风出现了慷慨激昂的新貌，也就使他的北行词显得精力弥满、开阔豪宕——它们的影响甚至在他南归后的很长时间中还时时保留并显露着，比如下面这些词句：

慷慨悲歌，故人多向近来老。(《台城路》)
壮志已荒圯上履，正音恐是沟中木。(《满江红》)
笑里移春，吟边慨古，多少英雄消歇。(《台城路》)
记得相逢竹外，看词源倒泻，一雪尘缨。(《潇潇雨》)
慷慨悲歌惊泪落，古人未必皆如此！(《满江红》)

这些词中的"慷慨悲歌"之音，恐怕都还是他北行途中所作的"待击歌壶，怕如意、和冰冻折。且行行，平沙万里尽是月"和"扣舷歌断，海蟾飞上孤白"的余音遗响。张炎词风，素以"雅丽"著称，北行词中那些悲壮愤激似稼轩的词篇，堪称他集子里的"新品种"。造成这种"新品种",自有其社会环境和身世等方面的原因。"满头风雪昔共游,同载月明舟"(《风入松》),北国雄伟的江山奇姿就该是其中的原因之一吧。所以,我们就对这一方面多说了这么几句。

第九章　张炎的咏物词和节序词

张炎是宋末元初词坛上一位善写咏物词的名家，入元前即以“春水”词而驰名词坛（人称“张春水”），入元后又因一曲“孤雁”词而再享盛誉。打开《山中白云词》看，他所咏写过的事物就有：春水、千叶杏、白莲、孤雁、红梅、红叶、菊、梅影、驯鹭、荷叶、荷花、梨花、雪、疏杏、玉绣球花、兰、艾花、碧桃、芍药、鸳鸯菊、牡丹、黄葵、山茶、墨水仙花、汤、春雪、秋莺……可见他曾把许多创作精力花费在这上面。再观之《词源》特列“咏物”一节，亦可见他对于咏物词的重视和深精此道。为此，我们就有必要为张炎的咏物词专列一章，对它进行一些研究和分析。

一、张炎的咏物词

词本是一种合乐歌唱的抒情诗体，因此在唐五代词中，除了《竹枝》《柳枝》一类借物抒情的作品之外，“专门”的咏物词并不多见。两宋以来，随着社会生活的日趋丰富，以及词人创作视野的不断拓宽和写作技巧的不断提高，“状物”就自然而然地成了词的重要题材和词的表现手段之一，以摹写物态为主要内容（并非全部内容）的咏物词也就渐趋发达起来。比如在南宋初期出现的《梅苑》（黄大舆编，收录咏梅词500首）和在元初出现的《乐府补题》（无名氏编，收录咏蟹、蝉、莲、莼、龙涎香的词作37篇），就是两部咏物词的专门集子。张炎词中之所以很多咏物词，以及他在《词源》中专列“咏物”一节，就是两宋词坛“咏物”风气大盛的产物。

为着说清张炎咏物词的特点，我们不妨先从两宋咏物词的整体情况谈起。大致来说，北宋的咏物词与南宋的咏物词有如下几方面的风貌差异：

第一，北宋咏物词以抒情为主，而南宋咏物词相比之下似更强调物态的描摹。前者可以举出东坡《水龙吟》咏杨花词为例：

似花还似非花，也无人惜从教坠。抛家傍路，思量却是，无情有思。萦损愁肠，困酣娇眼，欲开还闭。梦随风万里，寻郎去处，又还被、莺呼起。　　不恨此花飞尽,恨西园、落红难缀。晓来雨过,遗踪何在? 一池萍碎。春色三分,二分尘土,一分流水。细看来,不是杨花,点点是离人泪。

此词虽写柳花,但并不对柳花的物象做过分精细的摹写,它不过借着柳花的形象并从而生发开去,变无情之"花"为有思之"人",以此来刻画思妇的一腔闺怨春恨。所以沈谦称它为"直是言情,非复赋物"①。

后者可举史达祖《双双燕》咏燕词为例:

过春社了,度帘幕中间,去年尘冷。差池欲住,试入旧巢相并。还相雕梁藻井,又软语、商量不定。飘然快拂花梢,翠尾分开红影。　　芳径,芹泥雨润。爱贴地争飞,竞夸轻俊。红楼归晚,看足柳昏花暝。应自栖香正稳,便忘了、天涯芳信。愁损翠黛双蛾,日日画栏独凭。

此词就主要以其描摹物态之细微逼真著称。其中"软语商量不定"、"飘然快拂花梢,翠尾分开红影"和"贴地争飞"等句,写足了双燕欢快的叫声和轻捷的身姿,堪称是"巧构形似之言"的神巧之笔。

第二,北宋词有"应歌"之说。既然"应歌",即当力求入耳易懂,因此词风比较明快自然;一般不求"寄托",即有"寄托",也非刻意求之。南宋词则有"应社"之说。既为"应社",就势必争奇斗巧,因此词风比较趋于典雅雕琢;且南宋人一般喜求"寄托",往往刻意求之而出以雕饰(此风表现在宋末尤甚)。

前者如周邦彦《花犯》之咏梅:

粉墙低,梅花照眼,依然旧风味。露痕轻缀,疑净洗铅华,无限佳丽。去年胜赏曾孤倚,冰盘共燕喜。更可惜,雪中高树,香篝熏素被。

今年对花最匆匆,相逢似有恨,依依愁悴。吟望久,青苔上、旋看飞坠。相将见、脆圆荐酒,人正在、空江烟浪里。但梦想、一枝潇洒,黄昏斜照水。

黄昇评此词云:"此只咏梅花,而纡余反覆,道尽三年间事。昔人谓好诗圆美流转如弹丸,余于此词亦云。"②可见它的流转自然。

后者可举王沂孙《天香》之咏龙涎香为例:

① 沈谦:《填词杂说》,唐圭璋编《词话丛编》,中华书局,1986 年,第 631 页。

② 黄昇:《唐宋诸贤绝妙词选》卷七,《四部丛刊初编》第 341 册,上海书店,1989 年,第 4 页。

孤峤蟠烟，层涛蜕月，骊宫夜采铅水。讯远槎风，梦深薇露，化作断魂心字。红甆候火，还乍识、冰环玉指。一缕萦帘翠影，依稀海天云气。　几回殢娇半醉。剪春灯、夜寒花碎。更好故溪飞雪，小窗深闭。荀令如今顿老，总忘却、尊前旧风味。谩惜余熏，空篝素被。

此词为《乐府补题》所收的第一首词，亦可代表此集之整体词风。“孤峤”三句言龙涎香产于大海中之巨石上，上有“龙气”蟠盖，采香人夜探“骊宫”始能得之。“讯远”以下八句写它的采取、制造及焚爇。下阕从香本身荡开，写焚香人的种种情事，而结之以一腔低徊婉转的怅惘之感。而此词之“本事”，按照夏承焘先生之考索，当为悼念宋帝所发①。其中“孤峤”“槎风”“海天云气”，似指帝昺崖山蹈海之事②。由此看来，王沂孙此作（以及《补题》大部分作品）当是有所“寄托”之作，不过因其用词下语之晦涩，不易使人读懂而已。

第三，北宋咏物词好用白描手法，具有一种自然的风韵；而南宋咏物词则喜欢用典，又有一种耐人寻思、费人猜索之感。

前者可以举出梅尧臣《苏幕遮》咏草词：

露堤平，烟墅杳。乱碧萋萋，雨后江天晓。独有庾郎年最少。窣地春袍，嫩色宜相照。　接长亭，迷远道。堪怨王孙，不记归期早。落尽梨花春又了。满地残阳，翠色和烟老。

此词虽也用了“庾郎”和“王孙”的字面，但只是随手拈来，并不一定非当作典故看不可。它写春草之盛、之嫩、之翠，真有“如在目前”之感；而写送别、怀念友人之思，又有“见于言外”之妙。它正实践了作者自己提出的“状难写之景”“含不尽之意”的诗学理论，难怪得到了欧阳修的“击节赏之”③。

后者可举姜夔的《疏影》咏梅词：

苔枝缀玉，有翠禽小小，枝上同宿。客里相逢，篱角黄昏，无言自倚修竹。昭君不惯胡沙远，但暗忆、江南江北。想佩环、月夜归来，化作此花幽独。　犹记深宫旧事，那人正睡里，飞近蛾绿。莫似春风，不管盈盈，早与安排金屋，还教一片随波去，又却怨、玉龙哀曲。等恁时、重觅幽香，已入小窗横幅。

① 夏承焘：《乐府补题考》，《唐宋词人年谱》，上海古籍出版社，1981 年，第 383 页。
② 叶嘉莹：《碧山词析论》，《迦陵论词丛稿》，上海古籍出版社，1980 年，第 209－249 页。
③ 吴曾：《能改斋漫录》，上海古籍出版社，1979 年，第 495 页。

此词用了很多典故（如赵师雄遇见梅花神化为美女，上有翠禽相顾①；如杜甫《佳人》诗意和《咏怀古迹》诗意；如汉武帝“金屋藏娇”故事；如寿阳公主梅花妆之事……），而所要表现的主题却颇费猜揣，惹得后人评议纷纷……

当然，上述所论，只是两宋咏物词之比较的一个大端而已。而总起来看，凡是比较优秀的咏物词，都有着下列特点：

第一，“形”“神”兼备。即是说，一方面它能状物精确，把物象物貌准确、鲜明地刻画出来；另一方面却又能透过这些外貌形态上的描绘而深入到所咏之物的“神髓”中去，探其“精神”，得其“内核”。张炎在《词源》中总结此点云“所咏瞭然在目，且不留滞于物”方能“全章精粹”。② 前者即讲的“形似”，后者又讲的“神似”，二者兼备，方为上乘。

第二，“物”“情”交浃。一方面，它是咏物；另一方面，它又是抒情——而且咏物最终是为抒情服务的。这在有“寄托”的咏物词中表现得尤为明显。

第三，“用事不为事所使”。咏物词除了正面描摹或侧面烘托所咏之物外，往往采用“用事”（包括运用历史典故、化用前人诗意、成句等）的方法来充实词意、寄托词旨；但这种“用事”却不能“喧宾夺主”或”晦而不明”，否则就会冲淡词旨或使人陷于难以捉摸的境地。

张炎是由宋入元的人。他在宋亡前所作的咏物词，自然带有南宋人的普遍特色，那就是注重技巧，喜欢用典；而在宋亡之后，由于思想感情发生了变化，又由于政治环境的关系，就使它的咏物词走向“寄托”一路上去，由于他能够广泛吸收前人的创作经验，所以他的那些比较优秀的咏物之作，一般都能达到“形神兼备”、“物情相浃”和“用事不为事所使”的境界。至于他另一些纯为应酬而作的咏物词，那当然也免不了“为文造情”“文字游戏”之病。这是我们对他咏物词的一个总印象。下面，就让我们来分析他几首比较优秀的“托物言志”的咏物词；至于那些专以摹写物态为主要内容、专以使典用事来争奇斗巧的“纯咏物词”，就不再为之而多费笔墨。对于后者，我们仍只需回忆一下第五章中所分析过的《南浦·春水》词即可。此词就是“技巧有余”而“内容单薄”的例证。它在状物写景方面所表现出的功力和造诣，确堪赞赏。如“鱼没浪痕圆”五字描写鱼

① 见伪托柳宗元所作的《龙城录》。其书载赵师雄调任广东罗浮，在松林中遇一美人，与其同至酒店对饮，又有一绿衣童子歌舞助兴。酒醒始觉卧大梅花树下，“上有翠羽剌嘈相顾”。原来美人便是梅花神，绿衣童子是翠鸟所幻化。

② 张炎著、夏承焘校注，沈义父著、蔡嵩云笺释：《词源注　乐府指迷笺释》，人民文学出版社，1963 年，第 21 页。

戏春水之状，确实细腻逼真（杜甫诗云："细雨鱼儿出，微风燕子斜。"此词则写鱼儿之没入水中，在湖面上激起微微涟漪，似使人听到了泼剌剌的水声，看到了圆粼粼的波痕）。又如"柳荫撑出扁舟小"七字描写上下新绿（上有柳荫，下有碧水）间一叶扁舟缓缓撑出于桥洞，使人有"柳阴路曲"之感，其意象亦是十分优美深幽的。但从全词的总体来看，它亦仅是为春水而赋春水而已。奇怪的是，张炎却因此词而获得了"张春水"之美称，这就可见当时人共同的美学趣味了：偏重技巧，追逐新巧，而并不以"言志"为重。

入元之后，境遇大变。张炎的咏物之作也开始向"托物言志"的道路上变去。一是内心确实有许多话要说，他就借物以言此类情志；二是社会环境又不允许他直言，所以他就采取了后人所谓"有寄托入"（周济《介存斋论词杂著》）的方法，把他欲言之志通过"物"的某些特征婉曲言之。他入元之后的很多咏物词就是这样做的。如他那首十分有名的《解连环》咏"孤雁"词：

> 楚江空晚，怅离群万里，恍然惊散。自顾影、欲下寒塘，正沙净草枯，水平天远。写不成书，只寄得相思一点。料因循误了，残毡拥雪，故人心眼。　　谁怜旅愁荏苒？谩长门夜悄，锦筝弹怨。想伴侣、犹宿芦花，也曾念春前，去程应转。暮雨相呼，怕蓦地、玉关重见。未羞他、双燕归来，画帘半卷。

从写作技巧而言，全词始终紧扣着一个"孤"字："楚江空晚"以楚地空阔、黯淡之背景来反衬"孤"字；"离群万里，恍然惊散"则直接描写这个"孤"字；"顾影"而冠一"自"字，仍写其"孤"；"写不成书，只寄得相思一点"又以"一"字来代写"孤"字；旅愁之长，长夜之悄，锦筝之怨，则是从心情方面来形容、烘托其"孤"；而"想伴侣"以下数句也是反写其离群之孤单。结尾云："未羞他、双燕归来，画帘半卷"，则又以"双燕"之团圆欢快来对照"孤雁"之孤栖独宿，更是深得"以乐衬哀"之妙。所以全词虽未明言一"孤"字，而"孤"字之意已写得淋漓尽致、余意无尽。

更为重要的是，此词在内容上有所寄托。苏轼咏杨花词云"似花还似非花"，前人评其妙处为："不离不即。"①张炎此词亦然，它既是写雁，又是写人，妙在虚虚实实、虚实结合。试读"楚江空晚，怅离群万里，恍然惊散"，一个"恍"字，写出了"惊散"之状，余悸犹在，怅恨无穷，这不正是写自己亡国破家后的心情和遭遇吗（扩而言之，也是一大批南宋亡国士大夫文人的共同心情和遭遇）？他在

① 刘熙载：《艺概》，上海古籍出版社，1978 年，第 119 页。

楚地飘泊之况，不就很像词中的那只孤雁吗？接下来，他又用比兴、象征之法写了三种人：一是“残毡拥雪”的苏武式人物，他面对这类人物是内心深感惭愧内疚的；二是“犹宿芦花”的“伴侣”，他渴望与他们重新聚会；三是“双燕”，尽管它们在画堂中得意飞翔，但作者对此却是掉头不羡的。有人把第一种人比之为被虏北去的“六宫”旧人（即宋帝及宫人），有人则认为他们是指文天祥式的被囚北地的爱国者）。第二种人，是指那些隐居不仕的宋朝遗民。第三种人，则是指那些投靠元朝而飞黄腾达起来的新贵（如留梦炎之辈）。这些理解，基本上都可成立。而从张炎对于这三种人的不同态度中，我们便可看到他自己在入元之后的政治立场和爱憎感情了。因小而及大，由物而见情，我们由此便知张炎“托物言志”的写作手法了。

再从“用事”的角度看，此词确又能做到“用事不为事所使”。如它巧妙地把“雁足传书”（《汉书·苏武传》）的典故化为“写不成书，只寄得相思一点”，既切合孤雁的“孤”字，又与下文的“残毡拥雪”（苏武）相连接起来，可谓一典两用。又如他吸取了前人咏雁诗的某些意境（如杜牧《早雁》：“长门灯暗数声来”；李商隐《昨日》：“十三弦柱雁行斜”；钱起《孤雁》：“二十五弦弹夜月，不胜清怨却飞来”；崔涂《孤雁》：“暮雨相呼失，寒塘欲下迟”；刘长卿《宿怀仁县南湖》：“寒塘起孤雁”；陆游《闻新雁有感》：“新雁南来片影孤，冷去深处宿孤芦”……），把它们融化、凝注在自己所塑造的这只孤雁的形象中，从而使它变得形象生动与内蕴丰富。再如他暗以陈皇后独处长门宫的冷落、桓伊抚筝而歌“怨诗”的凄独，来渲染孤雁的怨情（此亦是学习姜夔《齐天乐》词以思妇的失眠、西窗的夜雨、行宫的冷月来渲染促织的哀鸣），这种运用历史典故以调动读者联想的方法，其效果也是很成功的。

总体来看，这首咏孤雁词，既生动形象地刻画出了孤雁的形象，写得栩栩如生、神情逼真；又寄托了作者自己入元后的心情，写得孤凄欲绝。无论从词的技巧还是从词的内容来看，都在张炎自己和同时人的一些咏物词中显得相当突出，堪称高妙之作。

像这样的词，还可举出《绮罗香·红叶》来：

> 万里飞霜，千林落木，寒艳不招春妒。枫冷吴江，独客又吟愁句。正船舣、流水孤村；似花绕、斜阳归路。甚荒沟、一片凄凉，载情不去载愁去？　长安谁问倦旅？羞见衰颜借酒，飘零如许。慢倚新妆，不入洛阳花谱。为回风、起舞尊前；尽化作、断霞千缕。记阴阴、绿遍江南，夜窗听暗雨。

此词当作于元世祖至元二十七年(1290)北游抵大都之时(观词中“长安谁问倦旅”可知)。时值深秋,“万里飞霜,千林落木”,大地一片寒冻。这是写北地之严冷,也可以看作写政治气候之肃杀可怖。“寒艳不招春妒”,是写红叶,又是兼以自况,表明自己经受得住酷寒之迫而不羡春花(喻新贵)。“枫冷吴江”,用崔信明“枫落吴江冷”诗,而“独客”句则抒写自己孤独的客愁。“正船舣”“似花绕”两句用流水对的写法刻画红叶飞舞在斜阳之中,飘落在作者所泊之流水孤村的船边。又因此二句写到流水,所以下文自然翻出“红叶题诗”(随御沟之水流出)之意——但是现今已非昔日可比,故而题在红叶上的不再是艳情之思而只是一派愁恨而已。下阕转入写人。“长安谁问倦旅”,点明心情之“倦”;“羞见衰颜借酒”,化用郑谷《乖慵》“衰颜霜供白,愁颜酒借红”和陈师道《除夜对酒赠少章》“发短愁催白,颜衰酒借红”之诗,交代出一“衰”字;“飘零如许”又从人绾合到红叶,两者是一样的飘零可怜。“谩倚新妆,不入洛阳花谱”,是写红叶(红叶虽美,犹如杜牧诗所说“霜叶红于二月花”,却是不入群芳谱的),却又是写人(言自己虽换上了行装奔北而来,却是不愿为官的),物我合一,自喻孤怀。“为回风”四句写红叶飘飞于回风、断霞之中,仍写其脱离本土之悲。而最后的“记阴阴、绿遍江南,夜窗听暗雨”则又是从物写到人:红叶虽已飘零,但它也有自己当年绿茵茵的茂密时代;自己呢?在那江南夜雨的晚间,也曾有过与爱人并肩絮语之时(夜窗听雨暗用李商隐“何当共剪西窗烛,却话巴山夜雨时”之意)。这里特为标明一个“江南”来与“长安”(大都)对照,其感情上的恋旧、怀旧之意,不言自明。所以俞陛云评论此词曰:“句句咏红叶,而皆自喻身世,超脱而沉着,且直贯至结语,极见力量。”①

但是,像上两首词那样通首把物与人巧妙地统一在一起的咏物词,即使在张炎那里,也还是并不太多的。他更多采用的办法是,在咏物之中,利用物的某些形态或特征,插入一两句要言不烦的“点睛之笔”,以寄寓自己的政治志向和政治感慨。如他借咏菊(《新雁过妆楼》)言自己甘愿隐遁、不愿为官之志(“淡泊生涯,聊伴老圃斜晖”),他借咏兰(《国香》)言自己洁身自好、不愿随波逐流之志(“结根未同萧艾,独抱孤贞”),他借咏梅(《壶中天》)言自己清高淡泊、不愿追逐富贵之志(“淡然相对,万花无此清杰”),以及借咏荷叶(《绿意》)言亡国之感(“盘心清露如铅水,又一夜、西风吹折”),借咏白莲言宋帝、后陵被发之哀恸(“应是浣纱人妒,褪红衣被谁轻误”)……,这些都是例证。

尤其值得提出的是,张炎有两首题郑所南(思肖)所画兰花的词。他借着兰花

① 俞陛云:《唐五代两宋词选释》,上海古籍出版社,1985年,第619页。

的形象,歌颂了郑思肖这一位坚贞不屈的爱国志士。其中一首《清平乐》道:

> 三花一叶,比似前时别。烟水茫茫无处说,冷却西湖风月。　贞芳只合深山,红尘了不相关。留得许多清影,幽香不到人间。

郑思肖于宋亡之后隐居深山古庙,义不仕元。他坐必南向(以示不忘故国),匾其堂曰"本穴世界"(以"本"字之"十"置于"穴"中,则为"大宋")。每画兰而不画土,根无所凭藉;有人问他,则云:"地为人(指元人)夺去,汝犹不知耶?"①张炎对他,是深抱有崇敬之情的——他在另一首《清平乐·题处梅家藏所南翁画兰》词中,曾把他比作失国后的屈子("黑云飞起,夜月啼湘鬼");在这里,又用"贞芳只合深山""幽香不到人间"的兰花来比拟他的坚贞、清高,可见在这类咏物词中,咏物实际上是赋情的"外壳",他每每于中做"借题发挥"的"寄托"。

我们并不同意常州词派好以"微言大义"来穿凿词意的做法(如张惠言评《山中白云词》的有些评语便是这么做的),但又并不否认,在一些咏物词中,张炎确实是寄寓了某些政治情志的。从这些词中,我们所看到的张炎,基本不失是一个保持着一定民族气节的爱国词人。

二、张炎的节序词

张炎在《词源》中专列一节"节序"词,可知"节序"词不应算是咏物之作。但如果从广义来说,"节序"词所描写的既然是物候气象(包括人们在节日时的生活情景),那么也仍是可以归入"咏物"之列的。所以,我们在论述了比较专门化的咏物词后,也连带谈一下他的某些(不是全部)"节序"词。

我们发现,在节序中,张炎最喜欢写的是清明(寒食)节。

张炎在到达元都后第二年的寒食节,曾经作过一首怀念"京洛(亦即临安)旧事"的《庆宫春》词,表达他在异乡时的故国之念。在南归后20年,他又作了"有怀北游"的清明词《阮郎归》:

> 钿车骄马锦相连,香尘逐管弦。瞥然飞过水秋千,清明寒食天。
> 花贴贴,柳悬悬,莺房几醉眠?醉中不信有啼鹃,江南二十年!

此词用了主要的篇幅(上阕及下阕的前半部分)来描写他在元都所见的清明节景况,真是"车如流水马似龙",一片热闹繁华的"升平"气象;新朝的统治者和投

① 卢熊:《苏州府志》,台湾成文出版社,1983年,第1643页。

靠新朝的权贵们就像当年南宋的君臣一样，过着纸醉金迷的享乐生活。然而结尾他的笔调忽然一变："醉中不信有啼鹃，江南二十年！"这两句的笔调富有很大的跳跃性。"啼鹃"句暗用邵伯温《邵氏闻见录》卷一九所载的典故（邵雍在天津桥上闻杜鹃声，惨然不乐，客问其故，则曰："洛阳旧无杜鹃，今始至，有所主。"大意谓"地气"自南而北，天下将大乱），意谓：南宋君臣当年何尝不过着这种"花贴贴，柳悬悬，莺房几醉眠"的生活？但就在这种纵情歌舞声色的醉生梦死中，却未料亡国的命运已悄然而又突然地降临了，因此就在糊里糊涂中把一个好端端的江山葬送掉了！"江南二十年"句则更寓深意：一言自己在北游南归之后，一晃眼已经20年了，复国既已无望，而自己犹自漂泊，其自怨自艾之情显见；二言这20年来元朝统治者也同当年的南宋君臣一样，过着骄奢淫逸的生活，他们大概也不会想到有朝一日"地气"会变、杜鹃将啼吧！所以这首词表面主要是写"乐景"，然而乐中却藏哀，感情还是相当深沉的。

和这首小词一样，张炎另有两首描写清明的小令也具有辞短情长的特点：

> 清明时节雨声哗，潮拥渡头沙。翻被梨花冷看，人生苦恋天涯。
> 燕帘莺户，云窗雾阁，酒醒啼鸦。折得一枝杨柳，归来插向谁家？（《朝中措》）
>
> 一夜凝寒，忽成琼树，换却繁华。因甚春深，片红不到，绿水人家。
> 眼惊白昼天涯。空望断、尘香钿车。独立回风，曲阑惆怅，莫是梨花。（《柳梢青 · 清明夜雪》）

两词均作于"天涯"漂泊之地，心情是十分悲苦的。《东京梦华录》卷七"清明"条载，宋人于此日"用面造枣锢飞燕，柳条串之，插于门楣，谓之'子推燕'"①。现今又逢清明佳节，然而折得杨柳，却去插向谁家？"我已无家"之感便溢出于言表。清明节本又是桃红柳绿的日子，后一词却写"清明夜雪"，"一夜凝寒""换却繁华"之句写的既是自然界的奇观，又寓当年突然遭遇亡国破家之变的余悸（与《声声慢》中"万里冰霜，一夜换却西风"是同一意思），所以词人就只能独立回风、斜倚曲栏而生出无限惆怅之情。

我们注意到，张炎在《词源》中曾举到过李清照《永遇乐》咏元宵的词，说她的"不如向帘儿底下，听人笑语"句亦自"不恶"。可知，他对李清照在亡国之后以元宵节的今昔对比来抒发兴亡盛衰之感的节序词是深为理解并表示赞赏的。

① 《梦粱录》卷二"清明节"条亦载：清明节"家家以柳条插于门上，名曰'明眼'"。可知清明插柳于户乃是两宋人的共同风俗习惯。

他自己的另一首《清平乐》清明词也就是采用这种“对比”法写的：

采芳人杳，顿觉游情少。客里看春多草草，总被诗愁分了。　去年燕子天涯，今年燕子谁家？三月休听夜雨，如今不是催花！

清明节本是踏青采芳的好季节。《梦粱录》卷二“清明节”条载：

至日……车马往来繁盛，填塞都门。宴于郊者，则就名园芳圃、奇花异木之处；宴于湖者，则彩舟画舫，款款撑驾，随处行乐。此日又有龙舟可观，都人不论贫富，倾城而出，笙歌鼎沸，鼓吹喧天，虽东京金明池未必如此之佳。殢酒贪欢，不觉日晚。红霞映水，月挂柳梢，歌韵清圆，乐声嘹亮，此时尚犹未绝。男踏雕鞍，女乘花轿，次第入城。又使童仆挑着木鱼、龙船、花篮、闹竿等物归家，以馈亲朋邻里……①

所以此词一开首的“采芳人杳”中，就包含了对于过去这一段繁华生活的极为深情之忆念，以及失去它后的极为辛酸的喟叹。以下的词情便全部建筑在这一段被“隐去”了的昔日生活的基础上展开。这是整个词中一个大的对比。而在具体抒写时，又有另外两组小的对比：一是“去年燕子天涯，今年燕子谁家”，借燕子漂泊无家的“去年”与“今年”相比（实质仍是一回事：无家可依），以写自己的羁泊情怀；二是“三月休听夜雨，如今不是催花”，以“雨”为线索，说今日之雨已非“催花”之雨，却将是“摧花”之雨，二者相比，其言外之意够耐人寻味。

如与元初的其他词人比较，我们发现，刘辰翁好以“伤春词”来表达自己的易代之悲（如他的《兰陵王·丙子送春》《山花子·春暮》《沁园春·送春》《八声甘州·送春韵》等）；而张炎则多用“清明词”来抒写自己的亡国之痛。这种借“伤春”“悼春”“惜春”而写吊悼故国之情的共同创作手法，正说明着当时词风在环境变异之下，“不约而同”地走向了“比兴”“寄托”一路。在这方面，张炎的一首“小春”词很能说明问题：

晴皎霜花，晓镕冰羽，开帘觉道寒轻。误闻啼鸟，生意又园林。闲了凄凉赋笔，便而今、不听秋声。消凝处，一枝借暖，终是未多情。
阳和能几许？寻红探粉，也恁忺人。笑邻娃痴小，料理护花铃。却怕惊回睡蝶，恐和他、草梦都醒。还知否？能消几日，风雪灞桥深。（《满庭芳》）

① 吴自牧：《梦粱录》，孟元老，等《东京梦华录（外四种）》，古典文学出版社，1957 年，第 148 页。

"小春"，指十月。《梦粱录》卷六"十月"条云："十月孟冬，正小春之时，盖因天气融和，百花间有开一二朵者，似乎初春之意思，故曰'小春'。"①江昱《山中白云词疏证》云："此词似以小春喻元朝也。"②此说甚确。初步推测它作于元仁宗延祐二年(1315)元朝政府重新恢复科举、开科取士之时，其时，一些青年汉族士人纷纷准备应考(所以词中比之以"邻娃痴小，料理护花铃")；而张炎，却以一个饱经沧桑的老人的口吻来谆谆告诫他们：别以为这真是"春天"回来了，便把"啼鸟""红粉"这些假象当了真；要知道"阳和"是假的，"能消几日，风雪灞桥深"，严寒的天气很快又会重临才是真的！张炎在这里，表面上写的是"小春"，实际上写的却是政治气候——他对于元朝政府"羁縻政策"的本质，已有了相当深刻的认识。

所以，张炎的不少节序词，如同他的不少咏物词一样，都是"托物言志""言此意彼"的。这样，它们就超出了徒以刻画物态、描写时序而来"应社""竞巧"的南宋词坛的一般风气而另具"比兴""寄托"的深衷在焉。

① 吴自牧：《梦粱录》，孟元老，等《东京梦华录(外四种)》，古典文学出版社，1957 年，第 178 页。

② 江昱：《山中白云词疏证》，吴熊和主编《唐宋词汇评 · 两宋卷》，浙江教育出版社，2004 年，第 4187 页。

第十章　张炎的隐逸词

一、隐逸词在南宋的蓬勃兴起

描写隐逸生活、讴歌隐逸情趣的词作，早在唐五代词中就有滥觞，但是数量并不很多。其中，以张志和的《渔歌子》最负盛名：

> 西塞山前白鹭飞，桃花流水鳜鱼肥。青箬笠，绿蓑衣，斜风细雨不须归。

这首词对后世的影响可谓极其深远。别的不说，只《山中白云词》中便收有仿作的《渔歌子》十首。

到了北宋词坛，咏写隐逸情趣和"出世"思想的词篇，就渐次多了起来。如王安石，就写过"数间茅屋闲临水"的《菩萨蛮》词与"阒寂幽居实潇洒"的《清平乐》词，在当时的词坛上产生过一定的影响。嗣后，大词人苏轼踏进词苑，更给词坛带来了许多新的思想信息；而在这中间，"出世""看穿"的意识与渴求"归隐"的意念便占据着相当的"比重"。比如下列词句：

> 用舍由时，行藏在我，袖手何妨闲处看。身长健，但优游卒岁，且斗尊前。(《沁园春》)
>
> 衰病少情，疏慵自放，惟爱日高眠。(《一丛花》)
>
> 我欲乘风归去，又恐琼楼玉宇，高处不胜寒。(《水调歌头》)
>
> 约他年、东还海道，愿谢公、雅志莫相违。(《八声甘州》)

这些词句中，明显表露了他渴望"归隐"的愿望，为后来的隐逸之作提供了思想和艺术上的"蓝本"。至于他那首《哨遍》长词，更是檃栝了陶渊明的《归去来兮辞》而别具一格。

苏轼的这种隐逸词，明显与北宋政坛上的"党争"有关。所以继他之后，"党争"中的失败者如黄庭坚、晁补之等就继承了东坡这一传统，写出了不少隐逸词，其中尤以晁氏为突出。晁词如《摸鱼儿·东皋寓居》便是著名之作：

买陂塘、旋栽杨柳，依稀淮岸江浦。东皋嘉雨新痕涨，沙觜鹭来鸥聚。堪爱处，最好是、一川夜月光流渚。无人独舞。任翠幄张天，柔茵藉地，酒尽未能去。　　青绫被，莫忆金闺故步。儒冠曾把身误。弓刀千骑成何事？荒了邵平瓜圃。君试觑，满青镜、星星鬓影今如许！功名浪语，便似得班超，封侯万里，归计恐迟暮。

晁补之的隐居东皋（今山东巨野），本是不得已的事。所以这首词表面看是隐居词，实则却是愤世的"牢骚词"。"儒冠曾把身误"，就是这首词的主题思想所在。刘熙载曾指出，辛弃疾的一些词，其所本即在于晁词，所见甚是。

到了南宋，由于特殊的社会历史土壤，隐逸词便蓬勃兴起了。我们曾在前面第三章关于南宋士人的生活情趣和艺术趣味的阐析中，指出过南宋词坛重"雅"的趋向。而这种趋向的一个突出表现即是隐逸情趣在词的创作和评论中逐渐占有了重要的位置。

比如，南渡而来的词人朱敦儒，他曾作过不少感伤时世的词（如《水龙吟》中有云："回首妖氛未扫，问人间英雄何处？"如《临江仙》中有云："月解重圆星解聚，如何不见人归？"如《相见欢》中有云："中原乱，簪缨散，几时收？试倩悲风吹泪过扬州。"等等），但却未见受人重视；而唯独他的那些描写隐逸生活的词篇，却得到了同时代很多词论家的"青睐"。比如：

插天翠柳，被何人，推上一轮明月？照我藤床凉似水，飞入瑶台琼阙。雾冷笙箫，风轻环佩，玉锁无人掣。闲云收尽，海光天影相接。　谁信有药长生？素娥新炼就、飞霜凝雪。打碎珊瑚，争似看、仙桂扶疏横绝。洗尽凡心，满身清露，冷浸萧萧发。明朝尘世，记取休向人说。（《念奴娇》）

张端义评曰："朱希真，南渡以词得名。月词有'插天翠柳，被何人，推上一轮明月'之句，自是豪放。赋梅词（按：指他的《鹊桥仙》词）如不食烟火人语。'横枝消瘦一如无，但空里、疏花数点'，语意奇绝。"①

又如他的两首《西江月》词：

世事短如春梦，人情薄似秋云。不须计较苦劳心，万事原来有命。
幸遇三杯酒好，况逢一朵花新。片时欢笑且相亲，明日阴晴未定。

日日深杯酒满，朝朝小圃花开。自歌自舞自开怀，且喜无拘无碍。

① 张端义：《贵耳集》卷上，《丛书集成初编》本，商务印书馆，1937年，第13页。

青史几番春梦，黄泉多少奇才。不须计较与安排，领取而今现在。

黄昇评曰："二曲辞浅意深，可以警世之役役。"由此，他又赞扬朱氏"天资旷远，有神仙风姿"①，评价可谓高矣。

所以，南宋词坛之所以盛行和重视隐逸词，是与士大夫文人重视"山林之趣"的"雅思"分不开的。从格调看，这类隐逸词乃是"超旷""出世"的，它的思想实质即是逃避现实和"看穿"现实。它们总体的思想倾向并不是鼓舞人们奋发进取，而是消极避世。

但是，南宋词坛上却还存有另一种格调的隐逸词。那就是辛弃疾等一批遭受排挤打击的爱国词人的隐逸之作。尽管他们被迫赋闲隐居，常露出一副"看穿"人世的"悠然"面目，但其内心深处却从未真正"出世""旁观"，因而他们的隐逸词中就藏有"不平之鸣"。从这里我们又可看到：一些爱国之士在遭受压抑之后转入"隐居"，这便是南宋词坛上隐逸词盛行的另一方面的原因。

辛弃疾在隐居江西农村的20年左右时间里，写下了大量的隐逸词，其中隐寓着作者抚时感慨的家国身世之感。如《沁园春·带湖新居将成》：

> 三径初成，鹤怨猿惊，稼轩未来。甚云山自许，平生意气；衣冠人笑，抵死尘埃。意倦须还，身闲贵早，岂为莼羹鲈脍哉？秋江上，看惊弦雁避，骇浪船回。　　东冈更葺茅斋。好都把轩窗临水开。要小舟行钓，先应种柳；疏篱护竹，莫碍观梅。秋菊堪餐，春兰可佩，留待先生手自栽。沉吟久，怕君恩未许，此意徘徊。

此词作于带湖新居建成而尚未"归去"之时，但词中已经透露了他的即将归隐乃是"惊弦雁避，骇浪船回"的不得已举动。而在他真正归隐之后，他又写下了这样的词：

> 甚矣吾衰矣！怅平生、交游零落，只今余几？白发空垂三千丈，一笑人间万事。问何物、能令公喜？我见青山多妩媚，料青山、见我应如是。情与貌，略相似。　　一尊搔首东窗里，想渊明、《停云诗》就，此时风味。江左沉酣求名者，岂识浊醪妙理？回首叫、云飞风起。不恨古人吾不见，恨古人、不见吾狂耳！知我者，二三子。(《贺新郎》)

虽然是"衰"矣"老"矣，虽然是"一笑人间万事(空)"，但作者的"狂心"却依然未改，他的"知我者，二三子"的"知己皆少"的感慨还是很浓的。

① 黄昇：《唐宋诸贤绝妙词选》，《四部丛刊初编》第341册，上海书店，1989年，第19页。

所以，综观南宋词坛上蓬勃兴起的隐逸词，其中就有着两种不同风貌：一种是逃避现实、逍遥山水的“真”隐逸词；另一种是被迫隐居而心实不甘的“假”隐逸、真“牢骚”词。张炎作为宋末元初的一位善写隐逸词的高手，他的《山中白云词》中就同时具有这两种风貌——而且，在更多的时候，他常把上述两种风貌交集在同一首作品中，这正好反映出他入元之后并存着的两种生活情趣和思想情绪。

二、张炎的隐逸词

从严格的意义上来讲，张炎从来都不是一个真正的“隐士”。在宋亡之前，他本是一位贵家子弟；而在宋亡之后，又到处飘荡、四处为家，根本没有能力像王维筑辋川别业（甚至像辛弃疾筑“稼轩”）那样过着闲适的隐逸生活。但从较为广泛的意义上讲，他在宋亡之前，虽过着锦衣玉食的生活，却又“钟情”于湖光山色，经常做山林之游；他在宋亡之后，又不仕元朝，一直在江浙的名山古刹内栖身——从这种向往山林生活的趣味，以及他后期常与山林为侣的实际经历出发，我们把他称为一个“隐逸词人”也不算过分。而在事实上，我们在他取名为《山中白云》的词集中，也确能读到很多的隐逸词篇。

张炎词中，有一类便是“真正”的隐逸词。这些作品，反映了他对山林之趣的热爱、对前代隐逸者的企慕，也反映了他入元之后逃避现实、不问世事的思想倾向，其风格基本可拿一个“清”字来形容。如他的《江神子》词：

> 奇峰相对接珠庭，乍微晴，又微阴。舍北江东，如盖自亭亭。翻笑天台连雁荡，隔一片，不逢君。　　此中幽趣许谁邻？境双清，人独清。采药难寻、童子语山深。绝似醉翁游乐意，林壑静，听泉声。

这是他为友人孙虚斋“四云庵”所作的四词之一。词中描写的“此中幽趣”，即在于境清与人清。“松下问童子，言师采药去。只在此山中，云深不知处”，唐人诗中的这一意境在这首词里便化为了“采药难寻，童子语山深”。这种词的韵味就是十分恬静、清幽的。再如《台城路·游北山寺》：

> 云多不记山深浅，人行半天岩壑。旷野飞声，虚空倒影，松挂危峰疑落。流泉喷薄。自窈窕寻源，引瓢孤酌。倦倚高寒，少年游事老方觉。　　幽寻闲院邃阁。树凉僧坐夏，翻笑行乐。近竹惊秋，穿萝误晚，都把尘缘消却。东林似昨。待学取当年，晋人曾约。童子何知，故山空放鹤。

北山寺在宁波，当时的主持和尚邀张炎游访，张炎即作此词记之。词中把北山寺僧和自己的交游比作当年东林寺僧和陶渊明的关系，在一片旷、幽、清、空的气氛中写出了“尘缘消却”之心。在这类“不食人间烟火食”的词境中，我们又看到了一位“晚年唯好静，万事不关心”式的“隐者”或“居士”的身影。

但是，真要隐居，却谈何容易！首先，异族统治下哪有什么真正的“避世”之地？外界的干涉常会“找上门来”，他的被征北游就是明证；其次，既要隐居，衣食的来源又成问题，他总得四处求人才行；更何况，国仇家恨更是不会轻易从心头抹去的，即使在隐遁生活中，它也会时时抬起头来，显露在词中。因此，张炎的更多隐逸词中，不免会夹杂进愤世的感慨。这就使他在其隐逸题材的作品中会跳迸出“乱世之隐”的愤懑之声来。

请读他的《台城路·章静山别业会饮》：

> 一窗烟雨不除草，移家静藏深窈。东晋图书，南山杞菊，谁识幽居怀抱？疏阴未扫，叹乔木犹存，易分残照。慷慨悲歌，故人多向近来老。
>
> 相逢何事欠早？爱吟心共苦，此意难表。野水无鸥，闲门断柳，不满清风一笑。荷衣制了，待寻壑经丘，遡云孤啸。学取渊明，抱琴归去好。

作者明言，自己和主人的“吟心”是苦而难表的。虽然想学陶渊明的归隐，但却是有愧于“慷慨悲歌”、今已老去的“故人”的。所以他们的隐逸是蒙着一层“乔木”“残照”（乔木，言故国；残照，言身世）的黯淡阴影的。

在下面这些词句中，他更暗示了隐逸生活的不安宁和不“太平”：

> 休重省，莫问山中秦晋。桃源，今度难认。（《摸鱼子·高爱山隐居》）
> 那又知、五柳门荒，曾听得，鹃啼了。（《水龙吟·春晚留别故人》）
> 渔舟何似莫归来，想桃源、路通人世。（《西子妆慢》）
> 待去隐，怕如今、不似晋时。（《声声慢·为高菊墅赋》）

这些话的一个共同意思是：“人间无处可避秦”，再想寻一个桃花源式的“太平乐土”，在现世几乎是不可能了。元朝的暴虐统治（特别是对汉族士人的控制）真是无处不在。

因此，他也明白自己的“隐居”实在只是一种“避愁”之举——而避来避去，却仍无法消去愁苦：

> 最无据，长年息影空山，愁入庾郎句。玉老田荒，心事已迟暮。（《祝英台近·与周草窗话旧》）

天涯旧旅，此时心事良苦。(《月下笛》)

江空岁晚，栖迟犹在，吴头楚尾。(《水龙吟·寄袁竹初》)

在他名为“隐居”、实为飘荡的日子里，他念着的，仍是那已经失却了的故国生活：

醉拂珊瑚树，写百年幽恨，分付吟笺。故乡几回飞梦，江雨夜凉船。纵忘却归期，千山未必无杜鹃。(《忆旧游》)

“醉拂珊瑚树”，用老杜《送孔巢父谢病归游江东兼呈李白》诗“钓竿欲拂珊瑚树”之意，言其隐居江东(此处指浙江山阴)之生活。但就在他与镜湖的莺声和兰亭的泉水为侣的时候，他的“飞梦”却又回到了故乡(杭州)去了！特别是，此词的末句尤为凄清。其意为：即使自己因为诗朋酒侣的迟留而一时忘却了归期的话，那么，千山万林中响起的杜鹃声声(“不如归去”)也自会提醒着词人的归思。这就可知，他在“醉乡”之中并未真正摆脱故国之思。

从这个角度来看，张炎笔端的“山中白云”就并非真是脱俗忘机的“无心”之云(陶渊明《归去来兮辞》云：“云无心以出岫”)。尽管它看似飘忽洒脱，其实仍是紧紧萦绕在“吴山”(在杭州)周围、飘飞在“西湖”上空的。从他身遭国变、离家飘荡的数十年中一直“梦飞故乡”、多次重游故地的心情与经历来看，我们又可说他未尝一日真正地“隐逸”过。所以，他的不少“隐逸词”实际又只是他的“漂泊词”的变种，其中郁藏着他的牢骚悲愤。

这样，南宋两种类型的“隐逸词”，到了张炎的笔下，便统一在一起了。张炎那类真正的隐逸词，继承了朱敦儒(乃至于张志和)那种忘情世外的飘逸词风，反映了他“高雅”的生活情趣和消极避世的世界观；他另一类名为“隐逸”而实为飘荡的词作，则继承了辛弃疾等人的被迫隐居、中含牢骚的清狂词风——不过由于时世的关系，“狂”味已褪而“凄”味大增——反映了他眷念故国、不满现实的思想感情和政治态度。这两方面的结合，就构成了张炎“隐逸词”的全貌，也从一个侧面反映了他精神世界的两个组成部分。

第十一章　张炎词的思想内容

在前面几章中，我们分题研究了张炎各种题材的词作。除了这些作品之外，张炎又有其他题材的词篇。这一章和下一章，我们就对张炎的词作（包括前几章已论述过的和尚未论及的）做一个综合的考察和论析。这一章先谈张炎词的思想内容。

一、“黍离之悲”——张炎词的基本主题

一部《山中白云词》，给人的总体印象是：它用或悲或愤（前者是主要的）的笔调，时隐时现、反复缠绵地抒写着作者的家国之痛和身世之感。因此可以说，它的基本主题即是“黍离之悲”“麦秀之恸”。它所提供给人的，是一种悲剧型的美感。

张炎在入元以前所作的词篇，占现存《山中白云词》的比重甚少。这些作品，大都反映了他在宋亡以前的生活情趣和艺术兴趣，从思想价值来看，并无突出之处；它只是为我们提供了这位词人在亡国之前的生活情况和创作情况而已。它告诉我们，在入元以前，张炎是一位“富贵风流”而又“高雅脱俗”的贵家子弟，又是一位善写“雅词”的婉约派词人。

入元之后，无论是从国家而言，还是从个人的地位而言，境况顿异。这就促使张炎词的创作风貌发生了重大的转变——这种转变首先是从词的思想内容方面表现出来的。

清人王昶言：“北宋词多北风雨雪之感，南宋词多黍离、麦秀之悲，所以为高。”①这里所说的“北风雨雪之感”，是指政治斗争（新旧党争）中的忧谗畏讥之感，而“黍离、麦秀之痛”则是指的民族矛盾（宋与金，宋与蒙古）所引起的家国之恨。确实，自从金兵攻陷汴京的“靖康之变”始，直到元人灭宋之后相当长的一

① 见谢章铤《赌棋山庄词话》卷一引。黍离：《诗·王风》有《黍离》篇。周室东迁后，大夫行役于宗周，过故庙宫室，尽为禾黍，作《黍离》伤之。麦秀：《史记·箕子世家》有《麦秀歌》。箕子朝周，过故毁墟，感故宫室毁坏、生禾黍，作《麦秀歌》哀之。

个阶段止，南宋词坛上的爱国词篇就勃涌而出、源源不绝，构成为整个南宋词的一个重要组成部分。

从这些爱国词篇的感情基调、艺术风格和美感类型来看，它们大致可以分为两类：一类是慷慨御敌、悲愤忧国的“壮美”型词作，辛弃疾及其同派词人的作品就属此类；另一类是低徊凄惨、缠绵生哀的“凄美”型词作，李清照、姜夔，以及宋末元初一大批“婉约派”词人就属此类。张炎，就正是这后一类词人中的最后一位作者（从其卒年较迟来说）。

不可否认，后一类词人所写的爱国词篇，若与前一类相比较，其情调不免低沉；因而它们所具有的“人民性”就显得相对薄弱，其思想成就也有所逊色。但是，同样不可否认的是，它们所抒发的爱国之情却同样是真挚、深沉和值得我们珍视的。它们以其“悲剧”型的美学价值深深地感动着后人。

李清照《永遇乐》词云：“中州盛日，闺门多暇，记得偏重三五。铺翠冠儿，撚金雪柳，簇带争济楚。如今憔悴，风鬟雾鬓，怕见夜间出去。不如向、帘儿底下，听人笑语。”虽只写了自己元宵节的今昔之感，它却深深地打动了两位爱国者之心。宋亡以后，遗民词人刘辰翁就曾填了一首《永遇乐》词，其小序曰：“余自乙亥上元诵李易安《永遇乐》，为之涕下。今三年矣。每闻此词，辄不自堪。遂依其声，又托之易安自喻。虽辞情不及，而悲苦过之。”①他在另一首用李清照原韵而作的《永遇乐》词小序中又说：“余方痛海上元夕之习（按：指厓山宋亡事。‘习’字疑有误），邓中甫适和易安词至，遂以其事吊之。”②邓中甫即邓剡，他是文天祥的友人，抗元一直坚持至厓山兵败，也算得上是宋末的一位爱国之士了③。从这两位爱国者对于李词的赞赏和共鸣来看，则那类情调低沉而感情深挚的缅怀故国的作品，同样也能深深地感动着后来的读者，它们同样也是爱国主义文学中不可忽视的组成部分。

从张炎其人来说，则他对“故国”和“故家”的深深眷怀之情，可以说是早已化成为他“灵魂”的一部分了。这种铭心刻骨的感情，既“融化”在他的血液里，又涌现在他的笔端上，在他的大量词作中，就随处可以见到流露和反映。如论其表达方式来看，则大致有如下几种类型：

第一，直接点明“黍离之悲”。如他在《月下笛》词小序中说：“孤游万竹山

① 刘辰翁：《须溪词》，唐圭璋编《全宋词》，中华书局，1965年，第3229页。

② 同①。

③ 邓剡与文天祥抗元至厓山兵败，被俘不降，后以病留金陵，从大节来看，还不失为一位爱国者。唯后来为张宏范教其子，唐圭璋先生以为有“愧对文天祥”之憾。

中,闲门落叶,愁思黯然,因动黍离之感。"①这里的"黍离之感"便是直接挑明的。又如其《探芳信·西湖春感寄草窗》中说:"甚采芳人老,芳心尚如旧。销魂忍说铜驼事,不是因春瘦。"(另在《思佳客》中也说:"铜驼烟雨栖芳草,休向江南问故家。")"铜驼"云云,也是明言其社稷变置之痛。

第二,托物言志、吊古伤今,用较为隐晦曲折的方法寄寓自己的亡国伤感。前面我们曾举过他的不少咏物之作,如以咏孤雁言其"怳然惊散"的抄家悲剧,以咏白莲言元僧杨琏真伽发掘宋陵事,以咏红叶言"万里飞霜,千林落木"的易代之悲……都属此类。这里我们再举他"登蓬莱阁"而作的《忆旧游》为例:

> 问蓬莱何处?风月依然,万里江清。休说神仙事,便神仙纵有,即是闲人。笑我几番醒醉,石磴扫松阴。任狂客难招,采芳难赠,且自微吟。　　俯仰成陈迹,叹百年谁在,阑槛孤凭。海日生残夜,看卧龙和梦,飞入秋冥。还听水声东去,山冷不生云。正目极空寒,萧萧汉柏愁茂陵。

蓬莱阁在今浙江绍兴卧龙山下(因元稹"谪居犹得住蓬莱"诗而得名),卧龙山下,长眠着宋宁宗等帝后。张炎登临此地时,陵墓已被盗发,故悲从中来,不可抑止,写下了这首悲怆的吊古伤今之词。词的上片言自己孤独一人,貌似"神仙"一般闲散,实则是国破家亡,举目有"风月依然"而国事全非之悲。下片写登临之感。"俯仰成陈迹",并非只是王羲之《兰亭集序》"俯仰之间,已成陈迹"的泛泛的人生感触,而是有着特定含义的亡国之痛。"海日生残夜",绍兴本不临海,此处以"日"喻君象,言宋室之命运已当残夜(其时陆秀夫犹拥帝昺抗战厓山海边),一片黯淡;而"卧龙和梦,飞入秋冥",又暗寓"鼎湖龙去"、国祚将绝。尾句"正目极空寒,萧萧汉柏愁茂陵",以"茂陵"(指永茂陵,即宁宗陵)之荒凉不堪,点明家国之"愁",更是悲恸感人。

第三,"同病相怜",在赠送友人或吊怀故人的作品中倾诉自己的哀伤。张炎词集中,有很多赠送友人和吊悼故人之作。在这些词中,他往往借机抒发自己之块垒不平和凄情哀思。如他送周方山游吴所作的《台城路》:

> 朗吟未了西湖酒,惊心又歌南浦。折柳官桥,呼船野渡,还听垂虹风雨。漂流最苦,况如此江山,此时情绪!怕有鸱夷,笑人何事载诗去。
>
> 荒台只今在否?登临休望远,都是愁处。暗草埋沙,明波洗月,谁念天涯羁旅?荷阴未暑。快料理归程,再盟鸥鹭。只恐空山,近来

① 张炎:《山中白云词》,吴则虞校辑,中华书局,1983年,第26页。

无杜宇。

词中的“如此江山，此时情绪”，不言而喻，即是讲的山河破碎之感。

又如他拜陈西麓(允平)墓所作的《解连环》词，其上片有云：“叹贞元、朝士无多。”感叹旧国故人(特别是能坚持民族立场的人)之寥落；题吴梦窗(文英)绝笔的《声声慢》词，其下片有云：“独怜水楼赋笔，有斜阳、还怕登临。愁未了，听残莺、啼过柳阴。”以“斜阳”“残莺”之意象喻国家、个人之命运；跋其伯时弟《抚松寄傲诗集》的《踏莎行》词，其中说道：“故家文物已无传，一灯却照清江外。”这些词中都寄寓着自己的政治感叹。

第四，以自己的落拓身世来衬托家国之感。由于自身的落拓身世皆缘亡国破家而来，所以此类词所写的羁愁旅思就超出了以往一般词人仅用以抒发个人失意之志的范围，而是包孕了更为深广的社会内容在内。如他下面的这些词语：

绕江南，那处无愁。赢得如今老大，依然只是漂流。(《风入松》)

听江湖、夜雨十年灯，孤影尚中洲。对荒凉茂苑，吟情渺渺，心事悠悠。(《甘州·和袁静春入杭韵》)

这里的“心事悠悠”，比之姜夔“文章信美知何用，漫赢得天涯羁旅”(《玲珑四犯》)的仅写个人失意，更加增添了“江南”之愁苦(亦即家国之恨)。

第五，以“今昔对比”来缅怀故国。这在张炎词中也是比比可见的。如他被征至大都不久，正逢寒食，眼见“池亭小队奏筝，就地围香，临水湔裙。冶态飘云，醉妆扶玉”的一片热闹景象，马上就会回忆起“京洛(临安)旧事”，而写出了无限低徊的句子：“忍不住，低低问春。梨花落尽，一点新愁，曾到西泠。”又如他在52岁客吴时所作的《探春》：“列屋烘炉，深门响竹，催残客里时序。”除夕将近，爆竹声声，别人家团聚过年，而自己却只身孤影，独栖异乡；“听雁听风雨，更听过、数声柔橹。暗将一点归心，试托醉乡分付”，只能在借酒浇愁中聊过残年。

总之，生活对于张炎而言，真是一个“大悲剧”。在这场悲剧中，他失去了故国，失去了亲人，失去了几乎一切美好的东西(除了生命之外)。这样的一种巨大悲痛笼罩在张炎的头上，渗入到他的心中，势必也会涌现在他笔下。“从喷泉里出来的都是水，从血管里出来的都是血。”①他那种郁结在胸中、溶解于血中的家国之感，只要遇到适当的机会，便会自然而然地“出来”。从这个意义上讲，张炎的那些爱国词便是“为情造文”之作。它的感情是深挚悃忱的——即使有时近乎呻吟而非“反抗”之音，但也应该承认，这种呻吟是身受过巨创和体验过

① 鲁迅：《革命时代的文学》，《而已集》第3卷，人民文学出版社，1973年，第408页。

切肤之痛后所发的呻吟,绝非“无病呻吟”和“为情造文”。由于时代环境的变异,张炎便在某种程度上突破了传统“雅词”的圈子,往自己的作品里注入了现实的内容和爱国的感情,使它具有一定的社会意义和思想价值。这是我们首先应予充分肯定的。

二、软弱、消沉的词人自我形象

但是又不可否认,张炎词的思想内容还有其消极的一面,这就是软弱和消沉。这是张炎世界观中颓废部分的反映,也是他褊狭的生活情趣和艺术趣味所导致的。

张炎的软弱,可用他的“孤雁”的形象来说明。在宋末元初的这一场巨大的历史事变中,他就好比一只远离了抗元斗争前线而“离群万里”的孤雁,它凄叫,它哀鸣,却很少(虽然有时也会)发出反抗的声音来。他不像文天祥那样“烈烈轰轰做一场”,也不像郑思肖那样“宁可枝头抱香死,何曾吹落北风中”(《寒菊》),表示出坚强不屈的傲骨,而是被迫北上,差点儿出仕新朝。所以,他虽然保持了民族立场,却又缺乏十分强烈的民族节操感;他虽然基本抱着与元朝不合作的态度,却又缺少着同他们进行斗争的反抗精神。他所念念不忘的“故国”,很大程度上只是以他自己的“故家”(贵族之家)为中心的,因此在失掉它之后,他有的多只是愁苦、哀怨和低徊掩抑的哀叹、追忆。下面《甘州》词便是一例:

> 记当年、紫曲戏分花,帘影最深深。听惺松语笑,香寻古字,谱招新声。散尽黄金歌舞,那处着春情?梦醒方知梦,梦岂无凭?　　几点别余清泪,尽化作妆楼、断雨残云。指梢头旧恨,豆蔻结愁心。都休问、北来南去,但依依、同是可怜人。还飘泊,何时尊酒,却说如今?

他的词中,基本就没有“人民”的影子,也不出现异族统治者的凶残面目;有的只是一个失去了昔日“天堂”生活的哀伤而又无可奈何的软弱士人的形象。不妨比较一下当时其他一些词人的作品:

> 我生不辰,逢此百罹,况乎乱离。奈恶因缘到,不夫不主;被擒捉去,为妾为妻。父母公姑,弟兄姊妹,流落不知东与西。心中事,把家书写下,分付伊谁?　　越人北向燕支。回首望、雁峰天一涯。奈翠鬟云软,笠儿怎带;柳腰春细,马性难骑。缺月疏桐,淡烟衰草,对此如何不泪垂?君知否,我生于何处,死亦魂归!

这首词是“雁峰刘氏”被掠北去题于长兴酒库的《沁园春》绝命词。“生于何处,死亦魂归”，口气是何等的刚烈；“逢此百罹，况乎乱离”，声情又是何等的凄惨。像这样的“蔡文姬”式的“悲愤词”，既反映着人民的痛苦，又写出了人民的反抗。而这些，却是张炎词中所看不到的。又如：

危榭摧红，断砖埋玉，定王台下园林。听樯干燕子，诉别后惊心。尽江上、青峰好在，可怜曾是，野烧痕深。付潇湘渔笛，吹残今古销沉。

妙奴不见，纵秦郎、谁更知音？正雁妾悲歌，雕奚醉舞，楚户停砧。化碧旧愁何处？魂归些、晚日阴阴。渺云平铁坝，凄凉天也沾襟。

这是江西词人罗志仁游长沙定王台所作的《扬州慢》词。它描写兵火之后的长沙是一片触目惊心的荒凉凄惨：“危榭摧红，断砖埋玉。”处处台榭、块块断砖下都埋藏着汉族妇女被杀被辱的血痕，连得燕子飞来都会啼出哀鸣惊心之声。“妙奴不见”、“楚户停砧”，妇女被掠被掳，长沙城里简直听不到捣衣之声，“凄凉天也沾襟”，连无情的天公也为之一掬伤心之泪。像这样比姜夔《扬州慢》更沉痛的、揭露现实的词，张炎也是没有的。读过了上面这样的作品之后，我们回想前面批评过张炎词中缺乏人民痛苦和元朝暴行的描写，就会觉得这种批评并不过分。

张炎的消沉，则可从他自号的“乐笑翁”看出。他的词中，就有好多处写到自己这种特殊的“笑”。如：

水国春空，山城岁晚，无语相看一笑。（《台城路》）

聊慰幽怀古意，且频簪短帽，休怨斜晖。采摘无多，一笑竟日忘归。（《声声慢·为高菊墅赋》）

难挽清风飞珮，有相思都在，断柳长汀。此别何如？一笑写入瑶琴。（《声声慢·送琴友季静轩还杭》）

近来心事渐无多，尚被莺声恼。便白发、如今纵少。情怀不似前时好。谩伫立、东风外，愁极还醒，背花一笑。（《斗婵娟·春感》）

对于这些词中的“笑”，我们并不否认它们是一种聊以自遣的苦笑。但更应看到，它们又是作者消沉已极、颓废已极的情绪所转发出来的一种阿 Q 式的笑。“愁极”而转化为“一笑”，这种“笑”就是无能的笑、颓丧的笑。所以张炎晚号“乐笑翁”，表明他已向着颓唐消极的“老境”（生理上的老和精神上的“老”）走去了。在这种思想支配下，他的词中，往往刚刚还在言愁，接下来却又“超然”了。如《徵招·听袁伯长琴》：

秋风吹碎江南树，石床自听流水。别鹤不归来，引悲风千里，余音犹在耳。有谁识、醉翁深意？去国情怀，草枯沙远，尚鸣山鬼。　客里。可消忧，人间世、寥寥几年无此。杏老古坛荒，把凄凉空指。心尘聊更洗，傍何处，竹边松底？共良夜，白月纷纷，领一天清气。

上阕由琴声言及“去国情怀，草枯沙远，尚鸣山鬼”，十分凄楚；下阕除“杏老古坛荒，把凄凉空指”外，却大写其“客里。可消忧”，“共良夜，白月纷纷，领一天清气”，似乎顿时已把一切烦恼全部抛却，进入了“物我两忘”的超然境界中去了。

又如他的《西子妆慢》也是这样。上片才言“杨花点点是春心，替风前，万花吹泪”，十分幽怨；下片却言“千年事，都消一醉”，似乎在这一醉之中，顿就消尽了万古忧愁！

这些词，貌似旷达，实质消沉；貌似前后矛盾，实质统一在他那软弱而消极的世界观中。它们反映了南宋相当数量的士大夫文人所带有的缺乏斗争精神的致命弱点，这也正是他所从属的那个寄生集团的阶级局限性所导致的思想通病。这些词就为我们勾勒了张炎软弱消沉的自我形象。至于他词集中的另一类作品(数量也还不少)，则更不值得多提了。它们的主题或是及时行乐、逢场作戏；或是陶情山水，乐而忘返；或是应酬交往、奉谀主人。他醉心酒色和山林，逃避现实，“客里醉时歌，寻思安乐窝”(《南楼令》)，“陶然一醉，此时愁在何处”(《壶中天》)；尽管里面也带有一些愤世嫉俗的“反语”味道，但毕竟只是阿Q式的自我陶醉语。这些词中，集中反映了他作为一个没落的王孙公子和脆弱的落魄文人的思想局限性。

第十二章 张炎词的艺术特色

清人陈廷焯论词，在唐宋诸多名家中特标“张玉田”一体①，这是有识之见。它同时也表明，在两宋词坛上，张炎词确有其独具的艺术特色。

一、深婉雅净、清丽疏朗的风格特色

作家风格特色的形成，有着多方面的因素。大致说来，在“内”而言，它与作者的生活情趣和艺术趣味有关；在“外”而言，它与作者所师法和继承的文学传统有关。张炎词的风格特色，基本上可拿八个字来概括，这就是：深婉雅净、清丽疏朗。深婉、清丽，这与张炎“风流儒雅”的生活情趣和艺术趣味有关，也是他“远祧清真（周邦彦）”的结果；雅净、疏朗，这与他“隐逸超旷”的生活情趣和艺术趣味有关，又是他“近祖白石（姜夔）”的结果。从继承前代文学传统的角度看，以清真词为“底色”，又济之以白石词的某些特质，这就形成了张炎词所独具的风格特色。

张炎学词，走的是传统的“婉约”词道路。因此他对周邦彦这位婉约派大师是相当推崇的。他本人在《词源》中推崇周氏曰其“美成负一代词名，所作之词，浑厚和雅”②，而舒岳祥《赠玉田序》又说张炎“词有周清真雅丽之思”③，就都可证明他受周词影响之深。不过，他从自己“崇雅”的生活情致和词学主张出发，又不太满意于周词的过分“软媚”，因此又力主以白石的“骚雅”和“清空”来纠正周词的某些缺点。这样，他就既吸取了周词“婉”和“丽”的基本特色，又用姜词的“雅”和“疏”来进行“调剂”，从而达到了既深婉又雅净、既清丽又疏朗的风格境界。清人许赓飏有云：“自群雅音沦，《花间》实倚声之祖；大晟论定，《片玉》（按：周邦彦词集名）以协律为工。建炎而还，作者尤盛……然好为纤纤者，不出乎秦、柳；力矫靡曼者，自比于苏、辛。求其并有中原，后先特立，尧章、叔夏，实为

① 陈廷焯：《白雨斋词话》，唐圭璋编《词话丛编》，中华书局，1986 年，第 3962 页。

② 张炎著、夏承焘校注，沈义父著、蔡嵩云笺释：《词源注 乐府指迷笺释》，人民文学出版社，1963 年，第 9 页。

① 舒岳祥：《赠玉田序》，张炎《山中白云词》，吴则虞校辑，中华书局，1983 年，第 165 页。

正宗，此仇氏山村、郑氏所南所由扬彼前旌、推为极轨也。”①在柳永、秦观的“婉约”和苏轼、辛弃疾的“豪放”风格之间，正“秀出”着姜、张那类“引刚入柔”“刚柔交济”的新鲜风格。比如姜词《长亭怨慢》：

渐吹尽、枝头香絮，是处人家，绿深门户。远浦萦回，暮帆零乱向何许？阅人多矣，谁得似、长亭树？树若有情时，不会得、青青如此！日暮，望高城不见，只见乱山无数。韦郎去也，怎忘得，玉环吩咐？第一是、早早归来，怕红萼、无人为主。算空有并刀，难剪离愁千缕。

此词本是写的如水柔情和似丝离愁，然而用笔却极见波峭之妙。特别是换头，“记山程经历，文字如奇峰突起、拔地千丈”；而整个下片又“一气直贯到底，仿佛苏、辛”②。

而张词如《梅子黄时雨·病后别罗江诸友》：

流水孤村，爱尘事顿消，来访深隐。向醉里谁扶，满身花影？鸥鹭相看如瘦，近来不是伤春病。嗟流景。竹外野桥，犹系烟艇。　谁引，斜川归兴？便啼鹃纵少，无奈时听！待棹击空明，鱼波千顷。弹到琵琶留不住，最愁人是黄昏近。江风紧，一行柳阴吹暝。

此词可谓字字清丽、句句疏朗，给人以“大珠小珠落玉盘”的清朗之感。

软绵婉丽，本是一般婉约派词人所共有的风格特色。柳永、秦观、周邦彦、吴文英等人的词中，已把这种特色表现得相当充分和淋漓尽致。但张炎却不愿再完全步着他们的后尘，把自己的词写得软而又软，所以他就一眼觑定姜夔词那以清空疏朗之质取胜的长处，把它引入自己的词中，使之增添了一种“清爽”的特色。关于这点，吴则虞先生说得好：

张炎词又一个特点，是表现了作者特有的一种清爽雅致。像“晓日千峰，涓涓露湿花气生”（《忆旧游》），“正碧落尘空，光摇半壁，月在万松顶”（《摸鱼子》），多么晶莹，多么明净，多么空旷疏朗！正如他喜欢歌咏的“飘飘爽气，飞鸟相与俱还”（《庆清宫》），“石根苍润，飘飘原是清气”（《湘月》），这都可以移来形容他的词境……③

① 许赓飏：《合刊双白词序》，张炎《山中白云词》，吴则虞校辑，中华书局，1983年，第181页。

② 唐圭璋选释：《唐宋词简释》，上海古籍出版社，1981年，第191页。

③ 吴则虞：《山中白云词·序言》，张炎《山中白云词》，吴则虞校辑，中华书局，1983年，第6页。

这些,就是张炎从他具有的"隐逸超旷"的生活情趣和艺术趣味出发,继承传统婉约词风而又"调剂"以姜白石词的"清空"所形成的新鲜风格。戴表元论其词为"流丽清畅"(《送张叔夏西游序》),戈载说它"以婉丽为宗"而又说它"以空灵为主"(《宋七家词选序》);丽而清、婉而空,这些评语与我们所说的"深婉雅净、清丽疏朗",便是差不多的意思。张炎身处宋末元初,他完全有条件把前人词学遗产中的不同风格加以调融,从而形成为新的风格。从这个意义上讲,他不愧被称为宋代婉约词的"殿军"之一(清莲僧即云张词是"赵家天破无完垒,日暮伤心作殿军"①)。

二、琢字炼句、归于醇雅的语言特色

张炎词受姜夔词的影响特深。杜诏说:"(词至南宋),姜夔尧章最为杰出,宗之者史达祖、高观国、卢祖皋、吴文英、蒋捷、周密、陈允平诸名家,皆具夔之一体,而张炎叔夏庶几全体具矣。"②陈撰也说:"每谓词莫尚于南宋,景淳德祐间,要以白石为宗主;其嗣白石起者,无逾于玉田。"③姜白石词,就以它"句琢字炼,归于醇雅"④的语言特色著称于词坛。而张炎的词,也便深得了此种琢字炼句的妙处。

我们知道,张炎本人既是一位"作家",又是一位"论者"。对于"琢字炼句"的问题,他在《词源》一书中就曾发表过很多论述(有些且很精当)。如说:

> 词中句法,要平妥精粹。一曲之中,安能句句高妙?只要拍搭衬副得去,于好发挥笔力处,极要用工,不可轻易放过,读之使人击节可也。如东坡"杨花词"云:"似花还似非花,也无人惜从教坠"……此皆平易中有句法。⑤

又说:

① 莲僧:题江宾谷《山中白云词疏证》,张炎《山中白云词》,吴则虞校辑,中华书局,1983年,第211页。

② 杜诏:《曹刻〈山中白云词〉序》,张炎《山中白云词》,吴则虞校辑,中华书局,1983年,第170页。

③ 陈撰:《山中白云词疏证序》,张炎《山中白云词》,吴则虞校辑,中华书局,1983年,第172页。

④ 朱彝尊、汪森编:《词综》,李庆甲校点,上海古籍出版社,1978年,第1页。

⑤ 张炎著、夏承焘校注,沈义父著、蔡嵩云笺释:《词源注　乐府指迷笺释》,人民文学出版社,1963年,第14页。

句法中有字面，盖词中一个生硬字用不得，须是深加锻炼，字字敲打得响，歌诵妥溜，方为本色语。如贺方回、吴梦窗皆善于炼字面，多于温庭筠、李长吉诗中来。字面亦词中之起眼处，不可不留意也。①

这些话语，就都可见他的十分重视于琢字炼句。

为了叙述的方便，我们把琢字和炼句放在一起论述。这大致包括三方面的内容：选择词汇，运用典故，铸造新语。

第一，在选择词汇方面，张炎充分注意到语言的色彩性和音响性，往往因此而收到很好的艺术效果。先从色彩性而言，他善于选用与整个词境的感情色彩相一致的词汇，为全词的意境起了“布景设色”的烘托作用。比如，为了描写“苏堤才晓”的良辰美景，他用了绿（波）、红（流红）、青（草）、碧（桃）等字，以构成一幅春光明媚的图画（《南浦 · 春水》）；为了描写孤雁的孤栖独宿，他又用空、晚、寒、净、枯、残、悄等冷色的字面，以构成一个空廓萧索的空间背景；而在下面这些词中，他更用了一系列带有清淡色彩的辞语，以衬托他幽居隐逸之情：

倚危楼、一笛翠屏空，万里见天心。度野光清峭，晴峰涌日，冷石生云。（《甘州》）

待散发吹箫，跨鹤天风冷。凭高露饮，正碧落尘空，光摇半壁，月在万松顶。（《摸鱼子》）

龟峰深处隐，岩壑静，万尘空。任一路白云，山童休扫，却似崆峒。（《木兰花慢》）

碧天秋浩渺。听虚籁泠泠，飞下孤峭，山空翠老。（《扫花游》）

所以，张炎的“炼字”功夫，不仅可从他善用准确的字眼精微、生动地传写出事物的外貌和“精神”（如“鱼没浪痕圆”中的“没”字、“圆”字，“晴皎霜花”的“皎”字，“月明摇碎江树”的“碎”字等等）中看出，更大量地表现在他能根据“布景设色”的要求择用适当色彩的词藻上。

再说“音响性”的问题。从前已引过的关于“字字敲打得响”的论述中，我们就深知张炎的谙熟此道了。如被陆辅之《词旨》所盛赞的“乐笑翁警句”②中的下列句子：

写不成书，只寄得相思一点。

① 张炎著、夏承焘校注，沈义父著、蔡嵩云笺释：《词源注　乐府指迷笺释》，人民文学出版社，1963 年，，第 15 页。

② 陆辅之：《词旨》，唐圭璋编《词话丛编》，中华书局，1986 年，第 334 – 336 页。

才放些晴意，早瘦了梅花一半。
带天香吹动一身秋。
忍不住低低问春。
见说新愁，如今也到鸥边。
莫开帘，怕见飞花，怕听啼鹃。

这些"警句"中的主要动词，大多由去声字担任。去声是四声中最为拗怒的一声。张炎每于句子吃紧之处，选择此类去声字，这就大大有助于声情的表达，显出"敲打得响"的音响之美。所以，张炎的词读后往往有"高格响调"之感，其原因即与他"炼字"的注意音响分不开。

第二，在用典方面，张炎也是一位老手。他在《词源》中赞扬东坡"燕子楼空，佳人何在？空锁楼中燕"之用张建封事、白石"犹记深宫旧事，那人正睡里，飞近蛾绿"之用寿阳公主事，说它们"皆用事不为事所使"①。他自己写词，也常运用古人的典故"为我所用"，收到言简而意赅的表达效果。

比如，在《凄凉犯 · 北游道中寄怀》中，他就用了"灞桥雪""长杨""断梗""击碎歌壶"四个典故，以表达北游途中复杂凄迷的感情。"灞桥雪"：《全唐诗话》载，郑綮善诗，或问曰："近为新诗否？"对曰："诗思在灞桥风雪中驴子上，此何以得之？"②张炎此行，正是冲风踏雪而去，但他却说："正凄迷，天涯羁旅，不似灞桥雪。"言外之意即是：此行犹如"充军"，举目有山河之异，哪还有半点昔日之诗思吟兴？《长杨赋》，用扬雄献赋事，见《汉书》。后来李頎又有《寄司勋卢员外》诗曰："早晚荐雄文似者，故人今已赋《长杨》。"张炎这儿却偏说："谁念而今老，懒赋《长杨》，倦怀休说。"借以表明自己不愿向新朝献艺求官。"断梗"，出《战国策 · 齐策》，言桃梗与土偶人对语。桃梗谓土偶人大雨下则"汝残矣"，土偶人答曰："吾，西岸土也。吾残，则复西岸耳。今子，东国之桃梗也……降雨下，淄水至，流子而去，则子漂漂者将何如耳！"（《战国策 · 齐策》）张炎自谓"空怜断梗，梦依依，岁华轻别"，就写足了他天涯漂流之苦。"待击歌壶"，本用晋王敦酒后咏魏武帝（曹操）乐府"老骥伏枥，志在千里；烈士暮年，壮心不已"，以如意击唾壶为节，壶口尽缺之事，但下文紧接着却又说"怕如意和冰冻折"，一方面是夸张地形容北地之寒可以冻折如意，另一方面又暗写自己空有"壮心"而无法（也不敢）实现之意。作者在短短的一首词中就选用了这样四个典故，形象化地

① 张炎著、夏承焘校注，沈义父著、蔡嵩云笺释：《词源注　乐府指迷笺释》，人民文学出版社，1963 年，第 19 页。
② 何文焕辑：《历代诗话》，中华书局，1982 年，第 216 页。

展示了他思想感情起伏翻腾的“历程”，显现出他善于“用事”的深湛功力。

正因为他擅长于用典，能“用事不为事所使”，所以很多旧典便能在他的笔下翻出新意。如雁足能传书，他偏说“写不成书，只寄得相思一点”；红叶题诗以传恋情，他偏说“甚荒沟，一片凄凉，载情不去载愁去”；白鸥最无忧虑（李白《江上吟》：“海客无心随白鸥”），他偏说“见说新愁，如今也到鸥边”；桃源可以避秦，他偏说“渔舟何似莫归来，想桃源、路通人世”……莫不显示出笔力的“峭拔”（《词源》说姜词“古雅峭拔”，《琐窗寒》词小序说王沂孙“琢句峭拔，有白石意度”，可见他对“峭拔”的赞赏），以及于旧典故中翻出新意思的高妙本领。

第三，说到他的铸造新语，则更是人们所一向佩服的。陆辅之《词旨》，曾一口气举出过他几十句“警句”来；陈廷焯也说：“玉田工于造句，每令人拍案叫绝。”①我们试看陈氏所列举的一些句子：

扣舷歌断，海蟾飞上孤白。
山空天入海，倚楼望极，风急暮潮初。
疏风迎面，湿衣原是空翠。
料瘦筇归后，闲锁北山云。
夜气浮山，晴晖荡目，无寻秋处。
回潮似咽，送一点愁心，故人天末。江影沉沉，夜凉鸥梦阔。
杨花点点是春心，替风前万花吹泪。

这些词句，或融化前人诗意，或出于己之匠心，都堪称是经过锤炼之后的警策之语。其动词之择用，意象之组合，比喻之新颖，铸语之浑化，都达到了一种醇雅精致的境地，令人赞叹。

如果我们再从“炼字琢句”这方面拓开去看，那么张炎在词的章法结构方面也是深有讲究的。他不仅炼字、炼句，同时也“炼篇”“炼章”。在章法结构方面，他同样深加“锻炼”——但“锻炼”的结果却往往化去了雕琢的痕迹，而能收到既波澜顿挫、却又一气舒展的妙处。如《甘州》词：

记玉关、踏雪事清游，寒气脆貂裘。傍枯林古道，长河饮马，此意悠悠。短梦依然江表，老泪洒西州。一字无题处，落叶都愁。　　载取白云归去，问谁留楚佩，弄影中州？折芦花赠远，零落一身秋。向寻常、野桥流水，待招来、不是旧沙鸥。空怀感，有斜阳处，却怕登楼。

① 陈廷焯：《白雨斋词话》，唐圭璋编《词话丛编》，中华书局，1986年，第3815页。

此词读来,既有旋折之感,又觉流畅之妙,真所谓“一气呵成”、“波澜起伏”,给人以“悠悠”不尽之意,令人生回肠荡气之感。

又如他那首《高阳台·西湖春感》词,其艺术效果之强,原因之一即得力于它的章法之妙,这种妙处主要即体现在一个“转”字上:开头三句,起得平缓。第四句就用一个短片(“能几番游”),使之陡起波折,转入下文。接言“看花又是明年”,以一“又”字与上句呼应;此句稍一停顿后,下面两小节(“东风且伴蔷薇住,到蔷薇、春已堪怜”和“更凄然,万绿西泠,一抹荒烟”)就一步一紧,步步逼人,越转越深,越转越急。其中的“且”、“到……已”和“更”字,便把这两节词意紧紧“钩”成一团,衔接极密。下片则继续运用“转”字之妙,由景转入情,由物转到人。“当年燕子知何处”,换片而不换意,转入人事的描写。“见说新愁”后用一“也”字、“再”字层层追逼出词人愁极、闷极、无聊极的心理。“莫开帘,怕见飞花,怕听啼鹃”三句,又由紧极、密极而转为“放松”与疏宕,显得沉哀沁人,余韵不尽。全词就依仗着虚字的巧妙配搭,通过“潜气内转”的手法,把词意表达得“郁之至,厚之至”①,真有“弦弦掩抑声声思”“不胜清怨却飞来”的无穷韵味!

三、孤雁冷蛩、夕阳枯荫的美感特色

唐宋词苑中,存在着各种类型的艺术美感。大致来说,婉约词人所提供的,主要是一些“柔性”的美感;而豪放词人所提供的,则主要是一些“刚性”的美感。如果再细一点分,那么,即使同属婉约词人,二晏和柳永,周邦彦和李清照,姜夔和吴文英……他们之间的美感类型,也还是存有一定差异的;同样,共属豪放词人,苏轼和辛弃疾,刘过和刘克庄……他们之间的艺术美感也是“同中有异”的。清人郭麐曾用这样一段形象生动的语言来形容唐宋词苑中四大主要类型的美感:

> 词之为体,大略有四:风流华美,浑然天成,如美人临妆,却扇一顾,《花间》诸人是也;晏元献、欧阳永叔诸人继之。施朱傅粉,学步习容,如宫女题红,含情幽艳,秦、周、贺、晁诸人是也;柳七则靡曼近俗矣。姜、张诸子,一洗华靡,独标清绮,如瘦石孤花,清笙幽磬,入其境者疑有仙灵,闻其声者人人自远;梦窗、竹屋或扬或沿,皆有新隽,词之能事备矣。至东坡以横绝一代之才,凌厉一世之气,间作倚声,意若不屑,雄词

① 陈廷焯:《白雨斋词话》,唐圭璋编《词话丛编》,中华书局,1986年,第3816页。

高唱，别为一宗；辛、刘则粗豪太甚矣。①

在他看来，姜、张一派，其美感的类型就是偏于“冷香”型的：“瘦石孤花”，自有一种冷峭之美；“清笙幽磬”，别具一种清幽之趣。郭麐的这种感受是否有道理呢？应该说是很有道理的。试读姜夔的这种词：

人绕湘皋月坠时，斜横花树小，浸愁漪。一春幽事有谁知？东风冷、香远茜裙归。　鸥去昔游非。遥怜花可可，梦依依。九疑云杳断魂啼，相思血，都沁绿筠枝。（《小重山令》）

淮左名都，竹西佳处，解鞍少驻初程。过春风十里，尽荠麦青青。自胡马窥江去后，废池乔木，犹厌言兵。渐黄昏，清角吹寒，都在空城。

杜郎俊赏，算而今、重到须惊。纵豆蔻词工，青楼梦好，难赋深情。二十四桥仍在，波心荡、冷月无声。念桥边红药，年年知为谁生？（《扬州慢》）

前者本是写“热烈”的恋情，然而却出之于“东风冷、香远茜裙归”和“相思血，都沁绿筠枝”的“冷笔”。深蕴在词中的缠绵热烈的感情，经过他独特的“冷处理”，终于呈现为梅花那样“一洗华靡，独标清绮”的“冷美”来。

后一首词写他的“黍离之悲”（词序所云），便更是冷笔凄调。“自胡马窥江去后，废池乔木，犹厌言兵”本已令人不堪，而“渐黄昏，清角吹寒，都在空城”及“二十四桥仍在，波心荡、冷月无声”则更进而把人带到一种无限虚冷、无限沉痛的境界中去。

张炎在审美嗜好方面，受姜夔影响特深。他在《词源》中特立“清空”一节，极高地评价了姜词的“清空”、“骚雅”（他的学生陆辅之在《词旨》中也记述张炎之言：“‘清空’二字，亦一生受用不尽，《指迷》之妙，尽在是矣。”②）。他自己所塑造的词境，其美感类型也是属于清空、虚冷一型的。不过比之姜词而言，它似乎显得更“灰色”、更阴暗、更冷淡一些。比如：

消磨纵然未尽，满烟波、添了斜阳。（《声声慢》）

征衣犹恋去年客，古道依然黄叶，谁家萧瑟？（《数花风》）

万里冰霜，一夜换却西风。晴梢渐无坠叶，撼秋声、都是梧桐。（《声声慢》）

① 郭麐：《灵芬馆词话》，唐圭璋编《词话丛编》，中华书局，1986年，第1503页。
② 陆辅之：《词旨》，唐圭璋编《词话丛编》，中华书局，1986年，第303页。

自长啸，怅乔木荒凉，都是残照。（《扫花游》）

但柳枝、门掩枯阴，候蛩愁暗苇。（《琐窗寒》）

特别是他那一首《清平乐》词，本是写给歌妓的艳情词，然而它的色彩竟是如此的灰黯凄清：

候蛩凄断，人语西风岸。月落沙平江似练，望尽芦花无雁。　　暗教愁损兰成，可怜夜夜关情。只有一枝梧叶，不知多少秋声！

这是一种多么幽悄孤清的境界！“只有一枝梧叶，不知多少秋声”，简直抵得上欧阳修的一篇《秋声赋》。比之姜词来，更觉有一种“绝望者”的阴暗感。

造成张炎词中这类“孤雁冷蛩、夕阳枯荫”（他偏爱写此类事物）型的美感的原因是很显然的。一是从张炎本身的生活情趣和艺术趣味来看，他有着隐士式的清旷胸襟，他偏嗜大自然中的清冷事物；二是改朝换代的巨大创伤更给他的心理上抹上了一层浓厚的“灰色”，他那经受了沧桑变易的巨创后的心理，驱使他格外喜写自然界的“冷色”事物；三是整个时代都处在那种满目疮痍的“悲惨世界”气氛之中，词人怎能不受到这种时代气氛的影响？《元史・刑法志》载：“诸妄撰词曲、诬人以犯上恶言者，处死”，“诸乱制词曲为讥议者，流”。① 在这个动辄以杀戮和流放来威胁文人的世界中，胆小一点儿的词人怎能不蛰伏如冬蛩、噤声若寒蝉呢？所以，张炎词的这种近似有些变态的艺术美感，正是肃杀时代气氛的产物。

唐宋词苑中，曾经盛开过姹紫嫣红的多种艺术之花。如拿四季来作比喻的话，那么五代的词苑，犹如“早春”天气，绽开着小令词的美丽花蕾；北宋的词苑，既标志着百花齐放的“大好春光”之来临，又悄悄地转到了秀木繁枝的“夏日”；南宋前期，词苑“丰收”了，产生出一大批充满生机的爱国词作；但到了南宋后期，“气候”就变得衰飒了；至宋末元初，则群芳凋残、万卉入土了。张炎的词，就堪称是那北风凛冽中摇曳可怜的“残花”之一。它的表现出凄冷型的美感，也就十分容易理解了。

以上谈的即是张炎词的主要艺术特色。关于它在艺术方面的缺点，将在后文结合它对后世的影响时再一并谈及。

① 宋濂，等：《元史》卷一〇四，中华书局，1976 年，第 2051 页。

第十三章　张炎的词学理论

前面,我们已对张炎的词作了初步的研究。这里,还想进而对他的词学理论作些评析。这是因为,张炎不仅是一位“作手”,还是一位“论家”,他的词学理论在整个宋代词论中占有着相当重要的地位。

宋代以“词”著称;然而,宋代词论比起创作的繁荣情况来,却显得相对“薄弱”。除了一些论词的“谈片”之外,比较系统的词学著作仅有《碧鸡漫志》、《乐府指迷》和《词源》三种。而《词源》,就堪称是这三种中间理论性最强的一部。此书分上、下两卷。上卷及下卷中的“音谱”、“拍眼”两节,专论音律问题。其余,则主要论述词的作法问题,旁及其他许多内容。我们所要评析的张炎之词学理论,即基本由其下卷的各条论述中䌷绎归纳而出;而对他所专论的音律问题(这属专门性的学问),则略而不谈。

下卷开首,有“原序”一篇。其中有云:“余疏陋谫才,昔在先人侍侧,闻杨守斋、毛敏仲、徐南溪诸公商榷音律,尝知绪余,故平生好为词章,用功四十年,未见其进。今老矣,嗟古音之寥寥,虑雅词之落落,僭述管见,类列于后,与同志商略之。”①从这段话中可知:第一,张炎的词学理论是有所“师承”的,它在很大程度上代表了当时许多词人(词论家)的共同看法,可以视为“雅词”派理论的一个“总结”;第二,他本人曾经以这种理论来指导自己的创作实践(所谓“用功四十年,未见其进”,乃其谦词),所以研讨他的词学理论,也可反过来加深对他词作的认识与理解。下面即来具体分析。

一、张炎论词的总纲——“雅词”论

词的发展,从中晚唐文人词算起的话,到张炎时代已有了500年左右的历史。在这个漫长的历史过程中,它大致完成了两个演变:一是由原为音乐附庸的

① 张炎著、夏承焘校注,沈义父著、蔡嵩云笺释:《词源注　乐府指迷笺释》,人民文学出版社,1963年,第9页。

“曲子”变成了一种富有音乐性的新型诗体；二是由原为酒边佐兴的“小技”逐渐变成了可以自由地抒情言志的文学工具。这些，在张炎的词论中都得到了反映。具体地说：第一，张炎仍十分强调词的合乐性，然而他又同时注意到了词的抒情性和文学性。他说：

词之作必须合律。（杂论）①

始知雅词协音，虽一字亦不放过，信乎协音之不易也。（音谱）②

美成负一代词名……而于音谱且间有未谐，可见其难矣。（原序）③

这些，就讲的是词须合乐和合乐之不易。但他同时又说：

词以意趣为主。（意趣）④

音律所当参究，词章先宜精思。（杂论）⑤

这就可证他对词的“抒情性”和“文学性”的重视。第二，他仍然沿袭了前人视词为“小技”的看法，却又相当程度地“抬高”了词的地位。如他说：

簸弄风月，陶写性情，词婉于诗，盖声出莺吭燕舌间，稍近乎情可也。（赋情）⑥

康（与之）、柳（永）词，亦自批风抹月中来；“风月”二字，在我发挥，二公则为风月所使耳。（杂论）⑦

他拿“风月”二字作为词的主要创作题材，这就可知他的仍然看轻词体。但他又说，像陆淞的《瑞鹤仙》、辛弃疾的《祝英台近》，皆“景中带情，而存骚雅。故其燕酣之乐，别离之愁，回文、题叶之思，岘首、西州之泪，一寓于词。若能屏去浮艳，乐而不淫，是亦汉魏乐府之遗意”（赋情），这又可见他的抬高词体。

这里的关键就在于一个“雅”字。也就是说，词只要写得“雅正”“骚雅”（具体讲，就是要“屏去浮艳，乐而不淫”），那么，也是可以达到“古诗”（“汉魏乐府”）的境地的。在这个“雅”字的笼罩之下，张炎便统一了前面两组本来带有对

① 张炎著、夏承焘校注，沈义父著、蔡嵩云笺释：《词源注　乐府指迷》，人民文学出版社，1963 年，第 26 页。

② 张炎：《词源》，唐圭璋编《词话丛编》，中华书局，1986 年，第 256 页。

③ 同①，第 9 页。

④ 同①，第 18 页。

⑤ 同①。

⑥ 同①，第 23 页。

⑦ 同①。

立意味的看法,因此这个“雅词”的理论,便可看成是他论词的一个纲领性意见。明白了这点,就让我们再回过头来看他如何从这个“雅”字出发而来“统帅”和“统一”前面的两组看法的:

第一组看法中,他之所以强调词要合乐,是因为他认为,不合乐之词就够不上“雅”的标准(如他认为辛、刘词“非雅词也”,原因之一即在于它们不讲合乐,只是“长短句之诗耳”);而他之所以又重视词的文学性,又是因为词的文学性乃是表达“雅趣”的语言基础。

第二组看法中,他贬低康、柳的“批风抹月”词,是因为嫌它们不“雅”;而他之所以抬高某些词,又是因为它们的“骚雅”可接“汉魏乐府”。

所以,横亘在张炎胸中的,就是这样的一种“雅词”论。故而他说自己作《词源》的目的就是:“嗟古音之寥寥,虑雅词之落落,僭述管见,类列于后,与同志商略之。”①这种“雅词”的具体标准,一是思想内容方面要抒写符合封建道德规范的雅情逸志(这并不排斥传统的言情题材),二是艺术形式方面(包括审音协律、琢句炼字)须加推敲锤炼;两者结合,就使词从内容到形式都能达到醇雅、精粹的境地。这种词学理论正就是张炎自己创作实践的指导思想。在这种理论中,我们既看到了南宋词在“艺术性”方面的高度成熟,却又看到了生活于宋季末世的士大夫文人脱离现实的生活情趣和较为狭隘的艺术趣味。

二、“婉丽”“清空”的风格论

同样,在张炎的“风格论”中,也反映并渗透着他所具有的生活情趣和艺术趣味——他的风流儒雅的一面形成对于“婉丽”风格的要求,而他的隐逸超旷的一面又形成对于“清空”风格的要求;而这两种似乎有些矛盾的风格论又如他那两种看起来有些扞格不入的生活情趣和艺术趣味一样,却是“合二而一”地统一在同一个人身上的。

先说“婉丽”。

首先,张炎从前代婉约词的创作实践中,概括出了“词以婉约为正宗”的认识。他说:“簸弄风月,陶写性情,词婉于诗。”基于这种对于词体的“本色”论看法,他当然会主张词要婉丽。同时,他本人那种风流儒雅的生活情趣与艺术趣

① 张炎著、夏承焘校注,沈义父著、蔡嵩云笺释:《词源注 乐府指迷笺释》,人民文学出版社,1963 年,第 9 页。

味,也驱使他力主词要婉丽(但同时又要丽而不淫、婉而典雅)。他所谓的既“风流蕴藉”又“立意高远”即是此意。

上述这种风格论,我们还可以从他所欣赏的词人和词作中侧面地看出。在晚唐五代词中,他所最欣赏的是温庭筠、韦庄、冯延巳;在北宋词人中,他又多次提到秦观、周邦彦以及苏轼;在南宋词人中,他更赞赏姜夔、史达祖和吴文英。这些词人的婉约词作,就均以其婉丽特色得到了张炎的青睐。而从下面两个比较特殊的例子中,我们更可以明显地感受到他对“婉丽”(同时又必须是丽而不淫、婉而典雅)的艺术要求。其一,他在一般地表示了对辛词的不甚喜欢之外(认为它只是“长短句之诗耳”)却特地全文抄录了辛氏的《祝英台近》(“宝钗分,桃叶渡,烟柳暗南浦。怕上层楼,十日九风雨。断肠片片飞红,都无人管,凭谁劝啼莺声住!　鬓边觑,试把花卜归期,才簪又重数。罗帐灯昏,哽咽梦中语:是他春带愁来,春归何处,却不解带将愁去”),赞赏它“景中带情,而存骚雅”①,这就可知他对这首“昵狎温柔、魂销意尽”②词作的既婉丽又骚雅的风格之喜爱。其二,他在“咏物”一节中,先列出了史达祖的咏春雪、咏春雨、咏双燕词和姜夔的咏梅、咏促织词,而后又列出了刘过的咏美人指甲、咏美人小脚词,最后评论后两词“亦自工丽”,“但不可与前作(指史、姜诸作)同日语耳”。这“亦自工丽”,就反映了他对刘词“婉丽”风格的赞赏;这“不可同日语”则又反映了他对刘词“不雅”的批评。

所以可以说,张炎对于词欲“婉丽”的风格要求,一方面是对前代婉约词论的继承,另一方面又是对它的修正和补充。它反映着婉约词发展到南宋中后期,已开始被纳入到“雅词”的轨道中去了。这观之像周邦彦这样一位婉约词的“大师”都遭到张炎的批评,就格外清楚了。张炎说:

> 美成负一代词名……作词者多效其体制,失之软媚而无所取。(原序)
>
> 词欲雅而正。志之所之,一为情所役,则失其雅正之音。耆卿、伯可不必论,虽美成亦有所不免。如“为伊泪落”,如“最苦梦魂,今宵不到伊行”,如“天便教人,霎时得见何妨”,如“又恐伊寻消问息,瘦损容光”,如“许多烦恼,只为当时,一饷留情”,所谓淳厚日变成浇

① 张炎著、夏承焘校注,沈义父著、蔡嵩云笺释:《词源注　乐府指迷笺释》,人民文学出版社,1963年,第23页。

② 沈谦:《填词杂说》,唐圭璋编《词话丛编》,中华书局,1986年,第630页。

风也。(杂论)①

在张炎这种关于词须"婉而雅"的要求上,就深刻地打上了张炎所处时代的意识形态的烙印。

再说"清空"。

在张炎看来,"婉丽"是词体的当然本色,是对词风的一种基本要求;而比它更为"高级"的上乘风格则应是婉丽而兼高雅(或"骚雅")。这样,他的风格论又从一般的"婉丽"而向"清空"发展了。在这种"发展"中,我们又明显看到了张炎身上(特别在入元后)隐逸超旷的生活情趣和艺术趣味所发生的"作用"。

张炎生活在一个既富贵、又清雅的贵族家庭中。他和前代的张镃、张枢一样,不是一个"庸俗"的纨绔膏粱子弟。他们具有"正统"士大夫文人的"儒雅"的文化修养,在"富贵"之外兼嗜着"山林"之趣(张戒《岁寒堂诗话》卷上就说过"富贵山林,两得其趣"的话②,而罗大经《鹤林玉露》丙编卷五则说:"士岂能长守山林、长亲蓑笠?但居市朝轩冕时,要使山林蓑笠之念不忘,乃为胜耳。"③),因此在对于词风的要求方面,正如食厌了佳肴珍馐而欲求山果野蔬一样,又自然会从"婉丽"之外另生出一种对于"清空"风格的嗜求。从这种嗜求出发,张炎就对吴文英某些过分缛丽繁密的词作产生了厌倦之感。他说:

吴梦窗词如七宝楼台,炫人眼目,碎拆下来,不成片段。(清空)④

他把这种词风称为"质实"。而质实过甚,则至凝涩。如吴词《声声慢》之"檀栾金碧,婀娜蓬莱,游云不蘸芳洲",即是太浓致涩之例。在针对这种"浓得化不开"的晦昧质实风格而发出贬辞时,他就标举出姜夔的"清空"以作对比:

词要清空,不要质实。清空则古雅峭拔,质实则凝涩晦昧。姜白石词如野云孤飞,去留无迹……白石词如《疏影》《暗香》《扬州慢》《一萼红》《琵琶仙》《探春》《八归》《淡黄柳》等曲,不惟清空,又且骚雅,读之使人神观飞越。(清空)⑤

"清空"的风格论,最后还是落脚于"骚雅"上;而要达到"骚雅",照张炎看来,还

① 张炎著、夏承焘校注,沈义父著、蔡嵩云笺释:《词源注 乐府指迷笺释》,人民文学出版社,1963年,第9、29页。

② 张戒:《岁寒堂诗话》,丁福保辑《历代诗话续编》,中华书局,1983年,第460页。

③ 罗大经:《鹤林玉露》,中华书局,1983年,第322页。

④ 同①,第16页。

⑤ 同①,第16页。

得力求于婉丽之同时求得“清空”。所以其论虽主“清”而“空”，但它本身却并不真是“野云孤飞，去留无迹”的，它的核心或基础仍是那个“雅词”的理论。

当然，张炎的特别嗜好姜夔词风，还有其他方面的一些原因，特别与他入元后的身世和心境有关。这儿所谈的只是他词论方面的因素。而在这种词论的背后，我们又看到：正是他的生活情趣和艺术趣味对他的词论在产生着影响。

如同世间一切事物一样，艺术风格的发展也是不断变化、不断更新的。周邦彦典雅缜密的词风，发展到了姜夔，就朝着清空疏放的方向发展了；物极必反，继之而起的吴文英，则又重新把它拉回到缛丽繁密（比周更甚）的道路上去。而张炎在这两家之中，选择了姜夔作为自己师法的榜样，力求纠正吴词过分密丽之病而重新朝着清润疏雅的方向发展。这种密—疏—密—疏的演变过程，一则反映了人们对于艺术风格的追求永远不会停留、止息，另则也反映出宋代词苑确实存在着多种多样的艺术风格——张炎正是在继承前人的基础上“通而变之”地形成了自己的词学理论的。

三、反映着时代风尚的文体论

张炎在《词源》中还有关于“文体论”的论述。不过我们这里所说的“文体”并非指文章（词章）的体裁，而是指它的题材类型。从张炎所谈的各种词体中间，我们不难看出南宋后期词坛的一些普遍风尚。

《词源》中专门谈了“赋情”和“离情”词。所谓“赋情”，专指女儿之情，如他例举的陆淞《瑞鹤仙》和辛弃疾《祝英台近》，就都是借着闺中“思妇”之口吻所发的婉情娈思（亦即他在《木兰花慢》《甘州》等词中所言的“周情柳思”）。所谓“离情”，一般也是言男女离别之情（再加上失意文人“送君南浦”的羁旅之情）。他要求这些词要写得“哀怨”“感怆”“情景交炼”，这些都是传统词的常见题材和写法，并非张炎个人的新“发明”，因而就不来多说。

我们更需加以注意的却是张炎所特标的“咏物”“节序”“寿词”三类。这可谓是南宋后期词坛的“特产”，而与当时以词“应社”和以词为“羔雁之具”①的风气密切相关。

《词源》专列“咏物”一节，花了相当多的篇幅来说明咏物词的作法。他说：“诗难于咏物，词为尤难。体认稍真，则拘而不畅；模写差远，则晦而不明。要须

① 况周颐著、王幼安校订，王国维著、徐调孚注：《蕙风词话　人间词话》，人民文学出版社，1982 年，第 223 页。

收纵联密，用事合题，一段意思，全在结句，斯为绝妙。”①这是他总结前人咏物词创作经验的“知者之言”，也是他自己写咏物词的心得体会。张炎的高祖张镃曾写过著名的咏促织词，杨缵曾写过咏牡丹词，周密又写过咏水仙、琼花、落梅、蝴蝶、牡丹、柳花，以及《乐府补题》中的咏龙涎香、白莲、蝉等咏物词。张炎本人，入元前以“春水”词驰名词坛，入元后更以咏孤雁、白莲、红叶等词著称于世。所以他的重视咏物词，一半也是他的“夫子自道”。

《词源》又专列“节序”一节。宋人特重一年间的各种节序。《东京梦华录》开列了正月、元旦朝会、立春、元宵、清明、三月一日、四月八日、端午、六月六日、七夕、中元节、立秋、中秋、重阳、十月一日、天宁节、立冬、冬至、十二月、除夕等重要节日，《武林旧事》也开列了元正、立春、元夕、挑菜（二月一日“中和节”）、进茶（仲春上旬）、二月八日社会、寒食祭扫、浴佛（四月八日）、迎新（四月初、九月初尝新酒）、端午、避暑（六月六）、乞巧（七夕）、中元（七月十五）、中秋、观潮（八月十八）、重九、冬至、岁除等重要节日。这些都表明着两宋人在城市经济发达的基础上物质生活的优裕和娱乐生活的丰富，当然也从一个侧面反映着上层社会的侈靡。词本是应歌佐酒之具，所以描绘这种节序喜庆的词也就应运而生了。《词源》中提到过柳永、周邦彦、史达祖等人的各类节序词，就反映了此风之盛。但这些都未足为奇，因而于此只一笔带过。值得特为提出的倒是，它还谈到了李清照那首《永遇乐》（元宵）词，称它为“亦自不恶”。这说明，张炎一方面主张“节序”词应该写得“措辞精粹，又且见时序风物之盛、人家宴乐之同”②；另一方面对于李清照式的寓有“每逢佳节倍思亲”的故国之思的词，也怀有某种不便明言的赞赏和理解之情。所以他自己也在某些“节序”词中隐寓了这种亡国之痛（如咏清明节的《朝中措》词有：“折得一枝杨柳，归来插向谁家”）。不过，总起来说，南宋人好结词社，他们在词社上分题赋咏、和韵唱酬，其中很多作品就是以咏物和节序为其咏写题目的。所以里面虽有少量的佳构优作，但大量的却是应社赋词、为文造情的产物。周济说：“北宋有无谓之词以应歌，南宋有无谓之词以应社。”③这个批评是很中肯的。从张炎的专列“咏物”和“节序”两类词中，就反映出了南宋后期词坛上那种脱离现实的不太景气的状况。而这种状况，在《词源》中另又提到的“寿词”中，就显得格外清楚了。

① 张炎著、夏承焘校注，沈义父著、蔡嵩云笺释：《词源注　乐府指迷笺释》，人民文学出版社，1963 年，第 20 页。

② 同①，第 22 页。

③ 周济：《介存斋论词杂著》，唐圭璋编《词话丛编》，中华书局，1986 年，第 1629 页。

《词源》说：

> 难莫难于寿词，倘尽言富贵则尘俗，尽言功名则谀佞，尽言神仙则迂阔虚诞。当总此三者而为之，无俗忌之辞，不失其寿可也。松椿龟鹤，有所不免；却要融化字面，语意新奇。（杂论）①

按其所列三病（尘俗、谀佞、迂阔虚诞），正是当时词坛的通病。特别是其中的“谀佞”一病，更使词堕为干谒、奉迎的“羔雁之具”。据周密《齐东野语》卷一二记载，奸相贾似道每岁八月八日生辰，“四方善颂者以数千计。悉俾翘馆謄考，以第甲乙，一时传颂，为之纸贵，然皆谄词呓语耳”②。张炎虽已看到“寿词”常犯之三病，然而却仍要在不改变主题思想（即祝人“福、禄、寿”三全）的前提下，用“融化字面，语意新奇”的办法去补救它，这也说明了他词论的致命弱点乃在于脱离了现实生活这个“源”而去谈“词”，因而只能在狭窄的题材内容之圈子里“翻花样”、求“新奇”。从他津津乐道的几种词体中，我们既看到了当时整个婉约词坛的那些普遍习尚，也看到了张炎不甚宽阔的生活情趣和艺术趣味。

四、注重“锻炼”的修辞、技巧论

张炎作为一个在艺术上具有很高造诣的词人，他是十分注重作词的技巧问题的。《词源》中曾花了大量的篇幅，细谈他对各种技巧问题的看法。“着盐水中，咸淡自知”，由于他本人有着丰富的创作实践作为谈艺的基础，所以这一部分关于修辞、技巧的内容，是《词源》中甚有心得的部分。

首先，他强调了“立意”（亦即确立主题思想）的重要性，并且要求以“意”来统帅整个“制曲”（填词）的全过程。他说：“作慢词看是甚题目，先择曲名，然后命意；命意既了，思量头如何起，尾如何结；方始选韵，而后述曲。”（制曲）③同样一个题目，到了不同的作者手中，之所以能写出不同的词来，其原因即在“命意”的有所不同。因此他指出：“词以意趣为主，不要蹈袭前人语意”（意趣）④；只有“特立清新之意”的作家，才能“自成一家，各名于世”。

① 张炎著、夏承焘校注，沈义父著、蔡嵩云笺释：《词源注　乐府指迷笺释》，人民文学出版社，1963年，第28页。

② 周密：《齐东野语》，中华书局，1983年，第219页。

③ 同①，第13页。

④ 同①，第18页。

其次,他更加强调着词章的"精粹"。在这方面,他结合自己的写作实践,谈了三点切身的体会:

一是篇章结构要浑然一气、前后连贯。他特别提出:"最是过片①不要断了曲意,须要承上接下。如姜白石词云:'曲曲屏山,夜凉独自甚情绪',于过片则云:'西窗又吹暗雨',此则曲之意脉不断矣。"(制曲)②又提出,"末句最当留意,有'有余不尽之意'始佳。"(令曲)③这种重"过片"、重结尾的说法,都与他的深受姜词和姜氏诗论④影响有关,而在他自己的创作实践中也有所贯彻。

二是下字用语要"锻炼"。他说:"词中句法,要平妥精粹"(句法),而尤其对其中重要的句子(张炎的学生陆辅之在《词旨》中把它们称为"警句"和"词眼")更要"深加锻炼",使之达到"字字敲打得响"(字面)⑤的地步。这一点可说是张炎独得的秘诀之一。他的词能收到"高格响调"之功,与此就是深有关系的。同时,他还重视词中的虚字,认为虚字如用得好则"句语自活,必不质实,观者无掩卷之诮"(所以陆辅之《词旨》承袭张炎的这一主张,还专门汇集了许多虚字以供作词者选用),这也是他的一得之言。

三是词中的"用事"、用典,他主张"要体认着题"而又要"融化不涩",要"用事不为事所使"始为高妙。这既是他对前人(周邦彦、姜夔等)词中用典经验的继承,又是对吴文英词中用事太涩之病的一种婉转的批评。

最后,张炎还十分重视词的修改。他说:

> 词既成,试思前后之意不相应,或有重叠句意,又恐字面粗疏,即为修改。改毕净写一本,展之几案间,或贴之壁,少顷再观,必有未稳处,又须修改;至来日再观,恐又有未尽善者。如此改之又改,方成无瑕之玉。倘急于脱稿,倦事修择,岂能无病?不惟不能全美,抑且未协音声。作诗者且犹旬锻月炼,况于词乎!(制曲)⑥

张炎是这么说的,也是这么做的。试观《山中白云词》稿,一词往往旁附"别本",

① 过片:一首词分两段或三段,每段叫一阕或一片。下一段的开头叫"过片"。
② 张炎著、夏承焘校注,沈义父著、蔡嵩云笺释:《词源注 乐府指迷笺释》,人民文学出版社,1963年,第13页。
③ 同②,第25页。
④《白石诗说》中说:"篇终出人意表,或反终篇之意,皆妙。""句中有余味,篇中有余意,善之善者也。"皆重视末句之意。
⑤ 同②,第15页。
⑥ 同②,第13页。

明显是前后修改的两稿。张炎自谓“生平好为词章,用功四十年,未见其进”①,这是他的自谦之言,此话里面,也表明了他对于诗(词)艺所作的坚持不懈的追求。

《词源》成书于张炎晚年②,可以视作是他一生创作经验的结晶。而《山中白云词》,也正是在这样一种词学理论指导下写成的。有了理论的印证和启发,我们在研究张炎的词作时便可获得很大的方便。当然,在这种词学理论中,我们既看到了作为词人和词论家的张炎对于“艺术性”的着意讲求与努力(这是造成其艺术成就的重要原因之一),却又看到了他那颇为狭隘的艺术观和审美观——特别从他贬低辛派爱国词作、忽视词的思想性的缺陷中,我们又很容易地找到了张炎词论的重大局限。尽管因着时代环境的强烈变异,曾促使他一度跳出过自己词论的束缚,但就总的情况来看,张炎的创作却是确因这种显得保守和偏致的理论的“指导”而限制了自己的成就的。

① 张炎著、夏承焘校注,沈义父著、蔡嵩云笺释:《词源注　乐府指迷笺释》,人民文学出版社,1963年,第9页。

② 夏承焘认为《词源》成书于《山中白云词》结集之后(见其《词源注·前言》)。吴熊和的《唐宋词通论》则认为它作于元成宗大德年间(1297—1307)。

第十四章 张炎词的影响和评价

张炎的词,在当时和后世的词坛上都有着一定的影响。从它所产生的影响和所受到的评价中,一方面我们可以看到词风嬗变之轨迹,另一方面也可以看到它本身的某些优缺点。

张炎词在他当世的词坛上,几乎受到了众口交誉的赞赏。他在宋末元初的时期,堪称"独秀江东"①。

对他的赞赏,首先在于艺术造诣和艺术风格方面。

邓牧称:"古所谓歌者,《诗三百》止尔。唐宋年间始为长短句,法非古意,然数百年来工者几人,美成、白石,逮今脍炙人口。知者谓丽莫若周,赋情或近俚;骚莫若姜,放意或近率。今玉田张君无二家所短,而兼所长,《春水》一词,绝唱千古。"②舒岳祥也说他"诗有姜尧章深婉之风,词有周清真雅丽之思"③。从这两则评语来看,当时人心目中的词坛正鹄并非别人,即是周、姜二家;而张炎,就正是一位吸收并融合两家之长(又避其所短)的词人,所以他的既丽又雅的词风就深深地符契着该时期人们的审美趣味和词学宗尚,这就使他成为当时词坛上的"最佳词人"之一。

仇远的一段评论则又是从另一方面来说的。他从正面赞扬了张词的"意度超玄,律吕协洽"之后,又把它与当时词坛上的另一股潮流做了对比。他说:"世谓词者诗之余,然词尤难于诗。词失腔犹诗落韵。诗不过四五七言而止,词乃有四声五音均拍重轻清浊之别,若言顺律舛,律协言谬,俱非本色。或一字未合,一句皆废;一句未妥,一阕皆不光彩,信戛戛乎其难。又怪陋邦腐儒,穷乡村叟,每以词为易事,酒边兴豪,即引纸挥笔,动以东坡、稼轩、龙洲自况,极其至四字《沁园春》、五字《水调》及七字《鹧鸪天》《步蟾宫》,拊几击缶,同声附和,如梵呗,如步虚,不知宫调为何物,令老伶俊娼,面称好而背窃笑,是岂足与言词哉!"④这

① 永瑢,等:《四库全书总目》,中华书局,1983年,第2799页。
② 邓牧:《山中白云词序》,张炎《山中白云词》,吴则虞校辑,中华书局,1983年,第165页。
③ 舒岳祥:《赠玉田序》,张炎《山中白云词》,吴则虞校辑,中华书局,1983年,第165页。
④ 仇远:《玉田词题辞》,张炎《山中白云词》,吴则虞校辑,中华书局,1983年,第164页。

一节批评的矛头，我猜测可能即是指向其时的"江西派"词人的（元初江西庐陵凤林书院无名氏辑有《名儒草堂诗余》一集，收录63位词人的200余首词作。其作者多江西人，其作品多粗犷之作）。这一派词人继承了苏、辛、刘等人的"豪放"作风（同时也发展了其中的某些不良倾向），照张炎、仇远他们看来，就"非雅词也，于文章余暇戏弄笔墨为长短句之诗耳"①，所以是"岂足与言词哉！"从这个对比中，我们清楚地看到，张炎词可谓是继姜夔词之后的又一"雅词"的"标本"（仇远即谓："方之古人，当与白石老仙相鼓吹"）。照仇远看来，张词的妙处一在于"意度超玄"（雅趣、雅思也），二在于"律吕协洽"，三在于"情景交炼"（"铅汞交炼而丹成，情景交炼而词成"）。他给张炎词所作的这些评论，充分揭橥了张词的"雅词"特质及其具体体现。（仇文见其《玉田词题辞》）

对张炎词的赞赏，又在于它所隐含的家国之感上。不过对这一点，当时人说得比较含蓄，这或许与时代环境有关吧。

爱国文人郑思肖为《玉田词题辞》，称它"鼓吹春声于繁华世界，飘飘征情，节节弄拍，嘲明月以谑乐，卖落花而陪笑。能令后三十年西湖锦绣山水犹生清响，不容半点新愁飞到游人眉睫之上"②。对于这段隐晦曲折的话，夏敬观曾批评说："疯狂之语，似通非通，开明季恶风气之先。"③但我们仍可从"能令后三十年西湖锦绣山水犹生清响"一语中窥知郑思肖的真实意思：张炎词所描塑的西湖山水中，将久久地流响着故国的笙歌筝琶之声，使得后代的读者永远激起对于祖国锦绣河山的热爱和留恋之情。语似"欢喜"，意实悲痛深长。

陆文奎在《词源跋》中则把张炎词的兴亡之感说得比较透彻："淳祐、景定间，王邸侯馆，歌舞升平。君王处乐，不知老之将至。梨园白发，濞宫蛾眉，余情哀思，听者泪落。"④张炎词中那种催人泪落的艺术感染力，来源于他词中深沉的国破家亡之感。它在那个易代之际，赢得了很多人的共鸣与同情。

不过，就在人们理解张炎词所蕴藏的故国之思的同时，他们对张词的另一些赞语也就暴露了张词的思想局限。戴表元说，张炎"取平生所自为乐府词自歌之，噫呜宛抑，流丽清畅，不惟高情旷度，不可亵企，而一时听之，亦能令人忘去穷

① 张炎著、夏承焘校注，沈义父著、蔡嵩云笺释：《词源注　乐府指迷笺释》，人民文学出版社，1963年，第32页。

② 郑思肖：《玉田词题辞》，张炎《山中白云词》，吴则虞校辑，中华书局，1983年，第164页。

③ 夏敬观：《吷庵词评》，《词学》第五辑，华东师范大学出版社，1985年，第207页。

④ 陆文奎：《玉田词题辞》，张炎《山中白云词》，吴则虞校辑，中华书局，1983年，第166页。

达得丧所在"①。舒岳祥称他"未脱承平公子故态,笑语歌哭,骚姿雅骨,不以夷险变迁也。其楚狂欤?其阮籍欤?其贾生欤?其苏门啸者欤?"②这些评语一方面反映了张炎"佯狂"而不愿与新朝合作的对立的政治态度,另一方面也反映出其词以"看穿""超旷"的人生哲学来"解脱"于现实矛盾的消极思想因素。

尽管张炎词在元初的一段时间内颇享盛名,但由于元代从整体来看乃是南词衰歇、北曲大盛的时代,所以张炎词后来便被湮没了。

有明一代(特别是明代中叶以后),《草堂诗余》一集流行于世,一版再版。朱彝尊云:"词人之作,自《草堂诗余》盛行,屏去'激楚阳阿'而'巴人之唱'齐进矣。"③厉鹗也说:"有明三百年乐府家……徒奉沈氏(际飞)《草堂》选为金科玉律,无怪乎雅道之不振也。"④他们把明词之不振归咎于一本词选的流行,这是不全面的,但事实却是:正因为明人嗜好那类小慧侧艳、纤靡浮丽的词作,所以此集始得广受欢迎。在这种词风占据主要地位的词坛上,张炎词自然就不会受到重视了。

清代初期,政治情况似乎又回复到了元代初期。一方面,大批的汉族士人经历了改朝换代的巨大事变,心中无不隐藏着或多或少的黍离之悲和身世之痛;另一方面,文网密织,文祸迭起,又迫使他们转向"山林之趣"或"考据之学"中去逃避现实。这样,他们在词学上的兴趣也就大不同于明人。他们在姜夔、张炎词中寻觅到了最为合适的趣味归宿。姜夔词特别是张炎词中,往往借纪游、咏物之作来寄寓自己的家国之感,同时又抒发了自己隐逸超旷的"高情雅思",而它的风格又是那么的"醇雅"、"清空",这就使清初人找到了精神上的"知音"和艺术上的"范本"。所以,张炎的"词魂"便又重新复活在清代初期的主流词派"浙西词派"中来了。

清代初期,"数十年来,浙西填词者,家白石而户玉田"之风⑤,虽始自曹溶,而实赖力于朱彝尊。朱氏论词,重南宋而崇姜、张。他说:"世人言词必称北宋,然词至南宋始极其工,至宋季而始极其变,姜尧章氏最为杰出"⑥;又自称填词"不师秦七,不师黄九,倚新声、玉田差近"⑦,这就可知他论词的真正宗尚实寄

① 戴表元:《送张叔夏西游序》,张炎《山中白云词》,吴则虞校辑,中华书局,1983年,第162页。

② 舒岳祥:《赠玉田序》,张炎《山中白云词》,吴则虞校辑,中华书局,1983年,第165页。

③ 朱彝尊:《绝妙好词题辞》,《绝妙好词笺》,世界书局,1935年,第2页。

④ 厉鹗:《绝妙好词笺跋》,《绝妙好词笺》,世界书局,1935年,第2页。

⑤ 朱彝尊:《静志居诗话》,人民文学出版社,1990年。

⑥ 朱彝尊:《词综发凡》,朱彝尊、汪森编《词综》,李庆甲校点,上海古籍出版社,1978年,第10页。

⑦ 见朱彝尊词《解佩令·自题词集》。

托在姜、张二人身上。

朱彝尊之所以在清代初词坛上抬出姜、张来,是有着一定原因的。

首先,朱氏生处明末清初,他早年曾秘密参加抗清活动,具有一定的民族感情。尽管他后来出仕清朝,但屡起屡踬,并不一帆风顺,心灵之上并未抹干净旧朝所留下的"灰尘",因此在心境方面就不免会和张炎发生"共鸣"。他在《乐府补题序》中说:"集中作者……大率皆宋末隐居子也,诵其词,可以观志意所存,虽有山林友朋之娱,而身世之感别有凄然言外者,其骚人《橘颂》之遗音乎?"①他在这里,敏锐地看出了宋末这一辈词人的"身世之感",且又同情于他们的"别有凄然言外者",这就可以反窥他自己的内心有同于他们之处。但是,处在清代文字狱大兴的恐怖时代(这与元初统治也很相似),他自己的这种亡国之感自然也不能明白表露,而只能托之以若隐若现的词笔含蓄出之。比如他的《茶烟阁体物集》中收有一首咏雁的词:

> 结多少、悲秋俦侣,特地年年,北风吹度。紫塞门孤,金河月冷、恨谁诉? 回汀枉渚,也只恋、江南住。随意落平沙,巧排作、参差筝柱。 别浦,惯惊移莫定,应怯败荷疏雨。一绳云杪,看字字、悬针垂露。渐欹斜、无力低飘,正目送、碧罗天暮。写不了相思,又蘸凉波飞去。(《长亭怨慢》)

这就与张炎咏孤雁的那首《解连环》大有相似之处。《白雨斋词话》卷三评曰:"感慨身世,以凄切之情,发哀婉之调,既悲凉,又温厚,是竹垞直逼玉田之作。"②再如《消息·度雁门关》:

> 千里重关,凭谁踏遍,雁衔芦处?乱水滹沱,层霄冰雪,鸟道连勾注。画角吹愁,黄沙拂面,犹有行人来去。问长涂、斜阳瘦马,又穿入、离亭树。 猿臂将军,鸦儿节度,说尽英雄难据。窃国真王,论功醉尉,世事都如许!有限春衣,无多山店,酹酒徒成虚语!垂杨老、东风不管,雨丝烟絮。

这种词中,又似乎有着张炎"北行词"的影子。

其次,朱氏论文学,极力讲求醇雅。他赞扬庞垲诗,说"诵其诗,雅而醇"(《丛碧山房诗序》);又赞赏《新安志》的文笔"极其醇雅"(《书新安志后》)。从

① 朱彝尊:《曝书亭集》卷三六,《四部丛刊初编》第279册,上海书店,1989年,第4页。
② 陈廷焯:《白雨斋词话》,唐圭璋编《词话丛编》,中华书局,1986年,第3835页。

这种文学理论出发来论词，朱氏也就力主“崇雅斥俗”之论。如他在《静志居诗话》中说：“倚声虽小道，当其为之，必祟尔雅，斥淫哇，极其能事，则亦足以宣昭六义，鼓吹元音。”①这和张炎“词欲雅而正”，“若能屏去浮艳，乐而不淫，是亦汉、魏乐府之遗意”的理论，正是一脉相通的。这样，他便在姜、张的词中找到了他所追求的艺术“样板”。汪森作《词综序》，就申述过朱氏的这种观点：

西蜀、南唐而后，作者日盛。宣和君臣，转相矜尚。曲调愈多，流派因之亦别。短长互见，言情者或失之俚，使事者或失之伉。鄱阳姜夔出，句琢字炼，归于醇雅。于是史达祖、高观国羽翼之；张辑、吴文英师之于前；赵以夫、蒋捷、周密、陈允衡、王沂孙、张炎、张翥效之于后。譬之于乐，舞《箾》至于九变，而词之能事毕矣。②

他们所看中于姜夔的，正在于他的“句琢字炼，归于醇雅”。而在姜派词人中，照他们看来最能体现这个特点的，除姜本人外，便推张炎。因此朱氏自称“倚新声、玉田差近”就是十分自然的了。

何况，明末清初，词坛又沾染了一种不良的作风。朱彝尊评明人马洪等人的词是“陈言秽语，俗气熏人骨髓”。为了克服明词纤靡伤格之病，他便转而要以姜、张的“雅正”、“清空”来纠弊补偏。所以他更是反复推崇姜、张词风。

再次，由于清代政治形势的关系，一大批文人中滋长了逃避现实的思想倾向。朱彝尊大写其无甚意义的咏物词（他的《茶烟阁体物集》中除了一些有所寄托的咏物词外，尽多写植物、女人五官之类的无聊词），即是其表现之一；而厉鹗的大写山水隐逸词，则又是另一种表现形式。厉鹗是浙派词人的“中坚”人物，他在浙派词坛的盟主朱彝尊之后，继续为朱氏推重姜、张的主张推波助澜，终于造成了“家白石而户玉田”的一时宗风。厉鹗性耽闲静，爱好山水，更加偏嗜张炎词中的隐逸情趣。其所自作，“如入空山，如闻流泉”，真有“无半点烟火气”的味道③。如他的《百字令》：

秋光今夜，向桐江、为写当年高躅。风露皆非人世有，自坐船头吹竹。万籁生山，一星在水，鹤梦疑重续。拏音遥去，西岩渔父初宿。
心忆汐社沉埋，清狂不见，使我形容独。寂寂冷萤三四点，穿过前湾

① 朱彝尊：《静惕堂词序》，施蛰存主编《词籍序跋萃编》，中国社会科学出版社，1994年，第543页。

② 朱彝尊、汪森编：《词综》，李庆甲校点，上海古籍出版社，1978年，第1页。

③ 梁令娴：《艺蘅馆词选》丁卷，广东人民出版社，1981年，第208页。

茅屋。林净藏烟，峰危限月，帆影摇空绿。随风飘荡，白云还卧深谷。

词前并有小序：“月夜过七里滩，光景奇绝。歌此调，几令众山皆响。”这很使我们联想到张炎《庆清朝》词（该词下片云：“此境此时此意，待携琴独去，石冷慵弹。飘飘爽气，飞鸟相与俱还。醉里不知何处，好诗尽在夕阳山。山深杳，更无人到，流水花间。”）之类的词情和词趣。所以，张炎的“秀笔”“清空”（厉鹗《论词绝句》云：“玉田秀笔溯清空”）终于化出了厉鹗的“纯雅”“清俊”（《白雨斋词话》卷四评厉鹗此词“纯雅”“清俊”，“居然一乐笑翁矣”①）。

但是，就在浙派词（特别是厉鹗）学姜、张的过程中，也就暴露出了张炎词的弱点：内容比较单薄，词风“清”而失之于“空”。文廷式批评朱彝尊道：“自朱竹垞以玉田为宗，所选《词综》，意旨枯寂。”②因此论词以思想内容为重、以“深美闳约”为旨归的常州派便取代浙派而兴起了。这样，以“清、空、轻、灵”为特色的张炎词便开始受到常州派词论家的冷遇和批评。

张惠言是常州派词人的开山祖师。他选《词选》，其中只收张炎词一首。这和《词综》选张炎词达39首（在全书中数量之多占第三位），就形成鲜明的对比。接下来，在常州派的主要理论家周济那里，张炎受到的赞扬就远少于他所得到的批评了。周济说：

> 玉田，近人所最尊奉。才情诣力，亦不后诸人。终觉积谷作米，把揽放船，无开阔手段，然其清绝处，自不易到。
>
> 玉田词，佳者匹敌圣与（王沂孙），往往有似是而非处，不可不知。叔夏所以不及前人处，只在字句上着功夫，不肯换意。若其用意佳者，即字字珠辉玉映，不可指摘。近人喜学玉田，亦为修饰字句易，换意难。③
>
> 玉田才本不高，专恃磨砻雕琢，装头作脚，处处妥当。后人翕然宗之。然如《南浦》之赋春水，《疏影》之赋梅影，逐韵凑成，毫无脉络，而户诵不已，真耳食也……笔以行意也，不行须换笔；换笔不行，便须换意。玉田惟换笔不换意。④

他的这些批评主要集中在张炎词的意境不够“深厚”上：由于作者之“意”不足，

① 陈廷焯：《白雨斋词话》，唐圭璋编《词话丛编》，中华书局，1986年，第3848－3849页。
② 见文廷式《云起轩词钞自序》。
③ 周济：《介存斋论词杂著》，唐圭璋编《词话丛编》，中华书局，1986年，第1635页。
④ 周济：《宋四家词选目录序论》，唐圭璋编《词话丛编》，中华书局，1986年，第1644页。

便用“辞”来凑足；由于作者的“才情”有歉，便以“技巧”来补救，所以从总貌上（无论思想内容还是艺术风格）来看，总嫌“无开阔手段”而显窄、薄，雕琢有余而意不深厚。常派与浙派虽存门户之见，但周济这些评语却还不失为比较实在的持平之论。张炎词的缺点在此也便讲得甚为分明了。

为了印证周济的这些论断，也为了更加全面地认识张炎的词作，我们在这里对其缺点方面作些补充论述。由于张炎生处末世，加上他本身的思想局限与艺术趣味、词学习尚上的褊狭，故而他的词无论在内容方面还是在艺术方面，都还存在着明显的缺陷。归纳起来看，大致表现在如下几方面：

第一，题材的狭窄，语言的雷同。

从题材而言，前已列举过他的艳情词、西湖词、北行词、隐逸词、咏物词。其中除北行词为我们提供了张炎自己的“新东西”以外，其余大都跳不出较为狭窄的范围。虽然它们之中由于夹寓了词人的家国身世之感，因而显露出某些新面貌来，但从总体而言，却仍有“老面孔”之感——这正是南宋后期一般婉约词人（特别是那些远离现实的“结社词人”）的通病。我们虽不必为此而专门批评张炎，但这个毛病却又是客观存在着的。由于题材狭窄而又单调，所以相应的是，可供采择的语汇也多雷同之感。我们不妨以隐逸词为例，统计一下它所使用的词汇（包括典故），那就大致不出：曲径、冷泉、清风、白云、虚籁、野色……再加上东山、桃源、斜川、东篱以及陶渊明、五柳先生等等。有好多语汇，如“山中白云”，“梧桐秋声”、“燕约莺期”、“旧燕归来”，甚至如“黄金铸出相思泪”等，词人都曾反复选用，显出“才人技短”之拙而令人产生“滥熟”的印象。

第二，意境单薄，伤于浅弱。

张炎虽有过一些意境浑厚之作，但较多的词却终嫌意境不浑不厚，读后有伤于浅弱单薄之感。即如他那首被人尊为“冠首之作”的《南浦·春水》词来说，前半部分写景，确实状物精细、描写细腻和造语新颖，但后半部分却明显有“情不足，辞来凑”的“补凑”痕迹。那几个用得滥透了的典故在这里既没有萌发什么新意，也没有抒发出多少特具的思想感受。所以周济要说：“叔夏所以不及前人处，只在字句上着功夫，不肯换意。”而戈载在赞扬张词的同时，也侧面指出：“学玉田以空灵为主，但学其空灵而笔不转深则其意浅。”①——其实，张炎词本身就有这个“意浅”的毛病。比如他《渡江云》词的下阕：

愁余！荒洲古溆，断梗疏萍，更飘流何处？空自觉、围羞带减，影怯

① 戈载：《宋七家词选序》，张炎《山中白云词》，吴则虞校辑，中华书局，1983 年，第 173 页。

灯孤。常疑即见桃花面，甚近来、翻笑无书？书纵远，如何梦也都无？

沈祖棻先生即举此以示张词“不肯换意”之病。她说：

“常疑”以下，句句转换，层层推进，乍读之似觉新颖可喜，细玩之则浮薄少味，盖由于不换意而仅换字，故空疏而不紧凑，滑易而不警峭。①

此说甚是。明明已言书信断绝、音讯阻隔（指其“常疑”三句），接下来却仍把这层意思重复一遍（不过换上了“梦也都无”②的另一种说法而已）。这就是“换句而不换意”的一个例子。其实，像这样为了凑足辞句而产生的枝词、蔓词、补凑语、敷衍语、俗滥语，张炎词中还是很不少的，这里就不来再举。这些毛病的出现，归根到底，反映出了张词意境不够深厚、终伤于浅弱的毛病。

第三，文字游戏，玩弄小巧。

张炎有不少词纯是应酬文字，又兼写多必滥，所以难免有漫不经心的游戏之笔。比如《恋绣衾·代题武桂卿扇》：

一枝凉玉敧路尘，下瑶台、疑是梦云。怕趁取、西风去，被何人、拈住皱裙？　温柔只在秋波里，这些儿、真个动心。再同饮、花前酒，莫都忘、今夜夜深。

此词词意浅薄，辞语浮俗，显为无聊应酬之作。

再比如，他又好用“切字法”。如其悼王沂孙（碧山）词，把“碧山”分切成“断碧分山”（《琐窗寒》）；寄高菊墅词，把对方的名字分嵌在“寒花（切“菊”字）清事，老圃（切“墅”字）闲人”两句之中（《声声慢》）；题吴文英（梦窗）词卷之词，又把“梦窗”二字化为“浑疑夜窗梦蝶”（《声声慢》）；把自己的字，则化为“玉老田荒”（《祝英台近》）……这些都是“小巧”、“小慧”的“小玩意儿”。虽是沿袭前人（如黄庭坚、吴文英等皆用过此法③）之弊，但张炎却用得特别的多。这也显示了其词的“小家子气”，而与它“无开阔手段”的大毛病是相一致的。

谈了这些缺点之后，让我们仍再回到前人对于张词的评价上来。

① 沈祖棻：《宋词赏析》，上海古籍出版社，1980年，第176页。

② 此显然是模仿宋徽宗《宴山亭·北行见杏花》中“怎不思量？除梦里有时曾去。无据，和梦也、新来不做”而致。

③ 如黄庭坚《两同心》：“自从官不容针，直至而今。你共人、女边着子（切“好”字），争知我、门里挑心（切“闷”字）”；又如吴文英《唐多令》：“何处合成愁，离人心上秋（“心上秋”切“愁”字）”。张炎《词源》还特为赞赏吴文英此词，可见他对切字法之欣赏。

近代以来,张炎受到的批评就更为严厉。王国维论词重五代、北宋,素轻南宋(除辛弃疾外),因此对姜、张颇有不满之词。他说:

古今词人格调之高,无如白石。惜不于意境上用力,故觉无言外之味,弦外之响。

南宋词人,白石有格而无情……

白石虽似蝉蜕尘埃,然终不免局促辕下。

玉田之词,余得取其词中之一语以评之,曰:"玉老田荒。"①

"池塘春草谢家春,万古千秋五字新。传语闭门陈正字,可怜无补费精神。"此遗山《论诗绝句》也。梦窗、玉田辈,当不乐闻此语。

梅溪、梦窗、玉田……诸家,词虽不同,然同失之肤浅。②

王氏之论,虽不免有它失之于偏颇之处(比如他偏好"不隔"的风格而一概排斥"隔"的作品,即是一例),但抉剔姜、张词的缺点,却是入木三分的——当然也有过分严厉和苛求之处。张炎词意境不够深厚,情性有歉而雕琢过甚,看似高格响调而往往不耐人细思等等,这些毛病,也统都在王国维批评姜词的评语中一并被揭露了出来。

"五四"以后,胡适的《词选》问世。在这部书中,整个宋末词几乎都遭到了被否定的"厄运"。他说:"词到宋末,已成末运。吴(文英)、王(沂孙)一派咏物词、古典词成了正宗,只讲如何刻画事物,如何使用古典,如何协调音律。这类词和后世的试帖诗同一路数,词的生气完了,要受'曲'的淘汰了。"③又说,宋末的词"等于文中的八股、诗中的诗帖,这是一种词匠的笨把戏,算不得文学"④。在这种偏激而带有虚无主义倾向的批评下,张炎的"日子"自然也不会好过。胡适批评张炎,主要集中在两点:一是他的"人品",说他"是一个不遇的赵孟頫,而不是郑思肖一流人";二是他的咏物词"只是做词谜的游戏,至多不过是初学的技巧工夫。拈题咏物,刻意形容,离开了意境和情感,只是工匠的手艺而已"⑤。胡适出于"白话文学"的立场,对宋末词基本作了全盘的否定,其中虽也击中过这些词的致命缺陷,但从整体而言,却是片面和过分的,不能令人信服。但是,事实

① 王国维:《人间词话》,唐圭璋编《词话丛编》,中华书局,1986 年,第 4249 - 4251 页。
② 同①,第 4261 - 4263 页。
③ 胡适选注:《词选》,商务印书馆,1937 年,第 366 页。
④ 同③,第 11 页。
⑤ 同③,第 368 页。

却是,他的这种观点后来却影响到了很多的词学研究者,这里就不多说了。

通过以上简述,我们对于张炎词在当时和后世的影响就有了一个轮廓式的认识。而从他所获得的赞赏和批评之中,我们也就可以清楚地看到他词作本身的优点和缺陷了。综合前人的这些意见,按照今天的标准,我们不妨作出自己的一个初步评价:张炎词是瑜瑕互见、珠石并存的。我们之所以看重于它的,主要在于下面两点:

一是在张炎的不少作品中,浸染了深沉的家国之感。这些感情是真挚的、深切的,它们毕竟带有一定程度的"爱国"思想成分。因之,从广义来讲,张炎词也可算得上是整个南宋"爱国文学"的一个组成部分。

二是张炎的一些作品,具有较高的艺术成就。他既汲取了前人优秀作品中的创作经验,又实践了自己的创作理论,成功地写出了若干具有个性特色的优美作品,为宋代词苑提供了最后的一批珍品,并对后世产生了不小的影响。

同时也毋庸讳言,张炎词确还存在着很多缺点:他的思想比较软弱,他的词境比较单薄;在他全部作品中,有少量词篇思想意义无甚可取而艺术成就也显平庸,这些自然不足深论。

总而言之,张炎是宋末元初这一历史阶段的一位代表词人。他的《山中白云词》和《词源》,是300年来的宋词和宋代词论的一个"结束",它们反映着这一特殊历史时期的文人心态和词学风尚,具有一定的认识意义、审美品格和理论价值。"解剖"这位词人的作品,对于理解整个宋词的发展乃至发扬祖国的文学遗产,都是有益和需要的。

附　录

一、有关张炎家世的若干材料

元·袁桷《赠张玉田诗》

将军金甲明如日，勒马桥边清警跸。淮扬彻卫羽书沈，置酒行宫功第一。蝉冠熊轼填高门，英英玉照称闻孙。张镃号约斋，堂名玉照。百年文物意未尽，玉田公子尤超群。紫箫吹残江水立，野雉惊尘暗原隰。夜攀雪柳蹈河冰，竟上燕台论得失。丈夫未遇空远游，秋风淅沥销征裘。翩然骑鹤归海上，一笑相问夸绸缪。两曜奔飞互朝夕，璇府森芒蠡莫测。要须画纸为君听，落笔雌黄期破的。壶中白日常高悬，道逢落魄呼醉眠。清歌停云意惨淡，倚声更度《飞龙篇》。玉田为循王五世孙，时来鄞设卜肆。

清·江藩《词源跋》

叔夏乃循王之裔，《宋史·循王传》：子五人：琦、厚、颜、正、仁，其后不可考。淳熙间，最著者为张镃功甫。史浩《广寿慧云寺记》称镃为循王曾孙，石刻碑文后有镃曾孙柽跋，盖以五行相生为世次之名者，始于功甫。功甫之子，《赏心乐事》称为"小庵主人"而佚其名。功甫之名从金，金生水，水生木，小庵主人之子所以名柽也。《词源》下卷云："先人晓畅音律，有《寄闲集》，旁缀音谱，刊行于世，曾赋《瑞鹤仙》一词'卷帘人睡起'"云云。此词乃张枢所作。枢字斗南，号云窗，一号寄闲老人，与柽名皆从木，是为兄弟行。木生火，故玉田名炎也。以张氏世系计之，叔夏乃循王之六世孙，袁清容赠《玉田诗》称为循王五世孙，误矣。考当日清和坊赐第甚隘，功甫移居南湖，而循王之子有居南园者，有居新市者，见南湖集中，皆缘赐第近市湫隘，而徙居他所耳。斗南有《壶中天》一阕，自注"月夕登绘幅楼与篔房各赋一解"，绘幅楼在南湖之北园，乃功甫所居，或者斗南为功甫之孙亦未可知也。

清·厉鹗《山中白云词题辞》

元张炎叔夏《山中白云》八卷，吾乡龚侍御蘅圃得钞本于秀水朱检讨竹垞，因镂版以传。侍御晚节家居食贫，物故后，琴书散落，是版几入庸贩手，吾友赵君谷林幸购得之。谷林好畜僻书，必留其真，力于校勘，复弗吝流布人间，可谓得所归矣。侍御序考叔夏生于宋理宗淳祐戊申，循王五子，叔夏未知出谁后，《宋史》不载，固无从考索。第袁伯长《送叔夏归杭疏》云："古梅千槛，空怀玉照风流。"玉照，张镃功甫堂名，功甫是循王诸孙，叔夏出功甫后无疑也。叔夏父名枢，字斗南，号寄闲，邓牧心《伯牙琴》中有《张寄闲词序》云"子炎能世其学者"是也。功甫名偏旁从金，以五行相生之次推之，叔夏于功甫为三世，于循王为五世，与袁伯长赠诗注云"为循王五世孙"者相符矣。特功甫、斗南之父均未审耳。功甫生自朱门，儒雅好事，杨诚斋以"佳公子"、"穷诗客"目之，有《玉照堂词》一卷。斗南所作六首，见弁阳翁《绝妙好词》。陆辅之《词旨·属对》又载其"金谷移春，玉壶贮暖"、"拥石池台，约花阑槛"之句，今逸其全。叔夏声律之学，师承有自盖如此。邓牧心又云："叔夏《春水》一词，绝唱今古，人号之曰张春水。"孔行素《至正直记》云："钱塘张叔夏尝赋《孤雁词》，有'写不成书，只寄得相思一点'，人皆称之曰张孤雁。"二词今俱见集中，亦唐人"刘夜坐""郑鹧鸪"之比也。附识于首，俟后之读《山中白云》者考焉。乾隆元年中春花朝后一日钱塘厉鹗。

清·丁丙《山中白云词跋》

宋奚溇《秋崖津言》载："张濡《湖上别墅》一诗云：'弱柳舒眉学远山，四山斜亸绿云鬟。平湖如鉴一回照，西子明妆浓淡间。'濡字子含，别墅在北新路第二桥，颜曰'松窗'。中构水亭，四面柽柳数百株，围绕若玦环，下临菡萏一二十顷，三伏销暑，不减禁中翠寒堂也。父功甫，即与史卫王谋诛韩侂胄者，杨诚斋赏其诗，所谓'新拜南湖为上将'也。子含，濡染家学，别出机杼，独自成家。子枢字斗南，工长短句，李筼房每称之。"云云。则叔夏为功甫曾孙，斑斑可考矣。功甫为循王曾孙，见史浩《广寿慧云禅寺记》，叔夏之为循王六世孙，曾可征矣。袁清容赠《玉田诗》注误谓为五世孙，樊榭从而因之，江子屏（藩）《词源后跋》力正其伪，初亦不知斗南之父为何名也。偶得所据，走告迈孙，同为抚掌。时迈孙重刊《山中白云词》甫竟，并录斗南诗词弁诸首，其表章先哲之心，自不可及。子含诗不多见，《别墅》一绝之外，复从元道士孟集虚宗宝所辑《洞霄诗集》中见子含《游大涤山》一诗，云："危楼拱翠出层空，画栋朱帘缥缈中。客散月明风露下，一奁天棘伴丝桐。"樊榭《宋诗纪事》曾引之，亦不谂其为斗南之父也。斗南亦有《游大涤山》诗云："一曲朱阑百尺余，仙人自是爱楼居。松风不动千山静，月满天坛人步虚。"为迈孙所未见者，因补录之。暇当搜求子含斗南遗集并而刊之，与《南湖集》并行于世，则更快也。迈孙其有意乎？光绪八年九月钱塘丁丙跋。

按:《宋史》德祐元年三月壬申朔,命浙西安抚司参议官张濡戍独松关。辛卯,张濡部曲害大元行人严忠范,执廉希贤至临安,重创死。噫!此何时邪,子舍以勋臣之裔,扼险以拒元兵,当风靡草偃之际,犹能戕执行人,为赵宋吐一日之气,谓之循王不死可矣。按辛卯为三月二十日,《元史》至元十二年三月遣礼部尚书廉希贤、工部侍郎严忠范持国书使宋,丙戌至独松关,为守关者张濡袭而杀之。据此,则为三月十五日矣。两史所纪,略有异同,要之希贤、忠范为濡所杀,则碻然无疑义耳。因论其世次,而并及之。丙又识。

二、有关张炎生平事迹及其作品的若干材料

宋·仇远《赠张玉田诗》

秦川公子谪仙人,布袍落魄余一身。锦囊香歇玉箫断,庾郎白发徒伤春。金台掉头不肯住,欲把钓竿东海去。故乡入梦忽归来,井邑依依铁炉步。碧池槐叶玄都桃,眼空旧雨秋萧飕。太湖风月数万顷,扁舟乘兴寻三高。西北高楼一杯酒,与子长歌《折杨柳》。江山信美盍便留,莼菜鲈鱼随处有。

宋·仇远《送张叔夏游金陵诗》

肯向金渊暂泊舟,相逢衮衮别方休。移宫换羽周郎顾,咏月吟风太白游。床上无金犹好客,尊中有酒可消愁。明朝又作台城客,细看青山似洛州。

宋·郑思肖《玉田词题辞》

吾识张循王孙玉田先辈,喜其三十年汗漫南北数千里,一片空狂怀抱,日日化雨为醉。自仰扳姜尧章、史邦卿、卢蒲江、吴梦窗诸名胜,互相鼓吹春声于繁华世界,飘飘征情,节节弄拍,嘲明月以谑乐,卖落花而陪笑。能令后三十年西湖锦绣山水,犹生清响,不容半点新愁飞到游人眉睫之上,自生一种欢喜痛快,岂无柔劣少年,于万花丛中,唤取新莺穉蝶,群然飞舞下来,为之赏听。三外野人所南郑思肖书于无何有之乡。

宋·舒岳祥《赠玉田序》

宋南渡勋王之裔子玉田张君,自社稷变置,凌烟废堕,落魄纵饮,北游燕蓟,上公车,登承明有日矣。一日,思江南菰米莼丝,慨然襆被而归。不入古杭,扁舟浙水东西,为漫浪游,散囊中千金装,吴江楚岸,枫丹苇白,一奚童负锦囊自随。诗有姜尧章深婉之风,词有周清真雅丽之思,画有赵子固潇洒之意,未脱承平公子故态,笑语歌哭,骚姿雅骨,不以夷险变迁也。其楚狂与?其阮籍与?其贾生与?其苏门啸者与?岁丁酉三月,客我宁海,将登台峰,于其行也,举觞赠言。是月既望,阆风舒岳祥八十岁书。

元·陆文奎《词源跋》

“词”与“辞”字通用,《释文》云:“意内而言外也。”意生言,言生声,声生律,律生调,故曲生焉。《花间》以前无杂谱,秦、周以后无雅声,源远而派别也。西秦玉田张君著《词源》上下卷,推五音之数,演六六之谱,按月纪节,赋情咏物,自称得声律之学于守斋杨公、南溪徐公。淳祐、景定间王邸侯馆,歌舞升平,君生处乐郊,不知老之将至,梨园白发,濞宫蛾眉,余情哀思,听者泪落。君亦因是弃家,客游无方,三十年矣。昔柳河东铭姜秘书,闵王孙之故态;铭马淑妇,感讴者之新声,言外之意,异世谁复知者?览君词卷,抚几三叹。江阴陆文奎。

元·钱良祐《词源跋》

乙卯岁余以公事留杭数月,而玉田张君来寓钱塘县之学舍,时主席方子仁,始与余交,道玉田来所自,且怜其才,而不知余与玉田交且旧也,因相从欢甚。玉田为况落寞似余,其故友张伯雨方为西湖福真费修主,闻之遂挽去。子仁与余买小舟泛湖同为道客,伯雨为设茗具馔,盘旋日入而归。玉田尝赋《台城路》咏归杭一词,录此卷后。其词云:“当年不信江湖老,如今岁华惊晚。路改家迷,花空荫落,谁识重来刘阮?殊乡顿远。甚犹带羁怀,雁凄蛩怨。梦里忘归,乱浦烟浪片帆转。　　闭门休叹故苑。杖藜游冶处,萧艾都遍。雨色云西,晴光水北,一洗悠然心眼。行行渐懒,快料理幽寻,酒瓢诗卷。赖有湖边,旧时鸥数点。”丁巳正月江村民钱良祐书。

元·戴表元《送张叔夏西游序》

玉田张叔夏与余初相逢钱塘西湖上,翩翩然飘阿锡之衣,乘纤离之马。于时风神散朗,自以为承平故家贵游少年不翅也。垂及强仕,丧其行资,则既牢落偃蹇,尝以艺北游,不遇失意,亟亟南归,愈不遇,犹家钱塘十年。久之又去,东游山阴、四明、天台间,若少遇者,既又弃之西归。于是予周流授徒,适与相值,问叔夏何以去来道涂,若是不惮烦耶?叔夏曰:“不然,吾之来,本投所贤;贤者贫,依所知;知者死,虽少有遇,无以宁吾居,吾不得已违之,吾岂乐为此哉!”语竟,意色不能无沮然。少焉,饮酣气张,取平生所自为乐府词自歌之,噫呜宛抑,流丽清畅,不惟高情旷度,不可亵企,而一时听之,亦能令人忘去穷达得丧所在。盖钱塘故多大人长者,叔夏之先世高、曾祖父,皆钟鸣鼎食,江湖高才词客姜夔尧章、孙季蕃花翁之徒,往往出入馆谷其门,千金之装,列驷之聘,谈笑得之,不以为异,迨其途穷境变,则亦以望于他人,而不知正复尧章、花翁尚存,今谁知之,而谁暇能念之者?嗟乎!士固复有家世才华如叔夏,而穷甚于此者乎?六月初吉,轻行过门,云将改游吴公子季札、春申君之乡,而求其人焉。予曰:“唯唯。”因次第其辞以为别。

元·袁桷《送张玉田归杭疏》

采药神山，悟朱颜之今昨；呼猿灵鹫，劳清梦之去来。要当青鞋布袜，徒步径归；谁信黄绢色丝，空言何补。弄笛恨边云惨淡，坐窗惜江月凄凉。落叶孤尊，无复金貂之慷慨；古梅千槛，空怀玉照之风流。食肉之相已非，解牛之技焉用？焦桐未遇，断木自惭。风月江湖，肯后当时之置驿？交游金石，定先桑子之裹粮。鄙骑驴灞上之寒，遂跨鹤扬州之愿。膝行而谢，捆载以归。灯火话平生，慰老弟兄之白发；诗书娱晚岁，还名祖父之青毡。恩极无言，情陈有靦。

元·袁易《木兰花慢·喜玉田至》

渺仙游倦迹，乍玄圃，又苍梧。甚海阔天长，月梁有梦，雁足无书。泠然御风万里，喜囗袍，还对紫霞裾。一自黄楼赋后，百年此乐应无。　　萧闲，吾爱吾庐。花淡淡，竹疏疏。更岁晚生涯，薄田二顷，甘橘千株。诸君便须小住，比桑麻、杜曲我何如？不用南山射虎，相从濠上观鱼。

元·袁易《八声甘州》

〔小序〕：仆与汤师言、金桂轩、张叔夏、唐月心诸君为至交。师言以一官在千里之外，仆又驱驰南北。九月望后，夜泊吴江长桥，有怀诸友。在吴下时，得相周旋。今各一方，意绪恻怆，为赋《八声甘州》一阕，以写惓惓之意。叔夏于酒边喜歌自制乐府，故末章及之，以资他日一笑云。

正丹枫乱叶舞诗情，惊鸿起汀洲。对苍茫独立，江山如此，羁思悠悠。尚忆幽坊小槛，笑语月侵楼。谁遣楼心月，来照行舟？　　波影囗云如镜，向沧浪唤酒，空阔呼鸥。纵并刀堪剪，还解剪离愁？待归来、轻讴浅醉，想归时、张绪转风流。却说与，虹桥今夕，一片清秋。

元·袁易《风入松·和张玉田闰元夕》

彩鳌仙乐响空明，前度凤来迎。月圆月缺年年事，是今番、特地关心。五夜重判烂醉，三分尚有余春。　　玉壶寒沁一天星，车马气如云。笼纱竞逐香尘暗，笑幽人、门掩花阴。未见山中历日，梦中池草先青。按：玉田原作见《山中白云词》卷七。

元·陆辅之《碧梧苍石图题跋》

候虫凄断，人语西风岸。月落沙平流水漫，惊见芦花来雁。　　可怜瘦损兰成，多情只为卿卿。只有一枝梧叶，不知多少秋声。

此友人张叔夏赠余之作也。余不能记忆。至治元年仲夏廿四日，戏作《碧梧苍石》，与冶仙西窗夜坐，因语及此。转瞬二十一载，今卿卿、叔夏皆成故人，恍然如隔世事。遂书于卷首，以记一时之感慨云。季道陆行直题。

元·陆辅之《词旨》

蕲王孙韩铸，字亦颜，雅有才思。尝学词于乐笑翁。一日，与周公谨买舟西湖，泊荷花而饮酒。杯半，公谨举似亦颜学词之意，翁指花云：莲子结时花自落。

三、对张炎词的若干评论

宋·仇远《玉田词题辞》

读《山中白云词》，意度超玄，律吕协洽，不特可写青檀口，亦可被歌管、荐清庙，方之古人，当与白石老仙相鼓吹。世谓词者诗之余，然词尤难于诗，词失腔犹诗落韵，诗不过四五七言而止，词乃有四声五音均拍重轻清浊之别，若言顺律舛，律协言谬，俱非本色。或一字未合，一句皆废；一句未妥，一阕皆不光采，信戛戛乎其难。又怪陋邦腐儒，穷乡村叟，每以词为易事，酒边兴豪，即引纸挥笔，动以东坡、稼轩、龙洲自况，极其至四字《沁园春》，五字《水调》，七字《鹧鸪天》《步蟾宫》，拊几击缶，同声附和，如梵呗，如《步虚》，不知宫调为何物，令老伶俊娼面称好而背窃笑，是岂足与言词哉！予幼有此癖，老颇知难，然已有三数曲流传朋友间，山歌村谣，是岂足与叔夏词比哉。古人有言曰："铅汞交炼而丹成，情景交炼而词成。"《指迷》妙诀，吾将从叔夏北面而求之。山村居士仇远。

宋·邓牧《山中白云词序》

古所谓歌者，《诗三百》止尔。唐宋间始为长短句，法非古意，然数百年来工者几人？美成、白石，逮今脍炙人口。知者谓丽莫若周，赋情或近俚；骚莫若姜，放意或近率。今玉田张君无二家所短，而兼所长，《春水》一词，绝唱千古，人以"张春水"目之。盖其父寄闲先生善词名世，君又得之家庭所传者。中间落落不偶，北上燕南，留宿海上，憔悴见颜色。至酒酣浩歌，不改王孙公子蕴藉，身外穷达，诚不足动其心、馁其气欤？岁庚子相遇东吴，示予词若干首，使为序云。钱塘邓牧。

元·孔齐《至正直记》

钱塘张叔夏，尝赋孤雁词，有"写不成书，只寄得相思一点"，人皆称之曰"张孤雁"。

元·陆辅之《词旨》

夫词亦难言矣，正取近雅而又不远俗。予从乐笑翁游，深达奥旨制度之法。因从其言，命韶暂作《词旨》，语近而明，法简而要，俾初学易于入室云。陆辅之识。

词说

命意贵远，用字贵便，造语贵新，炼字贵响。古人诗有翻案法，词亦然。词不用雕刻，刻则伤气，务在自然。周清真之典丽，姜白石之骚雅，史梅溪之句法，吴梦窗之字面，取四家之所长，去四家之所短，此翁之要诀……

乐笑翁奇对凡二十三则

随花甃石　就泉通沼（《扫花游》）
断碧分山　空帘剩月（《琐窗寒》）
沙净草枯　水平天远（《解连环》）
接叶巢莺　平波卷絮（《高阳台》）
晴光转树　晓气分岚（《声声慢》）
鹤响天高　水流花净（《壶中天》）
料理琴书　夷犹今古（《真珠帘》）
款竹门深　移花槛小（《一萼红》）
扫苔寻径　拔叶通池（《一萼红》）
乱雨敲春　深烟带晚（《琐窗寒》）
开帘过酒　隔水呼灯（《忆旧游》）
浪卷天浮　山邀云去（《壶中天》）
岸角冲波　篱根聚叶（《湘月》）
波荡兰觞　邻分杏酪（《庆春宫》）
云映山辉　柳分溪影（《法曲献仙音》）
荷衣销翠　蕙带余香（《声声慢》）
浅草犹霜　融泥未燕（《庆清朝》）
香寻古字　谱掐新声（《甘州》）
行歌趁月　唤酒延秋（《解语花》）
穿花省路　傍柳寻邻（《声声慢》）
门当竹径　鹭管苔矶（《声声慢》）
鬟丝湿雾　扇锦翻桃（《声声慢》）
因花整帽　借柳维舟（《声声慢》）

乐笑翁警句凡十三则

和云流出空山，甚年年净洗，花香不了。（《南浦·春水》）

写不成书，只寄得相思一点。（《解连环·孤雁》）

才放些晴意，早瘦了梅花一半。也知不做花看，东风何事吹散。（《探春慢·雪霁》）

见说新愁，如今也到鸥边。（《高阳台·西湖春感》）

莫开帘，怕见飞花，怕听啼鹃。（《高阳台·西湖春感》）

醒醉一乾坤。（《真珠帘·近雅轩即事》）

茂树石床同坐久，又却被、清风留住。（《真珠帘·近雅轩即事》）

须待月，许多情、都付与秋。（《声声慢·西湖》）

几日不来，一片苍云未扫。《（扫花游·高疏寮东墅园》）

春风不暖垂杨柳，吹却絮云多少。（《台城路·鉴曲渔舍会饮》）

带天香、吹动一身秋。（《八声甘州·赠桂卿》）

忍不住、低低问春。（《庆春宫·都下寒食》）

不知能聚愁多少。（《霜叶飞·闻老妓歌》）

清·朱彝尊《黑蝶斋诗余序》

词莫善于姜夔，宗之者张辑、卢祖皋、史祖达、吴文英、蒋捷、王沂孙、张炎、周密、陈允平、张翥、杨基，皆具夔之一体；基之后，得其门者寡矣。

清·汪森《词综序》

西蜀南唐而后，作者日盛。宣和君臣，转相矜尚。曲调愈多，流派因之亦别。短长互见，言情者或失之俚，使事者或失之伉。鄱阳姜夔出，句琢字炼，归于醇雅。于是史祖达、高观国羽翼之；张辑、吴文英师之于前；赵以夫、蒋捷、周密、陈允衡、王沂孙、张炎、张翥效之于后。譬之于乐，舞箾至于九变，而词之能事毕矣。

清·王又华《古今词论》

杨升庵曰：玉田"清空"二字，词家三昧尽矣。学者必在心传、耳传。以心会意，有悟入处；又须跳出窠臼，时标新意，自成一家。若屋下架屋，则为人之臣仆。

清·王奕清，等《御制历代诗余》

张叔夏《台城路》自序云："岁庚辰，会江兰甫于蓟北，恍然如梦，回忆旧游已十八年矣。"其起句云："十年旧事翻如梦，重逢可怜俱老。水国春空，山城日晚，无语相看一笑。"如此等词，即以为杜诗、韩笔可也，岂止极填词之能事？（《宋名家词评》）

乐笑翁张炎词如"荒桥断浦，柳荫撑出渔舟小"，赋春水入画。其《咏孤雁》云："自顾影欲下寒塘，正沙净草枯，水平天远。写不成书，只寄得相思一点。"如此等语，虽丹青难画矣。（《绝妙好词》）

张叔夏《国香》词自序云："沈梅娇，杭妓也。忽于京师见之，把酒相劳苦，犹能歌周清真《意难忘》、《台城路》二曲，因属余纪其事。词成，以素罗帨书之：莺柳烟堤，记未吟青子，曾比红儿。娇蕊弄香微透，鬟翠双垂。不道留仙不住，便无梦吹到南枝。相看两流落，掩面凝羞，怕说当时。　凄凉歌楚调，嫋余音不放，

一朵云飞。丁香枝上，几度款语深期。拜了花梢淡月，最难忘弄影褰衣。无端动人处，过了黄昏，犹道休归。”(《能改斋漫录》)

按：《历代诗余》引书多误。如本条所引即是。《能改斋漫录》时代远在玉田之前，不可能评及玉田词。姑附录于此。

清·彭孙遹《金粟词话》

宋人张玉田论词极推少游、竹屋、白石、梅溪、梦窗诸家而稍诎美成。

清·李调元《雨村词话》

白石自制词在南宋另为一派，盛行于时，学之而佳者有二人。王沂孙，字圣与，号中仙，有《碧山乐府》二卷，一名《花外集》，盖取比《花间集》而名也。其词以韵胜。如《琐窗寒》(略)。张叔夏亦作《琐窗寒》，自注云：“王碧山，其诗清峭，其词闲雅，有姜白石意趣，今绝响矣。”余悼之句云：“自中仙去后，词笺赋笔，便无清致……那知人，弹折素弦，黄金铸出相思泪。”可想见其平生服膺矣。“黄金”句无理而奇，最妙。炎自号乐笑翁，有《玉田词》三卷，郑思肖为作序，亦白石一派也。

清·田同之《西圃词说》

《乐府指迷》云：“词要清空，不要质实。”此八字是填词家金科玉律。清空则灵，质实则滞。玉田所以扬白石而抑梦窗也。

清·杜诏《山中白云词序》

词盛于北宋，至南宋乃极其工。姜夔尧章最为杰出，宗之者史达祖、高观国，卢祖皋、吴文英、蒋捷、周密、陈允平诸名家，皆具夔之一体，而张炎叔夏庶几全体具矣。仇仁近谓：“叔夏词意度超元，律吕协洽，多与白石老仙相鼓吹。”顾白石风骨清劲，诚如沈伯时所云，未免有生硬处；叔夏则和雅而精粹，读其《乐府指迷》一书，为古今填词准则，夫岂斤斤墨守尧章者？

清·江昱《山中白云词疏证序》

词自白石后，惟玉田不愧大宗，而用意之密，适肖题分，尤称极诣。

清·戈载《宋七家词选·玉田词序》

玉田之词，郑所南称其“飘飘征情，节节弄拍”，仇山村称其“意度超元，律吕协洽”，是真词家之正宗。填词者必由此入手，方为雅音。玉田云：“词欲雅而正。”“雅正”二字，示后人之津梁，即写自家之面目。知此二字者始可与论玉田之词。盖世之词家，动曰能学玉田，此易视乎玉田而云然者，不知玉田易学而实难学。玉田以空灵为主，但学其空灵而笔不转深，则其意浅，非入于滑，即入于粗矣。玉田以婉丽为宗，但学其婉丽而句不炼精，则其音卑，非近于弱，即近于靡矣。故善学之则得门而入，升其堂、造其室，即可与清真、白石、梦窗诸公互相鼓吹,否则浮光掠影,貌合神离,仍是门外汉而已。抑更有进者焉,善学古人,当取古人之是者学之;玉田诚不可不学,而不可学之一端,则其用平上去三声之韵也。凡词各有宫调,宫调者六律六吕皆有五音,演而为宫为调。宫者,正宫、道宫、黄钟宫、仙吕宫之类;调者,越调、商调、大石调、正平调之类,其起调毕曲,当用何字,有一定不易之则。起者始韵,毕者末韵,而又有住字以别之。白石所谓"住字",即玉田所谓"结声",收足本音,方能融入本调,词之合律与否,全在乎韵。韵有四呼、七音、三十一等,而其要则穿鼻、展辅、敛脣、抵齶、直喉、闭口六条,予《词林正韵例言》中已详言之。玉田则真、文、庚、青、侵杂用,真、文为抵齶韵,庚、青为穿鼻韵,侵为闭口韵,亦有寒、删间杂覃、盐,寒、删亦抵齶,覃、盐亦闭口,皆断不能通者。南宋词人多不经意之作,取其便易,玉田亦未能免俗,此其不可学者也。至入声韵,则屋、沃不混觉、药,质、陌不混月、屑,极见谨严。今人用韵自喜泛滥,每从玉田藉口,而入声韵则又不肯从之,岂非不学古人之是,而反学古人之非乎?况玉田三百首中,不合韵者仅三十七首,此亦偶然之误耳。奈何借古人之小疵,以为藏身之固,文过之端,吾甚为玉田冤已。戈载识。

清·永瑢等《四库全书总目提要》

《山中白云词》八卷(江苏巡抚采进本)宋张炎撰。炎字叔夏,号玉田,又号乐笑翁,循王之五世孙。家于临安,宋亡后潜迹不仕,纵游浙东西,落拓以终。平生工为长短句,以《春水》词得名,人因号曰"张春水",其后编次词集者,即以此首压卷,倚声家传诵至今。然集中他调似此者尚多,殆如贺铸之称"梅子",偶遇品题,便为佳话耳,所长实不止此也。炎生于淳祐戊申,当宋邦沦覆,年已三十有三,犹及见临安全盛之日,故所作往往苍凉激楚,即景抒情,备写其身世盛衰之感,非徒以剪红刻翠为工。至其研究声律,尤得神解,以之接武姜夔,居然后劲。宋元之间,亦可谓江东独秀矣。炎词世鲜完帙,此本乃钱中谐所藏,犹明初陶宗仪手书,康熙中钱塘龚翔麟始为传写授梓,后上海曹炳曾又为重刊。旧附《乐府指迷》一卷,今析出,别著于录,其仇远原序、郑思肖原跋及戴表元《送炎序》则仍并录之,以存其旧焉。

清·冯金伯《词苑萃编》

美成如杜,白石兼王孟韦柳之长;与白石并有中原者,后起之玉田也。

白石老仙后,只有玉田与之并立。《探春慢》二词工力悉敌,试掩姓氏观之,不辨孰为尧章孰为叔夏。(《词洁》)

清·丁绍仪《听秋声馆词话》

词至南宋而极工,然如白石、梦窗、草窗、玉田,皆胥疏江湖,故语多婉笃,去北宋疏越之音远矣。

清·许昂霄《词综偶评》

《南浦》亦空阔,亦微妙,非玉田先生不能。

《水龙吟》(“记小舟夜悄,波明香远,浑不见花开处”)何减鲁望“月晓风清”之句。

《解连环》(“写不成书”二句)奇警。(“暮雨相呼”一句)“暮雨相呼疾,寒塘欲下迟”,唐崔涂《孤雁》诗也。

《探春》(“才放些晴意”四句)可谓笔如其手,手如口矣,不意于咏物题得之。

《高阳台》淡淡写来,冷冷自转,此境大不易到。

《扫花游》(“嫩寒”)(前段)结句引起下半阕。

《渡江云》(“更漂流何处”)处字亦是叶韵。(“长疑即见桃花面”四句)曲折如意。

《绮罗香》(“甚荒沟一片凄凉”二句)用事无迹,(后段)弹丸脱手,不足喻其圆美也。(“羞见衰颜借酒”二句)比拟最切。(“谩倚新妆”二句)香山诗:“醉貌如红叶,虽红不是春。”

《清平乐》(“只有一枝梧叶”二句)淡语能腴,常语有致,唯玉田为然。

《疏影》人巧极而天工错,草窗亦应退三舍避之。(“黄昏片月”)标出眼目。(“几度背灯难折”)句中句。(“窥镜蛾眉淡抹”八句)三层模写,赋而比也。

《琐窗寒》起句隐藏“碧山”二字,偶尔弄巧,诗家亦有此例。蝴蝶句及后黄金句,俱出李长吉诗。(“怅玉笥埋云,锦衣归水”)玉笥山当在越中,俟考。“锦衣”出太白《越中览古诗》。

《西子妆》(“杨花点点是春心,替风前万花吹泪”)较坡公“点点是离人泪”更觉纤新。“遥岑出寸碧”,昌黎句也。

《南楼令》(“暗忆旧时歌舞地”)以下俱是追忆。(“明月半床人睡觉”二句)真所谓“已凉天气未寒时”。

清·周济《介存斋论词杂著》

玉田,近人所最尊奉,才情诣力亦不后诸人,终觉积谷作米,把缆放船,无开阔手段,然其清绝处,自不易到。玉田词佳者匹敌圣与,往往有似是而非处,不可不知。叔夏所以不及前人处,只在字句上着功夫,不肯换意,若其用意佳者,即字字珠辉玉映,不可指摘。近人喜学玉田,亦为修饰字句易,换意难。

清·周济《宋四家词选序论》

玉田才本不高,专恃磨砻雕琢,装头作脚,处处妥当。后人翕然宗之。然如《南浦》之赋“春水”,《疏影》之赋“梅影”,逐韵凑成,毫无脉络,而户诵不已,真耳食也。其他宅句安章，偶出风致，乍见可喜，深味索然者，悉从沙汰。笔以行意也，不行须换笔；换笔不行，便须换意。玉田惟换笔不换意。

清·吴衡照《莲子居词话》

陆辅之《词旨》摘乐笑翁警句十余条，阅《山中白云词》，警句殆不止此。因为之补："能几番游，看花又是明年"（《高阳台·西湖春感》）；"梨花落尽，一点新愁，曾到西泠"（《庆春宫·都下寒食》）；"十年前事翻疑梦，重逢可怜俱老"（《台城路·遇汪菊坡回忆旧游……》）；"折芦花赠远，零落一身秋"（《甘州·别沈尧道并寄赵学舟》）；"却笑归来，石老云荒，身世飘然一叶"（《疏影·北归与诸友夜酌》）；"怕依然，旧时归燕，定应未识江南冷。最怜他树底蔫红，不语背人吹尽"（《琐窗寒·旅窗孤寂……》）；"未了清游兴，又飘然独去，何处山川"（《忆旧游·寄沈尧道诸公》）；"记小舟夜悄，波明香远，浑不见花开处"（《水龙吟·白莲》）；"回潮似咽，送一点愁心，故人天末"（《台城路·寄陈文卿》）；"依稀倩女离魂处，缓步出、前村时节"（《疏影·梅影》）；"江风紧，一行柳阴吹暝"（《梅子黄时雨·病后别罗江诸友》）；"杨花点点是春心，替风前、万花吹泪"（《西子妆慢·野游江上》）；"雅淡不成娇，拥玲珑春意"（《真珠帘·梨花》）；"恨西风不庇寒蝉，便扫尽一林残叶"（《长亭怨·旧居有感》）；"水痕吹杏雨，正人在隔江船"（《木兰花慢·行舟》）。（卷一）

袁桷《延祐四明志》载张炎《题腰带水绝句》云："犀绕鱼悬事已非，水光犹自湿云衣。山中几日浑无雨，一夜溪痕又减围。"赵谷林称其语意佳绝。按：叔夏诗朱竹垞曾见于金陵，后不可得。（卷二）

张叔夏《题曾心传藏温日观墨蒲萄画卷词》，《山中白云》失载。曾与叔夏交最深，集中故多寄赠之作。温号知归子，宋末僧也。词云："想不劳、添竹引龙须，断梗忽传芳。记珠悬润碧，飘飖秋影，曾印禅窗。诗外停云落莫，错认是花光。无色空尘眼，雾老烟荒。　　一剪静中生意，任前看冷淡，真味深长。有清风如许，吹断万红香。且休教夜深人见，怕误他、看月上银床。凝眸久，却愁卷去，难博西凉。"系《甘州调》。叔夏亦工墨水仙，当时谓得赵子固潇洒之意。（卷二）

清·邓廷桢《双砚斋词话》

西泠词客石帚而外，首数玉田。论者以为堪与白石老仙相鼓吹，要其登堂拔帜，又自壁垒一新。盖白石硬语盘空，时露锋芒；玉田则返虚入浑，不啻嚼蕊吹香。如《长亭怨慢》之"恨西风不庇寒蝉，便扫尽一林黄叶"，《西子妆慢》之"杨花点点是春心，替风前、万花吹泪"，《木兰花慢》之"流光惯欺病酒，问杨花过了有花无"，《渡江云》之"空自觉围羞带减，影怯灯孤。常疑即见桃花面，甚近来翻致无书。书纵远,如何梦也都无”,《探春慢》之“才放些晴意,便瘦了梅花一半”,《解连环·咏孤雁》云“写不成书,只寄得相思一点。料因循误了残毡拥雪,故人心眼”,类皆遣声赴节,好句如仙,其余前辈风流,政如佛家夺舍。盖自马塍宿草,骚雅寝衰,王孙以晚出之英,颉之颃之,遗貌取神,遂相伯仲。故知虎贲之似中郎,终嫌皮相,而善学柳下惠,莫如鲁男子也。

清·江顺诒《词学集成》

玉田词清远蕴藉,凄怆缠绵,大段瓣香白石。

石帚、玉田理定而摛藻。

北宋惟李易安差强人意。至南宋白石、玉田始称极盛而为词家之正规。

清·刘熙载《艺概》

张玉田词清远蕴藉,凄怆缠绵,大段瓣香白石,亦未尝不转益多师。即《探芳信》之次韵草窗,《琐窗寒》之悼碧山,《西子妆》之效梦窗可见。

评玉田词者,谓当与白石老仙相鼓吹。玉田作《琐窗寒》悼王碧山,序谓“碧山其词闲雅,有姜白石意”。今观张王两家情韵,极为相近,如玉田之《高阳台》之“接叶巢莺”,与碧山《高阳台》之“浅萼梅酸”尤同鼻息。

清·秦恩复《词源跋》

乐笑翁以故国王孙,遭时不遇,隐居落拓,遂自放于山水间。于是寓意歌词,流连光景,噫呜宛抑,备写其身世盛衰之感。《山中白云词》八卷,实能冠绝流辈,足与白石竞响,可谓词家龙象矣。

清·伍崇曜《词源跋》

玉田词三百首,几于无一不工,所长原不止此也。樊榭《论词绝句》第七首自注云:“玉田词本其父寄闲翁。翁名枢,字斗南,有词在周草窗《绝妙好词》中。”然玉田实有跨灶之兴,前无古人,后无来者,惟白石老仙足与抗衡耳。研究声律,尤得神解,故所著书,类足为词家圭臬。

清·张预《山中白云词跋》

西湖故多沈忧善歌之士。自南渡之际,故家遗老,怆怀禾黍,山残水剩之感,风僝月僽之思,流连纡郁,忍俊不禁,往往托兴声律,借抒襟抱。其尤工者,比物丽华,言促意长,后之人推尚其作,至比于草堂诗史,谓兴亡之迹,于是乎系焉,此玉田生《山中白云词》所繇传也。玉田以故王之裔,丁百六之阨,放废江海,流浪丝竹,亦曰以写我忧而已。而摭“春水”之一阕,拾“孤雁”之单调,万口同传,千手寡和,七百年来垂声西湖,配享鬌姜,并祖而不祧。词人后起缁刻,流播之本,云属波接,何其盛欤!

清 · 陈廷焯《云韶集》

玉田词亦是取法白石，面风度高远，襟期旷达，不独入白石之室，几欲与之颉颃。

两宋作者，前推方回、清真，后推白石、梅溪、竹屋，似仍让此君一步。

玉田词骨韵之高，所不待言，而一种萧疏放荡幽深玄远之怀，又可以占其人品。朱竹垞自序其词云："不师秦七，不师黄九，倚新声玉田差近。"重于杰匠，亦非易易。

《南浦 · 春水》鱼没五字静细。（和云）神化之句，碧山《春水》一篇不能及此。（前度）婉约清丽。

《壶中天 · 夜渡古黄河……》（扬舸）高绝、超绝、真绝、老绝，风流洒脱，置之白石集中，亦是高境。结更高更旷，笔力亦劲。通篇骨韵皆高，压遍今古。

《水龙吟 · 寄袁竹初》（远草）深情婉约。（笑我）风雅、疏狂兼而有之。结更是情至，语意亦曲折妙人。

《水龙吟 · 白莲》意度闲雅，非人所及。（应是）若讽若惜，如怨如慕，直入方回之室矣。结更深湛。

《探春 · 雪霁》处处摹霁字之神。好句如珠，如玉，如烟。结是冬尽春初时候。

《高阳台 · 西湖春感》情景兼到，一片身世之感。东风二语，虽是激迫之词，然音节却婉约。惹甚闲愁，不如掩门一醉高卧也。

《扫花游 · 高疏寮东墅园》有笔力，有气骨，白石不能过也。

《渡江云 · 公客山阴……》起句，笔力雄奋。（犹记得）低徊春到，多年情致不乏。（空自觉）凄惋。（书纵远）一层逼一层，直是凄绝。

《绮罗香 · 红叶》寒艳六字新警。（甚荒沟）情词兼工，少游之匹也。镂金错彩之笔，抚时哀世之作。

《清平乐 · 候蛩凄断》秋江图画。笔法自高，亦是因感有得。

《疏影 · 梅影》起笔实写影字，正妙不假敷佐，何等笔力。处处见笔力。清虚骚雅，竟似白石。

《疏影 · 余于庚寅……》写游湖起。（纵艳游）追想到当年重到。以下是寄周之词，自叙身世之感，怨而不怒，哀而不伤，深得清真、白石之妙。

《红情 · 荷花》（一见）只写荷花，正面而情味不泛。（料应）略略推开。结又收足正面，自是常格。

《迈陂塘》雄阔雅秀，画所不到。（斜照）高境，高景，超然闲远。（认林间）吐弃红尘，飘飘有凌云之致。世称白石老仙，玉田亦仙乎？

《甘州·饯沈秋江》(短梦)一片凄感,似唐人悲歌之诗。结笔情深一往。

《台城路·送周方山之吴》只缓缓写来,写到销魂之处,令人感慨不禁。(暗草)字字秀炼,却极纯雅,无斧凿痕迹,此白石之妙也。结冀其归来,而说来极娴雅。

《台城路·寄太白山人陈又新》虚沙动月四字精炼。字字感慨,句句闲雅。润字妙。

《台城路·庚辰会江兰坡……》追思畴昔,慨叹而今。数十年心事隐隐如见。词不必激迫,意不必新奇,但一路写去,圆美流转,有弹丸脱手之妙。

《台城路·为湖天赋》疏狂闲雅,真可与白石老仙相鼓吹。下片,字字精神团聚,锤练炼于和缓。

《真珠帘·近雅轩即事》婉雅。只"休去"二字,足见笔致不可捉摹处。胸襟超远,先生本色。结婉丽。

《三姝媚·送舒亦山》笔致高远。(莫趁)低徊曲折,有白石之妙。结笔冀其归来,是题后一层。

《探芳信·次周草窗韵》消魂,语极沉重。愁到,声情凄怨。(我何堪)哀而不伤,得情之正。

《声声慢·送琴友季静轩还杭》(西湖)声情酸楚。上半阕先写还杭后情景,下半阕,倒入送季正面,笔法变换妙。

《琐窗寒·王碧山……》起八字精妙。(夜台)一片痛惜之情。(料应)字字从真性中流出,情词都妙。

《法曲献仙音·听琵琶有怀昔游》(花深)写婉丽处夹写情景,故自不俗。(把一襟)泠泠如珠玉,飒飒似秋风。

《长亭怨·辛卯岁……》起笔凄切,中笔力雄苍。(更几点)夹情夹景,妙不可思议。结一往凄绝。

《长亭怨·有怀故居》通篇无一字不呜咽,如断雁惊风,哀猿叫月。(恨西风)故作摆脱之笔,愈形凄恻。结笔从无可奈何处聊以自解。

《西子妆·吴梦窗……》景物苍茫,情深语至,固自不减梦窗。(自沉吟)一声慨叹以下,便写一片恼人景物。(结笔)凄凉而有魄力。

《湘月·余载书……》此词胸襟高旷,气韵沉雄,有一片精神团聚,尤为玉田集中高作,真与白石并驱中原。结笔有力如虎,一半烟水,题外余波。

《风入松·小窗……》音调娴雅,不落俗态,自是本色。通篇和婉,结二语,略寄感慨,固自不可少。

《南楼令·风雨客殊乡》入愁人耳中,自觉秋声长,若至明日,又觉更长于今夜,愁人心中耳中事也。

《南歌子 · 叶密春声》起十字静细,浅情人道不出。

《浪淘沙 · 香雾》此词命意若隐若露,而词极凄怨,每读一遍,不知是《离骚》? 是乐府? 是杜诗? 小令云乎哉!

《扫花游 · 春饮殊乡醉余偶赋》叔夏词脱去羁缚,疏而不散,自是高绝。醉余梦里,凄凉无限。

《渡江云 · 次赵元甫韵》既曰堪寄,又曰流不到天涯,其词有尽,其情无尽。结只写景而情味自深。

清 · 陈廷焯《白雨斋词话》

南宋词家,白石、碧山纯乎纯者也。梅溪、梦窗、玉田辈,大纯而小疵,能雅不能虚,能清不能厚也。

张玉田词如并剪哀梨,爽豁心目,故诵之者多。至谓可与白石老仙相鼓吹(仇仁近语)。惟精警处多,沉厚处少,自是雅音,尚非白石之匹。

玉田词感伤时事,与碧山同一机轴,只是沉厚不及碧山。

玉田以《春水》一词得名,用冠词集之首。此词深情绵邈,意余于言,自是佳作。然尚非乐笑翁压卷,知音者审之。

两宋词人玉田多所议论,其所自著,亦可收南宋之终。沉厚微逊碧山,其高者颇有姜白石意趣,后遂鲜有知音矣。

玉田工于造句,每令人拍案叫绝,如《忆旧游 · 大都长春宫》云"古台半压琪树,引袖拂寒星",结云"鹤衣散影都是云";《壶中天 · 夜渡古黄河》云"扣舷歌断,海蟾飞上孤白";《渡江云 · 山阴久客寄王菊存》云"山空天入海,倚楼望极,风急暮潮初";《湘月 · 山阴道中》云"疏风迎面,湿衣原是空翠";《清平乐》云"只有一枝梧叶,不知多少秋声";《甘州 · 饯沈尧道并寄赵学舟》云"短梦依然江表,老泪洒西州。一字无题处,落叶都愁",后叠云"折芦花赠远,零落一身秋";又前调(《饯草窗西归》)云"料瘦筇归后,闲锁北山云";《台城路 · 为湖天赋》云"夜气浮山,晴晖荡目,无寻秋处";又前调(《寄太白山人陈又新》)云"虚沙动月,叹千里悲歌,唾壶敲缺",后叠云"回潮似咽。送一点愁心,故人天末。江影沉沉,夜凉鸥梦阔";《长亭怨 · 饯菊泉》云"记横笛玉关高处,万叠沙寒,雪深无路";《西子妆 · 江上》云"杨花点点是春心,替风前、万花吹泪",结云"漫依依愁落鹃声万里",又《忆旧游 · 寄友》云"一叶红心冷,望美人不见,隔浦难招。旧时认得鸥鹭,重过月明桥";又前调(《登蓬莱阁》)云"海日生残夜,看卧龙,和梦飞入秋冥。还听水声东去,山冷不生云"。此类皆精警无匹,然不及碧山处正在此。盖碧山已几于浑化,并无惊奇可喜之句令人叹赏,所以为高,所以为大。

玉田《迈陂塘》后半阕云:“休重省、莫问山中秦晋,桃源今度难认。林间却是长生路,一笑元非捷径。更深静,待散发吹箫,鹤背天风冷。凭高露饮,正碧落尘空,光摇半壁,月在万松顶。”沉郁以清超出之,飘飘有凌云之意。冲厚虽不及碧山,然自出草窗、西麓上。

玉田《高阳台·西湖春感》一章,凄凉幽怨,郁之至,厚之至,与碧山如出一手。乐笑翁集中亦不多觏。词云:“接叶巢莺,平波卷絮,断桥斜日归船。能几番游?看花又是明年。东风且伴蔷薇住,到蔷薇春已堪怜。更凄然。万绿西泠,一抹荒烟。　　当年燕子知何处?但苔深韦曲,草暗斜川。见说新愁,如今也到鸥边。无心再续笙歌梦,掩重门浅醉闲眠。莫开帘,怕见飞花,怕听啼鹃。”

玉田《长亭怨·饯菊泉》后半阕云:“同去钓珊瑚海树,底事便成行旅?烟迷断浦,更几点恋人飞絮。如今又京国寻春,定应被薇花留住。且莫把孤愁说与,当时歌舞。”时菊泉将复之蓟北,数语微而多讽。结二语,自明其不仕之志。似此亦不让碧山。

玉田《三姝媚·送舒亦山》云:“贺监犹存,还散迹千岩风露。”君国恨,离别感,言外自见。又云:“莫趁江潮鸥鹭,怕太乙炉烟,暗销铅虎。”又云:“布袜青鞋,休误入桃源深处。”语带箴规,耐人寻味,便是中仙最高之作。大抵读玉田词者,贵取其沉郁处,徒赏其一字一句之工,遂惊叹欲绝,转失玉田矣。

碧山、玉田多感时之语,本原相同,而用笔互异。碧山沉郁处多,超脱处少;玉田反是。终以沉郁为胜。

草窗、西麓、碧山、玉田,同时并出,人品亦不甚相远。四家之词,沉郁至碧山止矣;而玉田之超逸,西麓之淡雅,亦各出其长以争胜,要皆以忠厚为主,故足感发人之性情。草窗虽工词而感寓不及三家之正,本原一薄,结构虽工,终非正声也。

白石、梅溪、碧山、玉田词,修饰皆极工而无损其真气,何也?列子云:“有色者,有色色者。”知此,可以言词矣。

清·胡薇元《岁寒居词话》

《山中白云词》,张炎玉田撰。循王张俊五世孙,宋亡遁迹,工词,以“春水”得名。生淳祐戊申,当宋恭帝时已中年,曾见南宋盛时,故所作苍凉激楚,即景抒情,备写其身世盛衰之感,非徒然剪红刻翠。至其研究声律,尤得神解,以之接武克昌,居然后劲。世鲜完本,至康熙时钱塘龚翔麟始得陶宗仪手写本,授梓行世。

清·张德瀛《词征》

张叔夏《忆旧游·登蓬莱阁》词炼淬澄音,可与张伯玉《蓬莱阁诗》、王十朋《蓬莱阁传》并传。

叔夏《庆清朝慢》自叙云:“韩亦颜归隐两水之滨,殆未逊王右丞茱萸沜,予从之游,盘花旋行,散怀吟眺,一任所适。太白去后,三百年无此乐也。”按:苏东坡百步洪诗叙云:“余时以事不得往,夜著羽衣,伫立黄楼上,相视而笑,以为李太白死,世间无此乐三百余年矣。”张语本此。

清·谭献《复堂词话》

圣与精能,以婉约出之,以诗派律之,大历诸家,去开、宝未远。玉田正是劲敌,但士气则碧山胜矣。运掉虚浑。玉田云:最是过变不可断了曲意。(评张炎《高阳台·西湖春感》起句“接叶巢莺”)

一气旋折,作壮词须识此法。白石嘤求稼轩,脱胎耆卿,此中消息,愿与知音人参之。(评张炎《甘州·饯沈秋江》起句“记玉关踏雪事清游”)

清·诸家论玉田词绝句

玉田秀笔遡清空,净洗花香意匠中。羡杀时人唤“春水”,源流故自寄闲翁。(厉樊榭)

但说清空恐未堪,灵机毕竟雅音涵。故家人物沧桑录,老泪禁他郑所南。(周稚圭)

落魄王孙可奈何,暮年心事泣山河。商量未是人间调,一片凄凉不忍歌。(江宾谷)

超元谁似玉田生,爱取唐诗剪截成。无限沧桑身世感,新词多半说渊明。(陈兰甫)

王孙风调极清遒,石老云荒渺渺秋。犹见贞元朝士否?空弹清泪下西洲。(冯梦华)

剷雅笺诗待要删,江郎彩笔自斓斑。希声何用夸书卷,只在相思一点间。(莲僧)

晚派鄱阳策异勋,“清空”“骚雅”两平分。赵家天破无完垒,日暮伤心作殿军。(莲僧)

劫末回身赋丽情,湖山裙屐换鸥盟。只今何处寻公子,浅醉闲眠共此生。(莲僧)

沉响如闻绕指寒,论心更比赏音难。史家莫黜词人小,《麦秀》《王风》一例看。(莲僧)

按:以上论词绝句转录自吴则虞《山中白云词》校辑本。

近人王国维《人间词话》

玉田之词,余得取其词中之一语以评之曰:“玉老田荒。”

“池塘春草谢家春,万古千秋五字新。传语闭门陈正字,可怜无补费精神。”

此遗山论诗绝句也。梦窗、玉田辈当不乐闻此语。

朱子《清邃阁论诗》谓:“古人有句,今人诗更无句,只是一直说将去,这般一日作百首也得。”余谓北宋之词有句,南宋以后便无句,如玉田、草窗之词,所谓“一日作百首也得”者也。

朱子谓“梅圣俞诗不是平淡,乃是枯槁”,余谓草窗、玉田之词亦然。

“自怜诗酒瘦,难应接许多春色”,“能几番游,看花又是明年”,此等语亦算警句耶?乃值如许笔力。

梅溪、梦窗、玉田、草窗、西麓诸家,词虽不同,然同失之肤浅。虽时代使然,亦其才分有限也。

近人蒋兆兰《词说》

南渡以后,尧章崛起,清劲逋俏,于美成外别树一帜。张叔夏拟之“野云孤飞,去留无迹”,可谓善于名状。继之者亦惟《花外》与《山中白云》差为近之,然论气格,迥非敌手也。

继清真而起者厥惟梦窗,英思壮采,绵丽沉警,适与玉田生清空之说相反。玉田生称其“何处合成愁”疏快不质实,其实梦窗佳处正在密丽,疏快非其本色也。至其所举过涩之句,为后世学梦窗者点醒不少。

近人俞陛云《玉田词选释》(存目)

(可参上海古籍出版社《唐五代两宋词选释》)

另有清·高亮功《芸香草堂手评山中白云词》,清人邵渊耀、陈兰甫、许伯绒评《山中白云词》,以及近人夏敬观《手批山中白云词》等数种资料,为平湖葛渭君同志所提供。因卷帙较多,又因已刊于《词学》杂志,故不再抄录,特此附记。

张炎年表

张炎年谱或年表,在清以前未见有人制撰。清代王昶有《书张叔夏年谱后》一文,则证其时已有人开始制作,但据许增《山中白云词跋》云:"《叔夏年谱》未见前人著录,述庵先生(即王昶)亦不详撰书姓氏,不谂从何得见而书其后。迹其所论,有涉疑似者(下列可疑之点数处)……予尝辑《山中白云词考证》两卷,于叔夏之往还交谊,诠次事实,搜讨略尽,初拟附刊于词集之后,恐多脱伪,不敢遽以问世。"可知王昶所见《叔夏年谱》,错误甚多,今亦不传。

近人冯沅君先生,曾撰《玉田先生年谱拟稿》,载北京大学研究所国学门月刊1卷3号,为现在可见的最早的张炎年谱。此谱主要根据清人江昱《山中白云词疏证稿》,排比张炎词的小序而成。近又见吴则虞先生《山中白云词》校辑本所附《玉田年表》,惟过于简略。兹根据上二谱并搜罗其他资料,作张炎年表。只是因为张炎所存作品仅词作302首,其他史料亦十分缺乏,所以还不能有较多的补充。

张炎年表

宋理宗淳祐八年(1248)戊申 张炎生于本年

《临江仙》序:"甲寅(1314)秋寓吴,时余年六十有七。"由此推知生于本年。

宋度宗咸淳八年(1272)壬申 张炎25岁

遇汪菊坡,地点不详。《台城路》序谓于庚寅(1290)再会汪于大都,"回忆旧游,已十八年矣",由此推知初见于本年。

宋度宗咸淳十年(1274)甲戌 张炎27岁

元丞相伯颜大举南侵。

宋恭宗德祐元年(1275)乙亥 张炎28岁

元主遣礼部尚书廉希贤、工部侍郎严忠范奉国书来临安说降,途经独松关。张濡部曲误杀严忠范,重创并俘廉希贤入临安(廉不久病故)。事见《宋史·瀛国公本纪》本年三月记载及《元史·世祖本纪》本年三月记载。陶宗仪《辍耕录》

卷一亦载此事而特详。

宋恭宗德祐二年(1276)丙子 张炎29岁

元兵攻陷临安。宋主出降。元人杀张濡并籍没其家财。

先是,元主因国使被杀,大怒,发兵攻独松关。关破,张濡逃回临安(《宋史·瀛国公本纪》)。《元史·廉希贤传》:"明年(按即本年),宋亡,获张濡,杀之。诏遣使护希贤丧归。后复籍濡家赀付其家。"又,(元)刘一清《钱塘遗事》卷八:"丙子二月,廉希贤之子杀张濡,磔之。"

是时张炎年方29岁。戴《序》云:"垂及强仕(按40岁),丧其行资。"时间不够精确。

宋端宗景炎三年(1278)戊寅 张炎31岁

过钱塘西湖庆乐园(韩侂胄南园故址),赋《高阳台》,悼韩侂胄,兼叹贾似道。词序云:"庆乐园即韩平原南园,戊寅岁过之,仅存丹桂百余株,有碑记在荆榛中,故末有'亦犹今之视昔'之感。复叹葛岭贾相之故庐也。"

本年十二月,元"江南释教都总统"杨琏真伽盗发宋六陵。

据夏承焘《乐府补题考》,张炎六世祖循王张俊之墓(在无锡青山)亦当在此后不久盗发(见康熙《常州府志》卷九)。

元世祖至元十六年(1279)己卯 张炎32岁

张弘范攻陷厓山,宋亡。

张炎与王沂孙、周密、仇远、唐珏、李彭老、王易简、吕同老、陈恕可等14人,分咏龙涎香、白莲、莼、蝉、蟹诸题,编为《乐府补题》,隐指去年六陵被盗发事。(据《乐府补题考》)张炎赋《水龙吟·白莲》。

韩铸学词于张炎。陆辅之《词旨》:"蕲王孙韩铸,字亦颜,雅有才思,尝学词于乐笑翁。一旦,与周公谨(密)买舟西湖,泊荷花而饮,酒半,公谨父举以亦颜学词之意。翁指花云:'莲子结时花自落'。"夏承焘《周草窗年谱》附于本年,姑从之。

元世祖至元二十三年(1286)丙戌 张炎39岁

在杭作《一萼红》,贺周密"志雅堂"新居。词序云:"弁阳翁(周密)新居,堂名志雅。"据《周草窗年谱》,周密先依杨和王(沂中)福清宅居住,后此宅于1282年被毁,于本年自营新第以居(夏谱则据《剡源文集》卷一〇《杨氏池堂为谯集诗序》),此新居即以"志雅"名堂。张炎词序标明"新居",可证为是贺词无疑。

元世祖至元二十五年(1288)戊子 张炎41岁

在山阴与王沂孙、徐平野等游,作《湘月》。词序云:"余载书往来山阴道中,每以事夺,不能尽兴。戊子冬晚,与徐平野、王中仙曳舟溪上……"(山阴,今浙江绍兴）。

又:《声声慢》一本题作“西湖”,一本题作“与王碧山(沂孙)泛舟鉴曲,王蕺隐吹箫,余倚歌而和。天阔秋高,光景奇绝,与姜白石垂虹夜游同一清致也。”据后题,则人(王)、地(山阴)、时(一在深秋,一在冬)、事(曳舟于水上)皆与《湘月》同,可知为同时同地作。

元世祖至元二十七年(1290)庚寅 张炎43岁

秋,与沈尧道、曾子敬自杭起程,北上大都(今北京)写金字《藏经》(《元史·世祖本纪》本年载:“缮写金字《藏经》,凡糜金三千二百四十四两”)。途中作《壶中天》、《凄凉犯》(《壶中天》序:“夜渡古黄河,与沈尧道、曾子敬同赋。”《凄凉犯》题“北游道中寄怀”)。

在途中或至大都后,作《甘州》,题为“题曾心传藏温日观墨蒲萄画卷”。张炎作后,沈钦、刘沆皆有和作;刘词小序标明作于大都,故可证张炎所作乃在途中或赴都后不久。

至大都,遇汪菊坡,作《台城路》。序云:“庚寅秋九月之北,遇汪菊坡。”会吴菊泉(见《长亭怨》序“岁庚寅,会吴菊泉于燕蓟”)。吴亦赴都写经者(郭畀《客杭日记》至大戊申十月初三日:“德清吴菊泉相遇夜话,子源同问茶。吴公,至元二十七年赴北写金字经者”)。

在大都,作《声声慢》、《绮罗香》。《声声慢》题云:“都下与沈尧道同赋。”《绮罗香》题为“红叶”,词云:“长安谁问倦旅”,借指元都也;词末怀念江南,亦可证作于大都也。

元世祖至元二十八年(1291)辛卯 张炎44岁

在大都,曾游长春宫,作《忆旧游》。序云:“大都长春宫,即旧之太极宫也”。词中有云:“看花开花落,何处无春”,知作于春日。又作《三株媚》。序云:“海云寺千叶杏二株,奇丽可观,江南所无。”据《元方舆胜览》,知海云寺在大都。词中有“乍卸却单衣”之句,知亦作于春日。

寒食,在大都作《庆宫春》。序云:“都下寒食,游人甚盛,水边花外,多丽环集,各以柳圈祓禊,亦京洛旧事也。”遇杭妓沈梅娇,作《国香》。序云:“沈梅娇,杭妓也,忽于京都见之。”

张炎于本年春日之后即归南方。

关于此次北游之动机及归因,已见前文考证。张炎南归后,未即返杭城。舒岳祥《赠玉田序》明明云:“……一日,思江南菰米莼丝,慨然襆被而归。不入古杭,扁舟浙水东西为漫浪游。”然冯《谱》、吴《谱》皆据《疏影》词序“余于辛卯岁北归,与西湖诸友夜酌,因有感于旧游,寄周草窗”而断言张炎南归后即返杭,实误。按该词中有云:"柳黄未结,放嫩晴消尽,断桥残雪。"明明是早春景致,而本年寒食张炎犹在大都,势不能于本年早春即赶返杭城。而据《甘州》词序云:"辛卯岁,沈尧道同余北归,各处杭越。"可推知张炎此次南归后即漫游至越①。

元世祖至元二十九年(1292)壬辰 张炎45岁

在越,沈尧道来访,作《甘州》。词序云:"辛卯岁,沈尧道同余北归,各处杭越。逾岁,尧道来问寂寞,语笑数日,又复别去。赋此曲,并寄赵学舟。"(越,即今绍兴。)

元世祖至元三十年(1293)癸巳 张炎46岁

在杭,遇赵元父,赋《忆旧游》。词序云:"余离群索居,与赵元父一别四载。癸巳春于古杭见之……"

元世祖至元三十一年(1294)甲午 张炎47岁

在罗江,与罗景良游,作《西子妆慢》。词序云:"甲午春,寓罗江,与罗景良野游江上……因填此解。"(罗江,即罗阳,今浙江瑞安县北。)

得病,病愈后别罗江诸友,赋《梅子黄时雨》。词题为"病后别罗江诸友"。

元成宗大德元年(1297)丁酉 张炎50岁

客宁海,与舒岳祥游,舒作《赠玉田序》。序云:"岁丁酉三月,客我宁海,将登台峰。于其行也,举觞赠言。"(宁海,今浙江宁海。)

在台城作《扫花游》。词序云:"台城春饮,醉饮偶赋。"(台城,今浙江天台,天台山即在其北。)

元成宗大德二年(1298)戊戌 张炎51岁

在甬东遇吴菊泉,作《长亭怨》。词序云:"岁庚寅,会吴菊泉于燕蓟。越八年,再会于甬东。"庚寅(1290)后八年为本年。吴亦赴京写经旧友,此次似再欲赴京求官。张炎作此词,微有讽劝之意,词云:"同去,钓珊瑚海树。底事又成行旅?"又云:"如今又、京洛寻春,定应被、薇花(喻爵禄名位也)留住!②(甬东,今浙江宁波一带。)

周密卒于本年。张炎词中凡悼周密者,均作于本年之后③。

① 吴则虞《玉田年表》云:"王沂孙卒于此年,或前一年。"冯沅君《玉田先生年谱拟稿》亦主王沂孙卒于本年前,实误。笔者另有《王沂孙生卒年考》,载《社会科学战线》1984年第3期,可资参阅。

② 仇远《赠张玉田诗》谓"玉田时来鄞设卜肆",大约即在此时。鄞,今浙江宁波、鄞县一带。

③ 冯沅君《玉田先生年谱拟稿》系《探芳信·西湖春感寄草窗》于元成宗大德三年(1299),不妥。其时周密已下世。

元成宗大德三年(1299)己亥 张炎52岁

自台城返杭,作《春从天上来》。词序云:“己亥春,复回西湖,饮静传董高士楼,作此解以写我忧。”

在杭数月,复起游兴,作《声声慢》。词序云:“己亥岁自台回杭。雁旅数月,复起游兴。余冉冉老矣,谁能重写旧游编否?”

六月,于钱塘会戴表元。将改游吴地,戴作序送其西游。序云:“六月初吉……云将改游吴公子季札、春申君之乡。”冬,在吴作《探春慢》。序云:“己亥客阖闾,岁晚江空 ……”

元成宗大德四年(1300)庚子 张炎53岁

在吴遇邓牧,示词集以邓,嘱为作序。邓《序》云:“岁庚子相遇东吴,示予词若干首,使为序云。”(吴,今江苏 苏州。)

为汾壶居士陆行直家姬卿卿作《清平乐》。

明 · 汪珂玉《珊瑚网名画题跋》卷八载有陆行直题《碧梧苍石图》跋语云:“此友人张叔夏赠余之作也。余不能记忆。于至治元年(1321)仲夏廿四日戏作《碧梧苍石》,与冶仙西窗夜坐,因语及此,转瞬二十一载。今卿卿、叔夏皆成故人……”。从至治元年前推21年,为本年。陆行直家居吴江汾湖,属吴地(又按:江昱疏证稿引《珊瑚网》文字有误,不据)。

元成宗大德九年(1305)乙巳 张炎58岁

中秋,在溧阳,会仇远,赋《夜飞鹊》。词序云:“大德乙巳中秋,会仇山村于溧阳。酒酣兴逸,各随所赋。”(溧阳,今江苏溧阳。)

重阳,在溧阳,闻雁声作《新雁过妆楼》。词序云:“乙巳菊日,寓溧阳,闻雁声,因动‘脊令’之感。”

又:张炎此次在溧阳与仇远重晤,时在中秋。而此之前后,亦另有词作。其《徵招 · 答仇山村见寄》所写乃春景,知其时尚未相见;而《月下笛 · 寄仇山村溧阳》又有“别后都依旧”之句,知为聚首后又离别之后作。

元武宗至大二年(1309)己酉 张炎62岁

寓江阴(今江苏江阴)。重登陆起潜皆山楼,作《摸鱼子》。词序云:“己酉重登陆起潜皆山楼,正对惠山。”(按:张炎游江阴,不止一次。此为二次游。其初游时间,据邱鸣皋《关于张炎的考察》定为1302至1303年间。姑附于此。①)

① 邱文定张炎初游江阴之时间,其基本的依据在于张炎此游为依附张楧而去。但此说未有充分根据,故仍只能是估测之辞。

元武宗至大三年(1310)庚戌 张炎63岁

在宜兴(今江苏宜兴),作《渔歌子》十首。词序云:"庚戌春,自阳羡牧溪放舟过罨画溪,作《渔歌子》十解,述古调也。"罨画溪在宜兴县东南,见《宜兴县志》。

七月,与曾心传重逢于宜兴,作《风入松》。词序云:"久别曾心传,近会于竹林清话……因作此解。时至大庚戌七月也。"

重阳,与王觉轩会饮,作《瑶台聚八仙》。词序云:"菊日寓义兴,与王觉轩会饮。"

在宜兴时,游张公洞,作《木兰花慢·游天师张公洞》;游会仙亭,作《风入松》,词题云:"与王彦常游会仙亭。"

元武宗至大四年(1311)辛亥 张炎64岁

仍在宜兴。秋冬,离宜兴,作《数花风·别义兴诸友》。词云:"征衣犹恋去年客,古道依然黄叶",知在此地已有二年。

元成宗延祐元年(1314)甲寅 张炎67岁

寓吴,为陆处梅作墨水仙,并赋《临江仙》。词序云:"甲寅秋,寓吴。作墨水仙为处梅吟边清玩。时余年六十有七……"

为钱干寿道应举,作《台城路》。《元史·干寿道传》:"平江人,首登延祐二年乙科"。知干寿道于本年应举,地在平江(吴)也。

元成宗延祐二年(1315)乙卯 张炎68岁

至钱塘,与钱良祐、方子仁、张雨等游西湖,赋《台城路》。钱良源《词源跋》云:"乙卯岁……玉田张君来寓钱塘县之学舍……玉田尝作《台城路》咏归杭一词。"

元成宗延祐四年(1317)丁巳 张炎70岁

《词源》成书,约在此时。钱良源为作跋语,时在本年正月。跋云:"梨园白发,濞宫蛾眉,余情哀思,听者落泪,君亦因是弃家客游无方三十年矣。"是证张炎犹在人世。

张炎之卒年,最迟不过至治元年(1321),证据见前引《珊瑚网》卷八。如是,张炎约卒于1317至1320年间,享年约70余岁。

参考文献

[1] 张炎.山中白云词[M].榆园丛刻本.

[2] 江昱.山中白云词疏证[M].彊村丛书本.

[3] 张炎.山中白云词[M].吴则虞,校辑.北京:中华书局,1983.

[4] 张炎.沈义父.词源注　乐府指迷笺释[M].夏承焘,校注.蔡嵩云,笺释.北京:人民文学出版社,1963.

[5] 脱脱,等.宋史[M].北京:中华书局,1985.

[6] 宋濂,等.元史[M].北京:中华书局,1976.

[7] 毕沅.续资治通鉴[M].北京:中华书局,1957.

[8] 孟元老,等.东京梦华录(外四种)[M].北京:中华书局,1962.

[9] 周密.齐东野语[M].北京:中华书局,1983.

[10] 周密.志雅堂杂抄[M].丛书集成初编本.

[11] 周密.癸辛杂识[M].北京:中华书局,1988.

[12] 陆游.陆游集[M].北京:中华书局,1976.

[13] 戴表元.剡源戴先生文集[M].四部丛刊本.

[14] 牟巘.陵阳集[M].四库全书本.

[15] 仇远.金渊集[M].四库全书本.

[16] 陶宗仪.南村辍耕录[M].北京:中华书局,1959.

[17] 陶宗仪.书史会要[M].四库全书本.

[18] 汪砢玉.珊瑚网[M].成都:成都古籍书店,1985.

[19] 朱彝尊.曝书亭集[M].四库全书本.

[20] 厉鹗.樊榭山房集[M].上海:上海古籍出版社,1992.

[21] 唐圭璋.全宋词[M].北京:中华书局,1965.

[22] 唐圭璋.词话丛编[M].北京:中华书局,1986.

[23] 唐圭璋.唐宋词简释[M].上海:上海古籍出版社,1981.

[24] 夏承焘.唐宋词人年谱[M].上海:上海古籍出版社,1979.

[25] 夏承焘.月轮山词论集[M].北京:中华书局,1979.

[26] 夏承焘.姜白石词编年笺校[M].上海:上海古籍出版社,1981.

再版后记

此卷原由齐鲁书社于1989年10月出版,责任编辑为后来曾担任该社社长的宫晓卫先生。出版以前,马兴荣等先生曾审阅过原稿,并由唐圭璋先生赐序(因为它的“原型”是我跟从唐师攻读研究生的硕士论文)。对于上述诸位先生,深表谢忱或缅怀之情。本次编入“词学文集”,由苏州大学教授钱锡生博士重校。江苏大学出版社责任编辑郭杰先生、张冠先生、米小鸽女士也付出大量的劳动,于此一并表示感谢。

杨海明

2020年3月